新潮文庫

戦艦武蔵

吉村 昭著

新潮社版

1996

戦艦武蔵

一

昭和十二年七月七日、蘆溝橋《ろこうきよう》に端を発した中国大陸の戦火は、一カ月後には北平《ペーピン》を包みこみ、次第に果しないひろがりをみせはじめていた。

その頃《ころ》、九州の漁業界に異変が起っていた。

初め、人々は、その異変に気づかなかった。が、それは、すでに半年近くも前からはじまっていたことで、ひそかに、しかしかなりの速さで九州一円の漁業界にひろがっていた。

初めに棕櫚《しゆろ》の繊維が姿を消していることに気づいたのは、有明海《ありあけかい》沿岸の海苔《のり》養殖業者たちであった。かれらは、海水の冷える頃、つまり九月末から十月はじめにかけて、海中に浮游《ふゆう》している海苔の胞子を附着させるため、浅い海に竹竿《たけざお》を林立させ、そこに棕櫚製の網を海面に水平に張る。その例年の張りかえを行うために棕櫚の網を注文したのだが、意外にも漁具商には一筋の棕櫚繊維もないことが発見された。

それでもまだかれらは、それが有明海沿岸だけにかぎられた地域的現象にすぎないのだろうと思っていた。棕櫚は、九州の温暖な地域に、まるで野生のもののように生えているありふれた植物で、マニラ麻や大麻や苧麻《ちょま》などのように商品としての大量栽培はされていない。漁具の重要な原料の一つであるとはいえ、その用途も、漁具の一部やイカリ綱・浮子綱《バタづな》など特殊なものにかぎられていて、そのため相場の変動もなく、かれらの長い経験から不足するなどということは考えられもしないことであった。

だが、漁具商たちの話は、かれらの想像を越えた深刻なものであった。棕櫚の繊維は、九州の全市場から全く姿を消しているという。

この報は、たちまち九州一帯にひろがり、その異変に気づいた各県の漁業組合も動きだした。

その頃になると、漸《ようや》く異変の実体もおぼろげながらつかめるようになった。それは、春も終りに近い頃からはじまった現象で、多くの集荷商人たちが、九州の棕櫚の産地に放たれていた。かれらは、相場以上の金額を示して、まるで野鼠《のねずみ》の群れが食物をあさるように棕櫚の繊維を買いあさりまわったというのである。そして、かれらを動かしたのは、見知らぬ数人の男たちで、集荷商人たちが集めてきたものを、その度に即金で買い上げたという。

男たちは、棕櫚の繊維をすぐに梱包《こんぽう》させてトラックに積み込ませたが、それがどこに発送されたのかは一切不明で、ただ男たちが漁具にはほとんど知識のない、あきらかに素人《しろうと》たちばかりであることがわかっただけであった。

漁業業者の訴えを受けた各県の水産課は、価格吊上《つりあ》げをねらう悪質な大量買占めと判断して、中央官庁にも報告した。戦時態勢のととのえられるとともに、漁具原料の不足が予想されていた。しかし、異変の起っているのは、九州だけではなかった。九州につぐ棕櫚の産地四国の太平洋沿岸の地域にも、夏の終り頃から集荷商人たちが動きまわり、それは、紀伊半島の南部にまで野火のような速さでひろがっていたのだ。

産地から棕櫚が姿を消したことは、そのまま全国的な棕櫚製品の欠乏となってあらわれた。中央官庁は、係官を出張させて買い占められた棕櫚の繊維の経路をたどらせた。その結果、集荷場所が、九州から四国・紀伊半島にわたって十数カ所発見されたが、すでに荷物は、どこの所属ともわからぬトラックの群れで持ち去られた後で、発送先もわからず、むろん買い占めたグループの所在もつかめなかった。

その頃、そのグループの中の主だった者が二人、大阪市内の或《あ》る製縄機《せいじょうき》メーカーに姿をあらわしていた。男たちは、機械を二台現金で買いつけると、トラックに積みこませて駅へ向った。

貨車にのせられた製縄機は、大阪から瀬戸内海沿いに南へ南へと下った。そして、関門海峡をわたると、福岡から佐賀へと向い、さらに有明海の西海岸を進んで、長崎駅構内で貨車からおろされた。

製縄機は、シートをかぶせられたままトラックに積まれて海岸方向に走り、三菱《みつびし》重工業株式会社長崎造船所の門をくぐった。そして、所内の船具工場の一角で荷を解かれると、数日後には、機械の口から茶色い縄《なわ》を吐き出しはじめた。その縄の原料は、棕櫚《しゅろ》の繊維であった。船具工場にはむろんのこと、造船所の大倉庫には、五百トンにも達する棕櫚の繊維が、梱包されたまま溢《あふ》れるように積み上げられていた。

その縄がなにに使われるのか、なれない製縄作業にしたがっている工員たちも、棕櫚の買附けや製縄機の買入れに直接当った者たちさえも、全く知らされてはいなかった。

「いったい、なにに使うんです」

かれらは、所属している材料課の石島伝課長に苛立《いらだ》ったように問いただした。半年もの間、予備知識もない棕櫚の繊維を買うために九州から四国、和歌山と渡り歩き、しかも上司の命令通りに秘密を守るため宿屋を転々と変えたりして苦労してきたというのに、その使途さえ教えてくれない上司にかれらは不服だった。

だが、石島課長も、棕櫚縄がどのような意味を持っているのか知らなかった。

「実は、総務部長も知らないらしいんだ。ただ所長からの命令で、できるかぎり大量に買い集めろと指示されただけだというんだ」

石島の顔にも、釈然としない表情が浮んでいた。

なにかが起りはじめている、と、石島は思った。はっきりと表面立った動きはないのだが、たしかに奇妙な気配が、造船所の中枢部《ちゅうすうぶ》の間にきざしはじめている。しかも、それは、事務関係の者を除いた数人の技術関係者たちを中心に起っているようだった。

かれらは、かたく閉ざされた一室にとじこもって会議を連日つづけているかと思うと、行先も告げずに長崎から姿を消したりする。そして、時々連れだっては、所内を歩きまわり、硬い表情をして低声《こごえ》でなにか話し合ったりしている。

棕櫚繊維の買附けなども、今までに全く例のないことだった。それまでは、わずかばかりの既製の棕櫚縄を船具会社から買うぐらいで、それが五百トンにも達する棕櫚の繊維を買いあつめ、しかもそれを造船所の中で加工するなど、到底常識では考えもおよばないことだった。

それに、ほかにもまだ納得のいかぬ買物が、材料課に指示されている。梅雨のあけた頃、やはり所長命令だと言って突然、

「鋼材を二千トン、大至急買い入れろ」

と、指令された。

石島課長は、すぐに鋼材専門の課員小野信夫を大阪に急行させた。小野は、鉄鋼ブローカーと組んでオートバイで大阪市中を走りまわり、すでに納入契約もきまっていた地下鉄の屋根にはるI型鋼をみつけると、それを強引に買い附け、一週間後には長崎へ送りつけてきた。

そのほかにも、おそらく船台上で使うものと思えるケヤキ材と松材の大量買いつけも指令されている。すべてが驚くほど厖大《ぼうだい》な量であり、その上買いつけ値段も、相場以上のものでも黙って許可されているのだ。

造船所内の施設も、急に目立って大幅に拡張されている。木工場がこわされると、延四万余平方メートル（一三、〇五〇坪）の鉄骨三階建の現図場が新築され、また八万平方メートル（二四、四五〇坪）の木工場も新たに建てられている。造機工場も、機械工場と仕上工場の増築がすすめられている。――そして、その年の九月一日を期して、造船所内の構内見学は、一切禁止となっていた。

戦時下に入ったことと、国際情勢の緊迫化にともなう当然の施設の強化とも考えられるが、それだけでは解釈できかねる異様な気配がかぎとられるのだ。

なにかが起っている……石島は、ひそかに周囲を見まわすような気持だった。が、その実体がなんであるのか、かれにはなにもわからなかった。

その年の六月下旬、馬場熊男《くまお》を長とする十一名の技師・工員たちが、長崎から姿を消していた。造船所の造船技術部門は、設計部と工作部とに分れていたが、馬場は、工作部に属する経験豊かな技師であった。

かれは、その年の二月に、鉄工場長の渡辺賢介から、「近々、或る船を起工することになったから、板ぎれを四月頃までにできるだけ多く用意しておけ」

と、言われた。

板ぎれとは、設計図からひいた現図などを基本にして原寸大のものを杉板でつくり、それに合わせて実物をつくるのに用いる――型板のことである。が、渡辺鉄工場長の口にした板ぎれの量の余りの多さに、

「一隻《せき》分でそんなにいるんですか」

と、呆《あき》れてきいた。が、渡辺は、

「なにもきくな。ただ集めさえすればいいんだ」

と、いつもの渡辺とはちがった素気《そつけ》ない口調で言うと足早に去って行った。

型板の集積が終ってから間もなく、馬場は、渡辺から、

「一寸《ちよつと》、首席監督官室へおれと一緒に来てくれ」

と、低声で誘われた。

後からついて行くと、海軍艦政本部から派遣されている首席監督官平田周二大佐を中心に、玉井喬介造船所長をはじめとして技師の芹川《せりかわ》正直、古賀繁一が、緊張した表情をして集っていた。

馬場は思いもかけない部屋の空気に身を硬くして、渡辺鉄工場長の大きな体の後にかくれるようにして立っていた。

首席監督官が、口を開いた。

「馬場技師を除いてはすでに承知していることと思うが、当造船所で新艦の建造を行うこととなった。この建造は、最高機密に属することで、その内容が外部にもれぬようにするため、絶対に信頼できる所員しかそれに従事させないことになっている。諸君たちの身許《みもと》調査は、警察の特高《とつこう》係にお願いしてすでに終っている。思想関係、宗教関係、家庭状況、外人との接触度など、すべてにおいて不都合はなかった。が、さらに徹底を期するため、一人一人宣誓をしてもらいたい」

そう言うと、首席監督官は、机の引出しから紙片をとり出した。

馬場は、手渡された紙片に目を落した。

宣 誓 書

今般当造船所ニ於《お》テ建造ノ第二号艦ニ関スル業務ニ干与セシメラルヽニ当リ之《これ》ガ重要ナルコトヲ認識シ、其《そ》ノ機密保持ニ附テハ最モ注意シ同艦ノコトニ関シテハ事情ノ如何《いかん》ニ拘《かかわ》ラズ肉親交友ニ対シテモ一切漏泄《ろうせつ》スルガ如《ごと》キコトナキヲ宣誓仕《つかまつ》リ候《そうろう》

依《よっ》テ若《も》シ万一些少《さしょう》ニテモ右宣誓ニ反スルガ如キコトアリタル場合ハ貴社又ハ海軍ニ於テ適当ト認メラルヽ処置ヲ執ラルヽコトニモ異存無之《これなく》候

三菱《みつびし》重工業株式会社長崎造船所

職名

氏名 ㊞

昭和十二年 月 日

本者、在長崎海軍監督官事務所ニ於テ本宣誓ヲ為《な》シタリ

三菱重工業株式会社長崎造船所長

玉 井 喬 介

馬場は、余りの物々しさに茫然《ぼうぜん》としたが、渡辺、芹川、古賀につづいて署名し、捺《なつ》印《いん》した。

「それでは、この宣誓の意味を十分肝に銘じて、第二号艦の建造に努力していただきたい。なお、今後諸君は海軍技術員嘱託として、所長は、勅任官待遇、技師は、奏任官待遇とする」

首席監督官が、附け加えた。

所長を残して、馬場たちは、部屋を出た。芹川と古賀は、無言のままそれぞれの職場の方へ去って行った。

馬場は、渡辺鉄工場長に追いつくと、

「第二号艦というのは、いったいなんなのですか」

と、低声でたずねた。

「知らん。そんなことは口にするな。宣誓したなどということも誰にも言うんじゃないぞ」

渡辺の顔は、かすかに青ざめているようだった。

馬場は、口をつぐんだ。自分の知らぬ間に、特高係によって身辺を調べられた上に、宣誓書にまで署名・捺印をさせられた。「貴社又ハ海軍ニ於テ適当ト認メラル、処置……」とは、どういうことを意味するのだろうか。不意に、馬場は、戦慄《せんりつ》をおぼえた。そして、顔から血がひくのを意識しながら、作業場の方へ小走りに歩いて行った。

六月に入ると、雨の日がつづいた。

馬場がゴム合羽《がっぱ》を着て作業の監督をしていると、渡辺鉄工場長からの使いがきた。かれは、雨中を渡辺の部屋に急いだ。

「十名ほど現図工を連れて呉《くれ》の海軍工廠《こうしょう》に行け。第一号艦の起工準備が進められている。二号艦は同型だから、現図の寸法を写しに行くんだ」

渡辺は、口早に言い、その出発日は、六月二十三日だと附け加えた。

馬場は、当惑した。かれは、高千穂《たかちほ》汽船から受注した六、七〇二トンの貨客船高瑞《こうずい》丸《まる》の最後の仕上げ作業を監督している。その引渡し期日が、六月末日なのだ。

「そんなものは、だれかにまかせて出発するんだ。ただし、行先が呉だなどとは、だれにも言うんじゃないぞ、わかっているな」

馬場は、うなずいた。

渡辺の部屋に十名の部下が、集められた。その時になって馬場は、自分の部下たちがすでに十日も前に監督官室で宣誓をすませていることに初めて気づいた。

「首席監督官の言われたように、二号艦の建造は、軍機密に属することだ。外部の者にはもちろん造船所内の者にも呉へ出張することはさとられたくない。あくまで秘密に行動することだ」

そう言って、渡辺は、当日の出発グループを二班に別け、第一班は昼の急行で、第二班は夜行で発《た》つように指示した。

馬場は、突然の出発をいぶかしむ家族に、

「一寸旅行してくるから……」

とだけ言い置いて、細い坂道を伝いながら長崎駅に向った。

改札口に並んだ列の中には、部下たちの顔がみえた。が、馬場たちは、互に素知らぬ風を装って、別れ別れに列車に乗込んだ。

呉につくと、馬場は、呉海軍工廠へ出張の度に泊る常宿の井筒屋旅館を避け、本通り五丁目にある古林という旅館に投宿した。予《あらかじ》め打合せていた通り、部屋は別々にとって、部下たちと廊下ですれちがっても口をきこうともしなかった。

翌朝、馬場たちは、思い思いに宿を出ると、呉海軍工廠の正門前に集った。九時になると、約束通り、夜行で長崎からやってきた渡辺鉄工場長が姿をみせた。

正門入口で厳重な身許調べを受けた後、馬場たちは、渡辺につれられて工廠造船部長室に赴き、桑原重治造船少将に、長崎からの第一陣として着任したことを報告した。かれらは、そこで指紋をとられ、顔写真をとられた。

部屋を出ると、渡辺は、

「たのんだぞ」

と、ひとこと言い、工廠の正門の方へ去って行った。

馬場は、部下をつれて指示された通り船殻《せんかく》工場へ行った。その部門は、船殻つまり船体をつくる作業現場で、三十八歳の海軍造船中佐梶原《かじわら》正夫が、船殻主任として第一号艦船体建造の総指揮に当っていた。

梶原は、馬場の着任挨拶《あいさつ》をうけると、すぐに、「現図」の担当部員を呼んだ。ドアをあけてはいってきたのは、以前に長崎造船所へ監督助手として来ていたこともある技師の辻《つじ》影雄であった。辻は、海軍技手養成所を出た、いわば下から叩《たた》きあげた海軍の技師だったが、そうした者に多い権力を笠《かさ》にきた者たちとはちがって、ひどく温厚な常識を備えた男だった。

馬場は、懐《なつか》しそうに迎え入れてくれた辻から、自分に課せられた仕事の内容をきいた。

長崎で建造される第二号艦は、呉の第一号艦と全く同型である。海軍艦政本部から呉工廠へ渡された基本設計図面は、第一号艦設計主任牧野茂造船少佐の手で具体化され、船殻工場へと流れてくる。その部分的な設計図をもとに、板で現図から原寸大の型板がとられる。

甲鉄用の型板は、さらに工廠内の製鋼部加工場に渡され、その型板から同じ二枚の甲鉄が作られる。——一つは、一号艦用、二つ目は、二号艦用。そして、馬場に課せられた仕事は、型板をとるのを手伝うと同時に、製鋼部で仕上げられた二号艦用甲鉄を、長崎へ送る手筈《てはず》をととのえることであった。

馬場は、早速《さっそく》部下たちと仕事にとりかかった。が、型板をとる広い現図場に入った馬場は、今までやってきた型板とりとかなりちがうことに気がついた。

第一に、寸法をとるのに金属製の巻尺が使われていない。その理由は、すぐにわかった。設計図から作られる型板が、余りにも大きすぎるからなのだ。つまり、短い巻尺を移動させながら測っていては、温度の変化で伸縮する巻尺の狂いや巻尺別にもっているかすかな誤差が積みかさなって、型板全体では大きな食いちがいとなってあらわれてくるおそれがあるのだ。

それに、甲鉄と鋼板の間に、チーク材が用意されていないらしいことも、かれには、はじめてのことだった。普通、艦艇を組みたてる鋼板と甲鉄の間には二・五センチから四センチほどのチーク材が張られ、仕上げられた甲鉄を組合せる時、出来た誤差を、チーク材をカンナでけずることで修正する。つまり、そこに一つの工作上の逃げ道が予め用意されているのだ。

馬場は、チーク材を使わないことは、後になって艦の重量を軽減させるための工夫だとわかったが、そのため型板とりの作業は、少しの誤差もゆるされない正確さを要求されていた。

馬場は、部下を督励して仕事をつづけながらも、ひそかに息もつまるような驚きをおぼえていた。設計図は、ごく一部の限られたものしか渡されていないが、長年の経験から、それが途方もなく大きな艦の一部であることが推察できた。しかも、製鋼部でつくられている甲鉄は、全く特殊な製法で造られているらしく、その上呆《あき》れたことに舷側《げんそく》に張る甲鉄は、厚さが四〇センチ以上もある。日本で最も大きい主力戦艦「陸《む》奥《つ》」の舷側甲鉄が三〇センチの厚さがあるといわれているが、製鋼技術が進歩し薄くて強靱《きょうじん》なものができはじめているというのに、それでもなお四〇センチ以上の厚さをもつ甲鉄を舷側にはる戦艦というのは、いったいなんなのだろう。

それは、為体《えたい》の知れぬ一種の怪物のようにすら思えた。

二

長崎造船所での第二号艦建造のきざしは、すでに昭和八年秋、第二船台にガントリークレーンの建設が企てられたときからはじまっていたと言っていい。そして、それはまた、日本の軍事的・経済的な動きと密接な関係があったのだ。

安政四年、ささやかな官立の造船所として生れた長崎造船所は、明治十七年に三菱《みつびし》会社社長岩崎弥太郎《やたろう》の手に移るとともに、国の保護をうけながら日本の資本主義の成長とテンポを合せて、発展してきた造船所であった。

竜田丸《たつたまる》、浅間丸《あさままる》などの優秀商船を海上に吐き出すとともに、戦艦日向《ひゅうが》（三一、二六〇排水トン）、土佐（三九、九〇〇排水トン）、巡洋戦艦霧島（二七、五〇〇排水トン）などの大艦を建造するほか、古鷹《ふるたか》、青葉、羽黒、鳥海《ちょうかい》、三隈《みくま》、利根《とね》、筑摩《ちくま》などの第一線巡洋艦をはじめ多くの諸艦艇を進水させてきた日本有数の造艦所でもあった。そして、六、二七〇アール（十九万坪）の土地と三、三〇〇アール（十万坪）の建物をかかえ、所員も一万五千名を越える大造船所に膨れ上っていた。

しかし、そこに至るまでには、多くの起伏があった。殊《こと》に大正末期から十年間ほどの期間は、長崎造船所にとって創立以来最も危うい一時期で、それがまた、新型戦艦を生み出す一つの時代的背景をなすものでもあったのだ。

大正七年、第一次世界大戦はドイツの降伏によって終結したが、それまでの造船業界は、稀《まれ》にみる活況に沸いていた。商船の新造注文が殺到したことに加えて、海軍からの大量な艦艇建造の注文が絶えることなくつづいたからであった。

その艦艇の発注のきっかけは、大正五年にアメリカ海軍が、戦艦十隻《せき》、巡洋戦艦六隻をそなえた十・六艦隊案を完成すると発表したことにはじまった。

アメリカを仮想敵国として戦力の充実につとめていた日本海軍は、早速それに対抗するため八・四艦隊計画案をたて、翌大正六年の第三十九議会に建造費予算の承認をうけた。その内容は、陸奥、長門《ながと》、扶桑《ふそう》、山城《やましろ》、伊勢《いせ》、日向、加賀（新建造）、土佐（新建造）八戦艦と、榛名《はるな》、霧島、天城《あまぎ》、赤城《あかぎ》の四巡洋戦艦合計十二隻、それに巡洋艦以下の補助艦艇を配したものであった。そして、翌大正七年には、さらに、八・六艦隊案を第四十議会に上程し、巡洋戦艦愛宕《あたご》と高雄《たかお》二隻をあらたに追加することになった。

はげしい建艦競争が、日本とアメリカの間ではじめられ、アメリカ海軍は、第二次拡充計画とも言うべき主力艦の大拡張計画を立案し、さらに強力な海軍兵力を増強する希望をひそかに抱きはじめていた。

日本海軍にとって、それは一大脅威であった。財力のあるアメリカが、その計画案を具体化させる可能性は十分あると判断されたのだ。

日本海軍は、ためらうことなく大正九年の原内閣第四十三議会に、八・八艦隊案を上程し、その建造予算を成立させた。その内容は、最も近代的な戦艦八隻――陸奥、長門、土佐、加賀、紀伊、尾張《おわり》、第十一号、第十二号艦と、巡洋戦艦八隻――天城、赤城、高雄、愛宕、第八号、第九号、第十号、第十一号艦を第一線兵力とし、艦齢八年から十六年をへた扶桑、山城、伊勢、日向、摂津、安芸《あき》、薩摩《さつま》の七戦艦、霧島、榛名、比叡《ひえい》、金剛、生駒《いこま》、伊吹《いぶき》、鞍馬《くらま》の七巡洋戦艦を第二線兵力として、そのほか巡洋艦二十四隻、駆逐艦六十四隻、潜水艦七十四隻にのぼる合計一九二隻の精鋭艦隊の建造案であった。

しかし、そうしたはげしい建艦競争は、あきらかに世界の社会情勢とは逆行したものであった。大戦後、欧米各国では、購買力が低下し、生産品の滞貨も日増しにふえて社会不安がひろがりはじめていた。こうした危機を内にひめていた各国は、漸《ようや》く果しなくつづけられる軍備拡張競争による経済的な負担に堪えがたいものをおぼえはじめていた。それに、多くの人的物的犠牲をはらった世界大戦のいまわしい記憶も加わって、戦争回避――軍備縮小の機運が急にたかまってきた。

　そうした世界情勢の中で、日本の場合は、さらに経済的にも社会的にも大きく破綻《はたん》をしめしていた時期であった。大戦中の好景気の反動は、大正九年に、早くも経済恐慌《きょうこう》となってあらわれ、労働運動や農民運動も急にさかんになっていた。

　こうした国内不安もあって、日本は、軍備縮小の世界的機運に応じ、大正十年のワシントン軍備縮小会議に参加し、翌年開催されたワシントン会議では、アメリカ・イギリス対日本の主力艦保有比率五・五・三の軍備縮小案にも同意した。

　この条約成立とともに、八・八艦隊案はくずれさり、戦艦として陸奥、長門、扶桑、山城、伊勢、日向の六隻と、金剛、比叡、榛名、霧島の四巡洋戦艦を残すだけとなって、建造半ばの艦艇は、すべて廃棄され解体されることになった。

　戦後の不況に苦しんでいた造船業界は、建艦休止によって大打撃をうけ、まず海軍工廠員《こうしょういん》の大量解雇をきっかけに、民間造船所でも施設を縮小し、所員を大幅に整理して、そのため各造船所では、大規模なストライキが相ついで発生した。

　長崎造船所では、八・八艦隊計画にもとづいて建造中であった新鋭戦艦土佐が、進水を終えながらも廃艦ときまり、同じく巡洋戦艦高雄も、建造中止を指令されていた。

　廃艦ときまった土佐は、五万名にも達する所員や長崎市民に見送られて造船所の艤《ぎ》装岸壁《そう》をはなれた。そして、未完成のままの船体を曳船《えいせん》五隻にひかれて長崎港を出、長崎港外の伊王島北方二浬《かいり》の海上で運用術練習艦富士につながれ、装甲巡洋艦八雲《やくも》の護衛のもとに呉《くれ》へと向った。その後、土佐は、呉海軍工廠の水雷試射場から魚雷を叩《たた》きこまれたのを皮切りに、瀬戸内海で実験艦として、呉海軍工廠亀《かめ》ヶ首《くび》試射場からの砲弾などを浴びることになった。実験は、大正十三年六月にはじまって数カ月間、土佐は穴だらけになり引きちぎられ破壊されて、その艦名とゆかりのある四国の土佐沖で、屑鉄《くずてつ》同様に打捨てられてしまった。

所員たちは、自分たちの手がけた土佐の悲劇的な最期《さいご》をなげいたが、造船所の経営陣は、そうした感傷にひたるようなゆとりはなかった。土佐と高雄の建造中止による経済的被害も大きい上に、昭和四年からはじまった世界的大恐慌と、さらに翌年開かれたロンドン軍縮会議で補助艦の制限案が成立し、条約有効期間も五年間延長されることを知って、かれらはほとんど虚脱状態にあったのだ。

経営者たちは、他の造船所の例にならって施設を縮小し、所員の大量解雇をつぎつぎと行い、二年ほどの間に所員は、土佐建造当時の三分の一にまで減ってしまった。

造船界が、漸く立直りをみせはじめたのは、満洲《まんしゅう》事変が発生した頃《ころ》からで、海軍部内では、五・五・三の比率に不満な強硬派が日増しにその勢力をひろげ、軍縮協定の破棄を主張するようになっていた。そして、昭和八年には松岡洋右《ようすけ》がジュネーブにおもむき、国際聯盟《れんめい》に正式な聯盟脱退を通告した。

こうした情勢を察した長崎造船所の経営陣は、昭和十年に迎える建艦休止の期限が、さらに延長されることはあるまいと判断した。アメリカ・イギリスは、五カ年間の条約有効期間の延長を望んでいるらしかったが、日本海軍内の大勢を支配した条約脱退派がそれを無視することはまずまちがいあるまいと推測したのだ。

条約脱退がきまれば、当然、新艦建造競争が再びはじまる。しかも新艦は、八・八艦隊計画によって建造された四万排水トンの土佐クラス以上の戦艦が主となることは容易に予想できた。

経営陣に加わっている者たちは、建艦計画が実施された折には、当然大型艦の注文が海軍から発注されることを覚悟していた。そのためには、造船所自身に、大型艦建造の受入れ態勢をととのえておく必要があった。

かれらは、造船所内で最も規模の大きい第二船台をさらに拡充し、そこに、巨大なガントリークレーンを建設することを企てた。ガントリークレーンという構築物は、船台の両側に太い鉄骨を立て並べ、さらに上方にも鉄骨を渡してそこにいくつものクレーンを移動させる仕組みになっている。船を形作る資材は、このクレーンに吊《つ》りさ

げられて、適当な位置におろされ、船体建造の上で能率的に大きな効果があがること
が期待できた。
この第二船台の大拡張とガントリークレーンの建設計画は、海軍艦政本部に報告さ
れ、その賛意を得た。
造船所は、ただちにその準備をはじめ、昭和九年十月にガントリークレーンの建設
と、第二船台の拡張工事に着手した。
昭和十年五月初旬、海軍艦政本部第四部長山本幹之助造船中将から、
「至急、本部に出頭せよ」
という暗号電報が、首席監督官を通じて造船所長宛《あて》に入った。
所長の玉井は、新艦建造の話にまちがいあるまいと判断して、鉄工場長渡辺賢介を
伴ない、その日のうちに東京へ発《た》った。
艦政本部に行った玉井たちは、山本造船中将から第二船台とガントリークレーンの
機能について質問を受け、かれらは、それについて詳細に説明した。
玉井たちが長崎へ引き返すと、数日後には、艦政本部総務部長豊田貞次郎海軍中将
が、ひそかに長崎へ技術部員を連れてやってきた。

副所長室が秘密会議場にあてられ、首席監督官平田周二大佐、稲垣《いながき》鉄郎、小川嘉樹《よしき》両副所長、それに渡辺鉄工場長が出席した。そして、部屋の中央に置かれた大きなテーブルには、第二船台とガントリークレーンを含む造船所内の施設配置図、進水台の構造図、長崎港の地図、湾内の水深図などがひろげられていた。

豊田は、会議が始まるとすぐに、

「この第二船台では、最大幅一二四フィート（三八メートル弱）の艦が建造できないか」

と、おだやかな口調で言った。

渡辺たちは、一瞬茫然《ぼうぜん》として互に顔を見合せた。主力戦艦長門の艦の最大幅が、九六フィート（二九メートル）と言われているが、それより一〇メートル近くも幅の広い艦というのは、いったいどれほど大きな艦の建造を予定しているのだろうか。

渡辺は、漸く気分をしずめるように自分の研究資料を翻《かえ》しながら、

「それは、造って造れないことはありません。しかし、それではガントリークレーンの鉄骨の幅一杯一杯になってしまいますので、私たちの希望としましては、一二二フィート（三七メートル強）程度にしていただきたいと思います」

と、言った。

「しかし、一二四フィートでも決して不可能ではないんだね」

豊田が、念を押すように渡辺を見つめた。

「はい、不可能ではありません」

渡辺は、うなずいた。

「次に、艦の長さだが、どの程度まで可能か」

豊田の質問に、渡辺は、再び副所長たちと顔を見合せた。艦の幅が九六フィートの長門ですら、艦の長さは七〇〇フィート（二一三メートル強）ある。その率から考えれば、一〇〇〇フィート（三〇五メートル弱）は、どうしても必要だろう。

小川副所長も渡辺と同じことを考えたらしく、

「もしも、艦の長さが一〇〇〇フィート必要としますと、艦首がここまできますから」

と、テーブルの上の図面をさし示しながら、

「この山を大幅に切り崩し、さらに動力室その他を移転させなければなりません。それですから、できれば八五〇フィート（二六〇メートル弱）以内にしていただきたいと思います」

と、答えた。

豊田は、軽くうなずいた。

「お話をうかがいますと、計画しておられる艦は、かなり規模の大きなものと考えられますが……」

稲垣副所長が、ためらいがちに言った。

が、豊田は、黙ったままわずかに口許《くちもと》をゆるめただけであった。

「進水についてだが、船台の強度は十分だろうか」

豊田が、渡辺鉄工場長に目を向けた。

「現在のままでは、不充分です」

渡辺は、即座に答えた。豊田の話から推測すると、艦は五万トン近くのものが予定されているらしい。土佐クラスまでのものなら充分だが、それ以上の艦では、その重量に堪えきれず船台は音を立てて破壊されてしまうだろう。一問一答の末、この件は、実際の艦の内容があきらかになってから慎重に検討して、補強工事を行うことに決定した。

「ところで、進水の折、艦が対岸に衝突するおそれがあるように思えるが……」

その質問には、当然の理由があった。

長崎港の海岸は、入江のように細長く陸地に食いこんでいる。造船所は、その海岸にあるのだが、海面をへだてた対岸までの距離は、わずかに六八〇メートルで、船台から水飛沫《みずしぶき》をあげて進水した船体は、そのまま海面を進んで対岸に激突するおそれがある。まして、五万トン近い巨大な艦は、船台を滑りおりた勢いで、かなりの速度で進み、轟音《ごうおん》をあげて対岸に山のように乗り上げてしまうことは容易に想像できた。

しかし、長崎港の特殊な海面で多くの艦船を進水させてきた渡辺は、この点については充分研究ずみであった。

「私の考えでは、進水する艦の右舷《みぎげん》に、かなりの重量をもつ鎖をつけます。進水した艦は、鎖を引きずって海面に滑り下りますが、その重さが艦の速度を抑制し、しかも右舷につけた鎖の重さで対岸に衝突する前に、当然左へ体を曲げるはずです」

豊田は、苦笑しながらうなずいた。

話は、進水の可否に集中された。

船は、船体の大体の工事を終えると、舵《かじ》やスクリューを取りつけられて海上に浮べられる。これが進水なのだが、それまで船体は、コンクリートづくりの船台の上で、無数の盤木という太い角材の上にのせられて固定されている。これを滑降させて進水させるためには、船体の下に船体と同じ長さの進水台をもうけ、盤木を取りはずして進水台に船体の重量を移し、その上を滑走させるのだ。そして、進水を成功させる重要なポイントは、進水台の強度にかかっていた。

「進水台の幅を、一三フィートまでつくる自信があるというが……」

豊田は、気遣わしげにたずねた。

船の規模が大きければ大きい程、それを支える進水台の幅は広くならなければ、その重量には到底堪えることはできない。そこで渡辺は、一三フィート（四メートル）という進水台の幅を一応考えてはいたのだが、それを実際につくることは工作上極めて難しいことで、世界の造船史上でも、それほど幅の広い進水台が使用されたことは一度もない。陸奥《むつ》の進水台で七・一六七フィート、レキシントン（米）で七・八三フィート。世界で最も大きな進水台を使用したイギリスの豪華客船クインメリー号ですら一〇・五フィートなのである。

「いずれにしましても、私たちとしましては、そこまで考え、準備しているのです」

小川副所長が、言った。

それで、会議は終った。

だが、小川たちは、釈然としない表情をしていた。大型艦を建造するための態勢は、一応整えてきたつもりではあったが、予定されている艦の規模は、自分たちの想像をかなり上廻《うわまわ》ったものであるらしい。技術的には受けて立つ気構えだけはあるにしても、それを実行する際の不安はある。

ふと豊田の口にしたこんな言葉も気にかかってくる。

「艤装岸壁の海が浅すぎるね。一〇メートルは深くさらってくれなくては……」

それまでに進水させた大型艦も商船も、その岸壁に横づけして、砲塔や艦橋や煙突などをとりつけ艤装工事を行ったのだ。水深なども充分にゆとりがあるというのに、それをさらに一〇メートルも深くしろというのは、いったいどんな艦を予定しているのだろうか。

その実体がつかめないだけに、小川たちは、一層心を苛立《いらだ》たせていた。

出張先から戻《もど》ってきた所長の玉井を中心にして連日会議が開かれた。豊田海軍中将からの注意もあって、新艦建造については機密に属することなので出席者は、稲垣、小川両副所長と渡辺鉄工場長をまじえた四人に限られていた。

豊田中将との会議の空気からは、五万排水トン近くの世界最大の戦艦であることが想定できる。それをもとにして、起工から進水までが二年間、その後の艤装工事が一カ年半という仮定をとりあえず立ててみた。

工事には、さまざまな困難が予想されるが、なかでも工員の不足は致命的で、土佐を手がけた頃の三分の一の工員数では、到底そのような巨艦は建造できない。ただ土佐建造当時と比較すると、設備も改良され、技術も進歩し、工員の熟練度も増しているので、工員数は、三五パーセントは節約できる。が、新艦の規模の大きさを考えれば、むろん大幅な工員の増員をはかる必要があった。

そのため、玉井たちは、第一次増員計画として、とりあえず千四百名の工員の新採用をきめた。そして、すでに建造中の巡洋艦利根《とね》と、近々に起工することになっている巡洋艦筑摩《ちくま》の工事を進める間に、新採用工員を実地に鍛えあげ、熟練した精鋭を新艦建造にふりむけようと企てた。この増員案は、東京本店の賛意も得て、ただちに実行に移された。

その年の十月一日になると、巡洋艦筑摩が起工された。起工された船台は、新艦が建造される予定の第二船台を実験的な意味から選び、ガントリークレーンの性能もテストされた。その結果は、上方を移動するクレーンの動きもなめらかで、筑摩の船体工事は、極めて順調に進められた。

十二月に入ると、ロンドンで軍縮会議が開催され、年を越した昭和十一年一月十五日、日本は、軍縮会議に正式な脱退通告を突きつけた。予想された通り、条約脱退派が大勢を決したのである。

長崎造船所は、情勢判断がまちがいなく的中したことを知り、新艦建造命令も間近いものとして、さらに工員の第二次、第三次の増員をはかると同時に、その技術訓練に専念した。

その年には、国内的にも対外的にもさまざまなことが起った。二月二十六日には二・二六事件が発生し、内大臣斎藤実《まこと》、大蔵大臣高橋是清《これきよ》、陸軍教育総監渡辺錠太郎《じようたろう》らが、陸軍の青年将校の率いる叛乱軍《はんらんぐん》に暗殺され、侍従長鈴木貫太郎が重傷を負わされた。この事件は、三日後の二十九日には鎮圧されたが、この事件をきっかけに軍部殊《こと》に陸軍の政治介入が急に露骨になった。

さらに十一月には、日独防共協定が締結され、イタリヤのエチオピア侵攻に関連して日伊協定が締結され、国内の緊張感も息苦しいほどにたかまってきた。

そうした中で、巨大な規模をほこる第二船台のガントリークレーンが、予定通り三月末日に完成していた。それは、美しい長崎港の一角に、巨大なタラバ蟹《がに》のような朱色の鉄骨を踏まえて、無数の鋲《びよう》を光らせながら立っていた。

昭和十二年が、明けた。造船所には、所々に注連縄《しめなわ》が張られ、五日までの正月休みが静かに過ぎていった。

東京本店から、海軍艦政本部よりの出頭命令があったからすぐに上京するようにという至急電報が入ったのは、松がとれてから間もなくであった。所長の玉井は、副所長の小川、鉄工場長の渡辺を連れ、すぐに東京へ発った。そして、本店に赴くと、社長の岩崎小弥太《こやた》、常務の伊藤達三と同道して艦政本部に出頭した。

かれらが一室に待っていると、本部長の上田宗重《むねしげ》海軍中将が、第四部長、総務部長を伴なって入ってきた。

新年の挨拶《あいさつ》を交し、席につくと、上田本部長が徐《おもむ》ろに口をひらいた。

「軍機密に属することなので、口頭でお伝えします。この度、海軍では、全く同型の戦艦二隻を建造することに決定しました。その第一号艦は、呉の海軍工廠《こうしょう》、第二号艦は、三菱重工業株式会社の長崎造船所で建造することに内定しています。詳細については追ってお伝えしますが、呉海軍工廠の指導をうけて完成していただきたい。本日出頭していただいたのは、第二号艦建造の内命をお伝えしたかったからです」

岩崎は、玉井所長たちの顔を見廻してから、

「喜んでお受けいたします」

と、頭をさげた。

玉井が緊張した面持で言った。

「造船所側といたしましては、起工するための準備をととのえておかねばなりませんので、簡単で結構ですが、排水量、艦の長さ、最大幅程度をおきかせいただけませんか」

「それは、まだお話できる段階ではありません。実は、エンジン関係に設計変更があったので、まだ最終決定までには至っていないのです。近々のうちに決定しますが、よく呉工廠と連絡をとって準備を進めていただきたい」

上田は、そう言うと席を立った。

その後、総務部長から、今日の内命の件については、最高機密に属することなので、決して他言しないこと、海軍部内でも上層部の極く限られた者しか知らないことであるから、その点は充分留意していただきたい、と注意があった。

岩崎たちは、諒承《りようしよう》して艦政本部を辞した。

本店に戻《もど》ると、社長をまじえて会議が開かれた。そして、今後は、本店の伊藤常務が第二号艦事務担当として、長崎と連絡をとり本格的な起工準備に入ることに決定した。

玉井たちは、その夜長崎へ引き返した。が、具体的なことが依然としてあきらかにされていないため、起工準備をどのような形で進めてよいのか判断もつかない。艦政本部からは、その後なんの指示もないので、苛立った玉井所長は、三月に入ると渡辺鉄工場長に命じて、呉海軍工廠に赴き第一号艦の起工準備がどのような形で行われているかを見定めてくるようにと指示した。

渡辺は、部下の古賀繁一、吉田扶美夫《ふみお》の両技師を伴なって出発したが、翌々日釈然としない表情で帰ってきた。造船部長の桑原少将に会って御指示を仰ぎたいと申し入れたが、桑原は、

「一号艦とか二号艦とか、そんな話はきいたこともない。従って、準備なども全くしていない」

と、素気なく言われただけだという。渡辺たちが、海軍の嘱託技術員でもないし、その身分資格に欠けていることが原因らしかった。

第二号艦建造の内命まで下っているというのに、桑原少将から渡辺たちがすげない態度で追い返されてきたことは、玉井所長にしてみればむろん不愉快なことではあったが、翻《ひるがえ》って考えてみると、同時にそれは、第一号・第二号艦の建造が、容易ならぬ軍の最高機密であることを証明するものでもあるように思えた。玉井は、あらためて稲垣・小川両副所長と渡辺鉄工場長、古賀、吉田の両技師を招くと、第二号艦のこと

に関連したことは、この六名だけが知っているにとどめようと念を押した。

と、それを裏づけるように、数日後、海軍艦政本部からの指令が、首席監督官を通じて玉井所長にもたらされた。その要旨は、建造中の第二号艦の外観その他を外部から察知できない完全な方法を研究し、至急にその具体案を提出せよというのである。

玉井は、当惑した。長崎港は、丁度すり鉢《ばち》の底のような所に位置している。稲佐山《いなさやま》、金比羅山《こんぴらやま》、風頭山《かざがしらやま》などの山々に三方を囲まれて、市街の家並は、海岸線から山々の傾斜にせり上るようにぎっしりと軒をつらねている。長崎の風光が秀《すぐ》れているということは、一寸《ちょっと》した高みからはむろんのこと、市街地からも美しい港を一望の下に見下すことができるからだ。その海岸に沿って造船所はひろがっている。海面に突き出ている第二船台で建造される第二号艦は、すべての市民の眼《め》にさらされてしまうことはまちがいなかった。それに、歴史的関係からも地理的関係からも、長崎には、外国人たちが数多く住みついている。市中には、外国人宣教師の出入りする教会をはじめ支那《シナ》人街や各国の領事館なども散在し、さらに上海《シャンハイ》航路の出入港でもあって船上から外人の眼にふれることも多い。

こうした特殊な環境の中で、その船体を人の眼から遮断《しゃだん》して建造することは、常識的に言って到底不可能なことであった。

玉井所長は、渡辺鉄工場長に、その研究を一任した。

渡辺は、竹沢五十衛《いそえ》技師を鉄工場の詰所に招くと、

「口外しては困るが、第二船台のガントリークレーンを囲って、建造中の船体を完全に遮蔽《しゃへい》する方法を研究しろ。古賀繁一技師が相談にのってくれる手筈《てはず》になっているから……」

と、竹沢技師にその研究を担当させた。

竹沢は、それがどのような目的をもつものかは判断もつかなかったが、上司の古賀技師の指示を仰ぎながら、その研究に着手した。

初めに考えられたのは、トタン板を周囲に張りめぐらして第二船台を遮蔽する方法であった。幅四〇メートル、長さ二七〇メートル、高さ三六メートルのガントリークレーンに沿ってトタン板の囲いをつくっておおってしまうのだ。だが、この方法には、基本的な欠陥があった。第一に、三六メートルの高さまでトタン板を高々と張ることは決して容易なことではないし、たとえそれが可能になったとしても、強風、殊に颱《たい》風《ふう》などを受ければ、そのすさまじい風圧を全面にうけて、トタン板はたちまち剝《は》がされ、吹き飛ばされて、船台は短時間のうちにむき出しにされてしまうだろう。強風を受けても飛ばされないもの、それは、風圧の通り抜ける個所のある、つまりスダレに

近いものでなければならないはずだった。

しかも、そのスダレにも種々な条件が要求される。まず完全に艦の姿をかくしてしまうもの、どのような強風にも堪えられる強靱《きょうじん》さを持つもの。起工してから進水までの期間、つまり三年近くの間、雨に打たれ潮風に吹かれても決して腐蝕《ふしょく》したりもろくなったりしないもの、造船工事につきものの熔接《ようせつ》作業で散らされる火花などで燃えたりしないものなどが必要とされる。

そこで、これらの諸条件を考え合せながら、さまざまな実物テストが行われた。

第一にとりあげられたのは防水された厚い布で、風圧を避けるために短冊《たんざく》状に切ったものを試作した。しかし、布そのものが軽いため、一寸した風を受けても勢いよく翻ってしまい、船台を遮蔽する方法としては不適当な素材であることがわかった。次に、テストの対象になったのは、特殊な竹製のスダレであった。太い竹を縦に半分にたち割って、それに綱を通してみたが、これは逆に竹の総重量が相当の重さになって、綱が切れるおそれが多分にあるという致命的な欠陥が予想された。藁縄《わらなわ》を使用してみたら、という案も出た。水分をふくんで腐りやすいという短所も、防水することでおぎなえそうだったが、燃えやすいという性格はどうしようもなかった。

竹沢技師は、古賀技師に相談しながらそれを一つ一つ試作してみては、造船所の片《かた》隅《すみ》に廃屋同様で建っている工場の軒に垂らし、マッチで燃やしてみたり、設計部の計算係に、どの程度の風圧に堪えられるかを計算してもらったりした。

「そんなもの、なにに使うんですか」

妙なことをしている古賀と竹沢に、所員は、いぶかしそうな表情をした。が、二人は、ただ薄笑いしながら口をつぐんでいた。

「棕櫚《しゅろ》を使ったら……」

という案が出たのは、テストをはじめてから一カ月も経《た》ってからであった。

棕櫚の縄ならば、或《あ》る程度の重みはあるし、風に翻ることもない。イカリ綱や浮子《バタ》綱《づな》などの漁具に使われていることから考えてみても、水はけはよいし、腐りもせず、強靭であることはたしかだった。それに、燃えにくいという性格も、遮蔽装置としての条件にかなっていた。

早速、棕櫚縄でテストが行われた。結果は上々で、ただ縄ノレンのように垂らすだけでは中が透けてみえるので、棕櫚縄を縦横にスダレのように編むことにした。

渡辺鉄工場長は、その方法に満足して試作品を所長に示し、首席監督官にテストの結果を報告した。すぐにそのことは艦政本部に伝えられ、折返し承知した旨《むね》の返事がきた。

ただちに、棕櫚の所要量が計算された。船台の近くから覗《のぞ》きみられることを防ぐために、高さ三メートル程度まではトタン板を張りめぐらす。その上にガントリークレーンの鉄骨からスダレ状の棕櫚縄を垂らすのだが、重要な部分は、二重三重に重ね合す必要がある。スダレの大きさを一枚一五メートル×一〇メートルとすると、船台すべてを覆うためにはスダレの量は五〇〇枚必要となる。つまり、総面積七五、〇〇〇平方メートル、縄の長さ、延二、五〇〇キロメートル、重さは、四〇〇トンにも及ぶことがあきらかになった。そして、艦が船台から進水した後に遮蔽するため使用される量も考えると、この数字はさらに増すことが予想された。

計算は出たものの、渡辺は、余りの量に呆《あき》れてしまった。果して、これだけの量の棕櫚縄が、起工までの期間内に集めることができるだろうか。造船所出入りの船具会社を動かして仕入れれば、希望通りの量が集まることも考えられるが、長崎造船所で莫《ばく》大《だい》な量の棕櫚を仕入れたことは、たちまちひろく知られてしまうだろう。少くとも起工までは、棕櫚の買附けもその使途もさとられたくはないのだ。

渡辺は、玉井所長と相談して、造船所自身で棕櫚の繊維を買い集め、加工することを進言した。そして、所長から総務部長に、加工目減りを加えた棕櫚繊維五〇〇トンの至急買附けを命じてもらった。

九州各地の棕櫚分布と、集荷商人のリストが作成され、集荷は、材料課担当となった。買附けはすべて即金、行動もすべて秘密裡《り》に行うことを命じられた課員五名は、それぞれかなりの現金を手にして九州各地に散って行った。

四月から五月にかけて、長崎の空には、おびただしい数のハタ（凧《たこ》）が舞った。山や丘のハタ揚げ会場には、鮮烈な図案の凧が乱れ飛び、市民も家族連れでむらがり集る。凧の糸には、米粒とねり合せたガラスの粉がぬられていて、互に他のハタにからみ合せては空中で糸の切り合いをする。糸を切られたハタは、遠く風に飛ばされて、造船所近くの海面にまでとんでくるものもあった。

……呉《くれ》海軍工廠から打合せにくるように、という連絡があったのは、五月も中旬に入ってからであった。

渡辺鉄工場長が呉工廠に出向くと、桑原造船少将が微笑して迎え、

「新艦の型板とりがはじまったから、長崎からも応援をよこすように」

と、言ってくれた。

渡辺は、そこで桑原から新艦についていくらかの知識を得た。この建造案は、昭和九年十月軍令部から海軍省に要求されたことにはじまって、艦政本部が研究を担当し

てきた。平賀譲《ゆずる》造船中将の指導の下に福田啓二造船大佐が設計基本計画主任となって、二十三種類の異なった設計をへて、漸《ようや》く三月末に二年半がかりで最終決定をみたのだという。その設計に参画した者は、造船関係で竜三郎、牧野茂、松本喜太郎、岡村博、土本宇之助《うのすけ》、今井信男、造機関係で渋谷隆太郎、近藤市郎、長井安式、造兵関係で菱川《ひしかわ》万三郎、甲鉄関係では佐々川清等、海軍技術関係の最高の頭脳が集められたのだという。そして、その基本設計図を具体化するため、まだ三十五歳の牧野茂造船少佐が呉工廠に転任し、造船部設計主任として実際に一号艦を建造するための設計に従事しているという。

「君が来てくれた時には、まだエンジン関係の設計変更がつづいていて、最終案が出てきていなかったのだ。実は、スクリューをうごかす推進軸四個を、ディーゼルで二個タービンで二個動かすという併用方法で、昨年七月末に最終案が出来上っていたのだが、ディーゼルをそなえつけていた大鯨《たいげい》、剣埼《つるぎざき》、高崎等の調子が芳《かんば》しくない。故障が多発しているのだ。それで結局タービン四個に変更されたので、最終決定がおくれていたのだ。長崎に建造の内命が下りたことは、私も承知していたが、そういう事情があって打合せもできなかった。悪く思わないでくれ」

桑原は、苦笑した。

その日、渡辺は、桑原少将に連れられて、設計主任の牧野造船少佐に挨拶した。牧野は、東京帝国大学で教壇に立ったこともある海軍技術部内の英才で、新戦艦の詳細設計は、かれの頭脳にその多くがかけられていた。渡辺は、さらに桑原に連れられて工廠内の見学も許された。第一号艦の起工される造船ドックの底はいつの間にかさらに深く掘り下げられ、新たに巨大なクレーンの取附けもはじまっている。第一号艦の起工準備は、すでに開始されているのだ。

その日の打合せは、細かい点にもふれた。第二号艦の建造も、同型艦である第一号艦と同じように牧野少佐の作り上げた詳細設計図をもとにして行われる。設計図は、すべて呉工廠から流される。また、防禦《ぼうぎょ》に必要な厚い甲鉄は呉製鋼部から、普通の鋼材・鉄板は八幡《やはた》製鉄所からそれぞれ長崎へ送られる。そして、長崎造船所側からもその流れを円滑なものにするため、造船所員の呉出張をはかるように要請があった。

「新型戦艦の内容については、今月中にも基本設計図その他が長崎へも送られるはずだ。私たちの方も全面的に協力するから、君たちの方も準備をはじめてくれ」

桑原少将は、別れぎわに渡辺に言った。

渡辺鉄工場長は、急いで長崎へ帰った。

首席監督官をまじえて、緊急会議が開かれた。渡辺は、呉工廠で打合せてきた内容を報告し、型板どりの工作技師を工員とともに派遣しなければならないことを話した。その場で、馬場熊男《くまお》技師をキャップとする呉工廠への第一陣の派遣員がきまった。が、馬場をはじめそれについて行く工員たちにも、おぼろげながらも新戦艦を建造する話はしてやらなければならない。それまで、玉井所長をふくめた六名の者の間でかたく守られてきた沈黙は、呉工廠出張員の派遣によって、さらにその範囲をひろげねばならないことになる。

「今後、工事が始まれば、それにタッチする者は、益々《ますます》増加します。竣工《しゅんこう》までには、おそらく三千名、四千名という所員がそれに取組むことになりますが、機密保持の方法については、どのように考えますか」

玉井所長は、気遣わしげに首席監督官にたずねた。

「当然、それは、そうなる筈《はず》だ。それについては、艦政本部とすでに打合せずみで、一人一人の身許《みもと》を調査した上で、さらに絶対に口外させないよう宣誓をさせることになっている。艦の全体の規模がわかる基本設計図と主要寸法は、所内の最高幹部数名が窺《うかが》い知るだけで、それ以外の者には、部分部分の図面しか目にふれさせない。万が一、機密を洩《も》らすような者が出た場合は、本人はもちろんのこと監督者も連帯責任を負って処置されることを覚悟していてもらいたい」

監督官の語気は、荒かった。

十日程して、首席監督官室で初めての宣誓が緊張した空気のなかで行われ、呉海軍工廠への派遣第一陣がひそかに出発した。

宣誓と同時に、所長・副所長は海軍技術嘱託として勅任官（中将又は少将待遇）、技師は奏任官（佐官又は尉官《いかん》待遇）、技手が判任官（下士官待遇）にそれぞれ任ぜられて、海軍と折衝する有力な資格を与えられることになった。

三

その年の六月一日、待ちかねていた新戦艦の基本設計図と主要要目が、艦政本部から首席監督官をへて造船所側に手渡された。

軍機といういかめしい印のおされた書類を、渡辺鉄工場長は、玉井所長、稲垣《いながき》・小川両副所長とともにひそかに目を通した。かれらは、口もつぐんだまま主要要目を見つめながら書類を一枚一枚繰っていった。

艦の長さ　二六三メートル
最大幅　三八・九メートル

排　水　量（公試状態）六八、二〇〇トン
（満載状態）七一、一〇〇トン
重油満載量　六、三〇〇トン
航続距離（一六ノットで）七、二〇〇浬《かいり》（一三、三三四キロメートル）
速　　力　二七ノット（時速五〇キロメートル）
軸　馬　力　一五〇、〇〇〇馬力
主　　砲　四六センチメートル（一八インチ）砲三連装三基計九門
副　　砲　一五・五センチメートル砲十二門
搭載《とうさい》飛行機　六機
乗　員　数　二、三〇〇名

すべての項目が予想をはるかに上廻《うわまわ》る数字ばかりであった。排水量も五万トン近いと仮定していたが、それを二万トンも越えている。殊《こと》に、主砲の直径四六センチという数字は、新戦艦が、世界の戦艦の常識をやぶる重要な意義を持つものであることを証明していた。

戦艦の価値評価は、搭載される砲の威力の大小で左右される。より巨大な砲を装備し、より遠くの目標物に、より大きな打撃を与える戦艦を持ちたいということは、各国海軍の痛切なねがいであった。その結果が、四〇センチ砲数門をそなえた強力な戦艦となって出現し、そして、それが、戦艦に装備される主砲の限界とされていたのだ。

ただそれまでに、イギリスのフューリアスという巡洋艦に四六センチ砲一門がのせられ実射されたという記録はある。が、発射の衝撃で艦の振動が非常にはげしかったといわれ、後にフューリアスからはずした四六センチ砲をイギリスのモニターという砲艦に備え附け、第一次大戦中ベルギーのフランダース沖からドイツ軍に砲弾を打ち込んだともいわれているが、砲身の長さも一六メートル程度の短いもので威力も少く遠距離射撃も不可能だった。それらに比較して、第一号・二号艦の四六センチ主砲が二一メートルの世界最長の砲身を持つことは、疑いなく世界戦艦史上最大の威力をひめた戦艦であることを意味している。

艦の長さも、イギリスの主力戦艦ネルソンの二一四メートル、長門《ながと》の二一三メートルと比して五〇メートルは長い。がそれよりも、最大幅が、ネルソンの三二メートル、長門の二九メートルに比較して、一〇メートル近くも広いというのは、艦の幅が異常に広い妙な艦型であることを示している。むろんそれは、巨大な主砲を備えた戦艦としては当然の艦型で、巨砲九門の一斉《いっせい》射撃に堪えるためには、艦の幅を思いきってひろげねばならず、また、艦の長さをより短くして、敵からの攻撃範囲を少くしようとするための配慮にちがいなかった。

玉井所長をはじめ、四人の顔には血の気がうすれていた。これは、疑いなく従来の戦艦というものの常識を打破った劃期《かつき》的な新式戦艦である。設計図をみても、軍艦というよりはむしろ厚い甲鉄でかためられ、おびただしい兵器でうずめられた要塞《ようさい》と言った方がふさわしいように思える。

四人は、しばらく放心したように黙り込んでいた。

「ともかくやるんだ。海軍でも、私たちの技術を信じてやらせようというのだ。早速、今日から起工準備にかかろう」

玉井所長が、血走った眼をして立上った。

その日、玉井の命令で人員配置がおこなわれ、第二号艦の建造をおし進めてゆく中心機関として、第二号艦建造主任室が創設された。そして、その主任として鉄工場長の渡辺賢介、副主任格として技師の古賀繁一が任命され、その下に大宮丈七、馬場熊《くま》男《お》、和田辰一《しんいち》、竹沢五十衛、松永弥太郎、梅住剛らの技師たちが、それぞれ宣誓の上配属された。さらに、建造主任室の補助機関として、造船設計部内に軍艦課を設け、泉山直三郎課長をはじめ、片岡重吉、喜多喜久一らの技師が特命を受け、また工作部の芹川《せりかわ》正直が工作関係を担当することとなった。

渡辺第二号艦建造主任は、技師たちを招集した。

「近いうちに、当造船所で大型戦艦を建造することになった。その全体の内容については、軍機に属することなので君たちには言えない。また君たちも知ろうとしないで欲しい。ただ、自分に課せられた小部分の仕事だけに没頭してもらいたい。起工までの期間は六カ月程度の予定だが、それまでにそれぞれの研究をはじめてもらいたい」

技師たちは、諒承《りようしよう》して各部署に散っていった。

渡辺建造主任は、仕事の内容を大きく二つに分けてみた。その一は、施設の拡充、その二は、第二号艦を完成させる技術的研究である。

施設の点で初めにやらねばならぬことは、船体を建造する船台とガントリークレーンの拡充強化であった。二六三メートルの長さを持つ艦を建造するためには、船台を、艦首が据《す》えられる方向つまり海面とは逆の方向に六〇メートルは延長させねばならない。そのためには、山を大幅にきり崩す必要がある。艦の幅も、三八・九メートルという桁《けた》はずれの広さをもっているので、最も幅の広さを要求される部分、つまり艦の中央が据えられる部分を八メートル乃至《ないし》一五メートルは拡張させなければならない。

その上、進水させる折、滑走する艦の重量を支えるために、船台の海面に近い一三〇メートルの部分に多量の鋼材を打ちこんで強化させる必要もある。

だが、目的の第二船台では、巡洋艦筑摩《ちくま》が建造途中である。筑摩が進水し第二船台が空かなくては、船台の拡張・強化工事に手をつけることはできない。やむなく渡辺主任は、とりあえず山をきり崩すことと、船台を強化する鋼材の買附けから手をつけることにきめた。

第二の仕事は、技術的研究であったが、最も困難を予想されるのは、進水だった。呉《くれ》海軍工廠《こうしよう》では、設計関係その他で苦労が多く、同型艦をつくる長崎造船所ではその恩恵にあずかることも多いが、進水の点では、呉工廠のそれにくらべて、比較にならぬ程の技術的な至難さが予想される。

呉の第一号艦は、土を深く掘りさげた巨大な造船ドックで船体を建造し、その進水も海水をドック内に入れて艦を浮上させ海面に引出せばよいのだが、長崎では、地上の傾斜した船台から滑走させて海に浮べなければならない。

大きな重量のあるものをなめらかに滑走させるだけに、技術的な困難は大きく、船台からの進水には、失敗例が数知れない。船体が破壊されたり、進水後に顚覆《てんぷく》したり、または定刻前に滑り出して、多くの死傷者を出したことも稀《まれ》ではない。七万トンのイギリス豪華客船クインメリー号が一九三四年に進水に成功したという世界記録はあっても、第二号艦の進水は、それに劣らぬ重量をもっている。その上、第二号艦は、対岸までわずか六八〇メートルの狭い海面に進水させなければならないという不利な条件があるし、機密保持のために、クインメリー号のように準備も進水も自由にやることはできないのだ。

渡辺建造主任の頭に、大宮丈七の顔が浮んだ。大宮は、三菱工業学校出身の老練な工作技師で、豊かな進水経験をもっていることから造船所内では進水の名人といわれ神格化さえされている存在だ。困難の予想される第二号艦の進水を委任するのには、かれをおいて他《ほか》にはいないはずだった。

渡辺主任は、大宮にすぐに監督官室で宣誓させると、

「大きな艦をつくるのだが、進水をやってくれ」

と、言った。

大宮は、あっさりと、

「お引受けしました」

と、答えた。

渡辺は、大宮と組んで進水の研究にあたらせる設計技師を物色した。その結果、榊《さかき》原《ばら》設計部長の推薦で、若いが研究熱心な浜田鉦が専《もっぱ》らそれに当ることになった。そして、浜田・大宮両技師の研究結果を、建造主任室で検討し、進水準備を推し進めるこ

とになった。

七月に入ると、日支事変が発生し、長崎造船所と呉工廠との連絡が、急に頻繁《ひんぱん》になった。

工作関係につづいて、設計関係の第一陣も呉工廠に出発した。川良武二技師をキャップに杉野茂、笹原《ささはら》徳治ら六名の技師と製図工が、広島方面へ出掛けるという口実のもとに長崎をはなれていった。

呉工廠からも部分的な設計図がつぎつぎと送られてくるようになり、十月十六日には、呉工廠を出発した白銀丸という貨物船が、ひそかに長崎港に入港してきた。白銀丸は、造船所内の太田尾海岸に横附けすると、シートでおおわれたものを起重機で陸揚げした。作業員たちにはわからなかったが、その中身は、第二号艦の弾薬庫の底にはる甲鉄六十八枚で、それらは、その岸に建てられた倉庫にシートをかぶせられたまま格納された。第二号艦建造資材の第一回目の到着であった。

第一号艦の起工準備が、呉工廠で急速に進められている気配が伝わってきていた。渡辺建造主任は、連絡のために屢々《しばしば》呉に出張したが、その都度、起工が間近に迫っているのを感じとった。廠内の警戒態勢もきびしさを増して、多くの立哨兵《りつしょうへい》や動哨兵が要所要所をかため、造船ドックの上には、船体を遮蔽《しゃへい》するための屋根も作られはじめている。渡辺の接する工廠の幹部たちの顔にも、緊張の色が日増しに濃くなっていた。

長崎では、船台を拡張するための山のきり崩し工事がはじめられていた。そして、広い船具工場では棕櫚《しゅろ》スダレの製造もあわただしく進められていた。一般所員たちは、その奇妙なスダレの使途がわからず、潜水艦の侵入を防ぐ防潜網に使われるのだろうとか、海上に浮游《ふゆう》する機雷をさらうのに利用されるのだろうとか、もっともらしい臆《おく》測《そく》を交しているようだった。

十一月四日、呉海軍工廠造船ドックで第一号艦の起工式が、わずかな関係者立会いのもとに行われたことを、渡辺は知った。世界一の巨艦の建造がはじめられたのだ。

その日、渡辺主任は、首席監督官に呼ばれた。第一号艦についで、第二号艦の起工も近々のうちに開始されるだろう。それに伴なって、所内の機密保持方法をさらに徹底したものにしたいというのだ。

宣誓者の範囲はつぎつぎとひろがって、いつの間にかその数も三百名は越えていた。宣誓者たちは、自由に構内を歩きまわっているが、一般所員との区別がつかない。造船所の出入口は、すべて守警がかためているが、万が一外部の者が潜入してきた折には、機密保持の上で重大な事故が発生するかも知れない。それを防ぐためにも、宣誓者に特別な標識をつけさせる必要がある。

「すでに艦政本部とは打合せずみなので、一日も早く実施してもらいたい」

首席監督官はそう言ってから、実施方法を説明した。

まず、宣誓者を一般所員と区別するために、技師・職員用と工員用の二種類の腕章を作り、それに通し番号をつけて腕に必ず巻きつけさせること。さらに顔写真を貼《は》った写真帖《しゃしんちょう》を作り、それを確かめた上で、朝、腕章をわたし、夕方作業の終った折に回収し、厳重に番号と照合して、建造主任室の金庫におさめること。また、宣誓した者も自由に構内を歩きまわることを厳禁する。そして、船台附近、甲鉄置場、現図場、設計室などを軍機第一類区域に指定し、守警を多く配置してそこに出入りする者は、首席監督官発行の特別許可証を所持している者に限定すること……等であった。

渡辺主任は、諒承して、その日から準備に取りかかり、三日後には、宣誓者に一人一人腕章を手渡すことができた。その日から、正門の出入りも一層きびしさを増し、増員された守警が構内の要所要所に配置され、一般所員は、職場と正門を口数も少く往《ゆ》き来するだけになった。

だが、構内を一歩出ると、長崎市内には、別世界のような静けさがひろがっていた。季節はずれで観光客も少く、冬に入ったとはいえ暖い日がつづいて、町は、四季のうちでも最も穏かな季節であった。教会の鐘が鳴り、時折出征する者を送る旗の列が駅に向うことはあっても、それも町の静けさをかき乱すものではなかった。

しかし、市民たちには気づかれなかったが、長崎市内にもひそかな動きはみえていた。丘や高い市街地を巡察する憲兵の数が急に増していたのをはじめとして、いつの間にか警察の特高《とっこう》係の刑事たちが数多く市中に入り込んでいた。刑事たちは、東京・大阪からの者もまじえて九州各県から選びぬかれた老練な者ばかりで、主として外国人、旅行者、造船所員の動きに監視の眼《め》を光らせていた。だが、かれらは、巧みに一般人を装って行動し、中にはタクシー会社や運送会社に就職する者もあって、市民の眼に気づかれることもなかった。

かれらが、初めて表面的な動きをみせたのは、年の暮も近い十二月十二日の夜半であった。長崎警察署に集った六十名ほどの特高係の刑事たちは、ピストルで武装し警察の裏口から出ると、思い思いの道をたどって支那《シナ》人街に向った。

午前一時、かれらは、一斉に中国人の家に踏み込み、家宅捜索をするとともに、成人に達した男たちを一人残らず道路に突出し、警察に連行した。

中国人たちは、警察の武道場に押しこめられ、翌日から一人一人呼出されると、執《しつ》拗《よう》な刑事の訊問《じんもん》を受けた。かれらの逮捕理由は、スパイ容疑であった。

「お前は、どういう目的で長崎に住んでいるのだ」

「造船所では、商船以外に何を作っている？」

「グラバー邸の裏山には、いったい何があるんだ」

刑事の荒い語気に、かれらはおびえきった眼で、

「知りません」

と、答える。造船所で海軍の艦艇も建造していることは市民の誰もが知っていることだし、グラバー邸の裏山に陸軍の要塞地があることも周知のことなのだ。

だが、刑事たちは、そうした質問を繰返しながら中国人たちを大声でおどしつけ、失神するまで何度も床の上に投げつけたりした。

漸《よう》くかれらが警察から出されたのは、二カ月も経ってからであった。この間の拷問《ごうもん》が原因で老人の一人が死亡した。

この一斉検挙は、九州一帯にも同時に行われていて、その折の調べで好ましくない人物と目された者は国外退去命令をうけ、警官の監視のもとに、三池港から三百五十名ずつ二度、門司《もじ》から約千名と、それぞれ船に詰めこまれ上海へ強制的に送りかえされた。

この事件は、たちまち長崎市内に伝わった。この町の性格で、一般市民たちは外国

人ととけ合い、中国人とも親しくつき合っている者たちが多く、かれらの検挙を知ると警察にまで釈放を嘆願にゆく者すらあったが、警察では、逆にそれらの市民を要注意人物として監視するようになった。

昭和十三年が明けて、造船所内では、新しい現図場で型板どりがはじまった。呉工廠から送られてくる設計図に加えて、造船所で作られる図面の数も急に増し、設計作業も忙しくなった。

渡辺建造主任は、設計図面の保管方法をどのようにすべきか迷っていた。図面は、機密の重要性にしたがって軍機、軍極秘、極秘、秘と区分けされていたが、軍機に属するものは、榊原設計部長が大金庫の奥深く保管しているので一応心配はなかったが、それ以下の図面の処理が難しい問題だった。竣工《しゅんこう》までに要する図面はおびただしい数になるだろうし（実際には三一、三八〇枚）、しかもそれは、作業現場に絶えず貸し出さなければならない。その目まぐるしい流れの中で、もし一枚でも紛失してしまったら、造船所だけでなく海軍そのものの重大問題に発展する。

渡辺は、首席監督官と検討し合った末、造船所本部の三階にある設計部軍艦課の使っている部屋を改築し、特殊な密室をその奥まった場所に作らせることに決定した。

コンクリート造りのその部屋は、出入口を一カ所にし、扉《とびら》の外に守警を立たせて外部と遮断させる。部屋の内部には、半分程の広さの所に机を十個ほどならべ、そこで設計技師とその下働きをする製図工に設計作業を行わせる。そして、残りの半分には厚い金網でかこった図庫をつくり、監理人をおいて図面の保管整理にあたらせる。金網の中の監理人は、必要に応じて鍵《かぎ》のかかったロッカーから図面を取出し、小さな貸出口から図面を貸し出し、また受け入れる。そして、その部屋に出入りできる者は、その部屋で作業をする者以外渡辺主任ら数名の者に限ることにした。

改築はすぐに行われ、機密図書取扱責任者に設計部長榊原鉞止が就任し、その図庫の実際上の責任者としては、謹厳な性格の喜多保定がえらばれた。所内の機密保持は、その密室を設けることで一応の態勢を整えることができた。

二月に入ると、造船監督官として梶原《かじわら》正夫造船中佐が赴任してきた。梶原は、東京帝国大学船舶工学科出身で、アメリカにも二年ほど駐在し、廃棄された土佐の実験立会委員の一人にもなった技術科士官で、呉海軍工廠の第一号艦の船殻《せんかく》主任を経て、長崎へやってきたのである。海軍艦政本部としては、第一号艦の作業に精通している梶原を、同型艦である第二号艦の建造に協力させせようとはかったのだ。

渡辺建造主任にとって、梶原中佐の赴任は、大きな救いとなった。それは、技術的な面ばかりだけではなく、呉工廠との連絡がそれまで以上に円滑に行われることが期待できたからだった。

その頃《ころ》、造船所の営業課は、本店と協力して海軍艦政本部との最終的な折衝に入っていた。

営業部門としては、長崎造船所が民間会社であるかぎり、第二号艦の建造も一つの受注と考える以外にはなかった。たとえどのような重要な艦であろうとも、請負う仕事は、その一つ一つが会社に利潤をもたらすものでなければならないはずであった。それが、営業部門としての当然の考え方であり、会社から課せられた使命でもあったのだ。

玉井所長は、その仕事を営業課軍艦係長森米次郎に一任した。森は、東京高等商業学校（現一橋大学）を出た社員で、表面的には極めて物柔かな、絶えず親しみのこもった微笑を浮べているが、その性格には決して物に動じない気性のはげしさを持っていた。

森は、それまでも艦艇の注文を受ける度に、営業面で海軍との折衝を数多く経験していた。にこやかな表情で相手側と話合いをしながらも、口にすべきことは必ず主張する。そうした柔軟性にとんだ飾らない態度が、相手側に好感を抱かせるのか、破綻《はたん》もなくしかも短期間にまとまるのが常であった。

森係長は、あらゆる資料を分析し整理して見積書を作成し、本店の営業部と検討した上、艦政本部に提出した。艦政本部側も専任者をそれにあてて、見積書を中心に互の主張を口にし合ったが、その打合せの間に、森は、第一号艦・第二号艦の建造予算が国会はもとより大蔵省主務者の眼をもあざむいたものであることを知らされた。二隻《せき》の戦艦で正確な予算を国会や大蔵省に請求すれば、その莫大《ばくだい》な金額からたちまち艦の規模がいかに大きいものかをさとられてしまう。そこで海軍省では、表向きは三五、〇〇〇トンクラスの戦艦を二隻建造することにして、その不足分は、航空母艦、駆逐艦、潜水艦などをつくることで補うという工作をしていたのだ。

森は、本店の登原剛蔵営業課長や川森円次郎係長と、艦政本部に日参した。

「見積りは高すぎる。もっと安くなるはずだ」

艦政本部側は、詳細な数字を並べて力説する。

「ぎりぎりの所ではじき出した価格です。見積り通りにぜひお願いいたします。真剣にお願いしておるのです。仰言《おつしや》るような数字では、利益どころか欠損してしまいます」

森たちは、頭を下げる。

「利益利益というが、この仕事の意義をもっとよく考えてもらいたい」

「それが私たちとしましても辛《つら》いのです。この度の仕事がどのような意味を持つものかは、充分すぎるほどよく承知しております。しかし、長崎造船所は、民間会社です。多くの従業員の生活もありますし、株主に対する責任もあります。多少の利益はいただかないと、会社そのものがやっていけません」

森たちは、真剣な表情で言う。

そうした応酬がつづいて、やがて艦政本部からも部長クラスが出席し、三菱《みつびし》側からも伊藤常務をはじめ幹部が出向いて最終的な折衝に移った。そして、結局は、三菱側の主張が多少の修正を経た後に受けいれられて、二月十日附で海軍艦政本部との間に正式な契約書がとりかわされた。

この契約書は、本文が三十八条にわたる長いもので、これに詳細な内訳が添えられていた。

第二号艦一隻請負代金　五、二六五万円
引渡期日　昭和十七年三月三十一日
引渡場所　長崎港

などが主なものであったが、それらも契約後すべてが変更になって、請負代金も最終的には六、四九〇万円にふえた。この金額は、呉海軍工廠の第一号艦の建造予算一億四千万余円の半ばにも満たないが、甲鉄、砲熕《ほうこう》類、エンジン等主要なものが、海軍から官給品として無料で支給される契約に基づいたものであったからである。

また引渡場所も後になって呉港にかわり、引渡期日も、契約後、わずか二カ月にして一通の暗号通達文によって延期された。

（軍極秘）　　　覚

一、第二号艦ノ竣工引渡期ハ契約書面ニ於《おい》テハ昭和十七年三月三十一日トセル処《ところ》、右ハ成立予算ノ関係上一応表面上斯《か》クセルモノニシテ、実際ハ昭和十七年十二月二十八日ヲ以《もっ》テ竣工引渡ヲナスベキモノトス

追而《おって》実際期日ニ合致スル様契約ヲ更改スベシ

昭和十三年四月十日

海軍艦政本部会計部長

高橋四郎

この期日の変更は、国家予算の年度末を考慮にいれたもので、あきらかに海軍省が大蔵省の目をくらますための擬装であったのだ。

営業契約も終って、造船所は、第二号艦起工に本格的に動きはじめた。

第二号艦の起工は、第二船台で急速に船体工事の進められている筑摩の進水後すぐに行われる予定になっていたが、筑摩の進水も、漸く間近なものになってきた。呉から送られてくる甲鉄類の量も増し、佐世保鎮守府司令長官豊田副武《そえむ》海軍中将の視察もあって、日に日に起工の気配はたかまっていた。

そうした中で、三月十九日、巡洋艦筑摩が、第二船台から水飛沫《みずしぶき》をあげて進水した。透きとおるような雲一つない朝で、その光の下に、筑摩の進水によってガラ空きになった第二船台が、ガントリークレーンに囲まれて逞《たくま》しい広さと長さでひろがっていた。

その翌日から、第二船台を中心に活潑《かっぱつ》な作業がはじめられた。筑摩を滑走させた船台が取りはずされ整理されると、やや傾斜した船台のコンクリートの表面が長く広くむき出しになった。

船台の整備が終ると同時に、高さ三メートル程のトタン板の目かくし塀《べい》が、その周囲に張りめぐらされた。そして、その上に船具工場から運び出された棕櫚《しゅろ》縄《なわ》のスダレが、十メートル程の高さに張られた。大きなスダレが一枚一枚クレーンでゆっくり吊《つ》り上げられてゆくのを、一般所員たちは呆《あき》れたように眺《なが》めていた。

船台上の起工準備と、トタン板・棕櫚縄スダレの展張工事で、またたく間に七日間が過ぎていった。

四

起工式は、昭和十三年三月二十九日午前十時から第二船台上で挙行された。

普通ならば、多くの参列者を迎えて盛大に行われるのだが、船台には首席監督官、玉井所長以下二十名足らずの者が並び、冷酒でひそかに乾杯しただけであった。

渡辺主任は、式の終った後、船台の上に立って曇空を見上げていた。工事予定では、進水するまで二年七カ月、この船台の上で甲鉄と鋼材と鉄板で組合された一つの壮大な鉄の城が出現する。考えてみれば、それは一つの幻影のようにも思える。果してそんなものが、自分たちの力で作り上げられるのだろうか。

船台の中央部には、艦の背骨にあたる竜骨《りゅうこつ》の一部が並べられている。それは、怪物の背骨にふさわしい今まで目にしたこともない巨大な鉄の塊だった。

翌日から、竜骨の据《す》え附けが始った。と同時に、船台を伸ばす作業もはじめられ、さらに中央部を両側にひろげる工事にも着手した。

二十日程して、船台に置かれた肋骨《ろっこつ》に初めて鋲《びょう》が打ちこまれ、本格的な組立工事が始められた。第一鋲の打込まれるのを渡辺主任は、古賀副主任や竹沢技師と目をこらして見つめていた。今までの艦船に使われる鋲は、直径一・五センチのものが最も大きく、稀《まれ》には二・八センチのものもあったが、第二号艦につかわれる鋲には四センチもある大型鋲が無数に使われることになっている。しかも、特殊な方法でつくられた甲鉄は呆《あき》れるほど硬く、鋲打ちも、従来の方法では到底不可能であることがわかっていた。

第一に、打ちこまれる鋲の質が、強靱《きょうじん》で精度の高いものでなければならない。渡辺建造主任は、この直径四センチの大型鋲の研究を半年も前から竹沢技師にやらせていた。竹沢は、呉工廠《くれこうしょう》の指示を参考に、一六、〇〇〇本の鋲を費して試作を重ね、結局鍛造した鋲は使わず、太目につくったものを旋盤で一個一個けずった大型鋲を完成した。さらに、これを甲鉄の孔《あな》に打ちこむ銃の研究にも苦心したが、第一号艦用として呉工廠で特に作成させた、大阪の瓜生《うりゅう》製作所製の大型打込み銃を参考にして独得な銃を備えることができた。

第一鋲は、音を立てて打ちこまれた。幸先《さいさき》よいスタートであった。

棕櫚縄《しゅろなわ》のスダレは、第二船台をおおい、隣接した第一船台にも張りめぐらされるようになった。甲鉄をはじめ各種の資材の置場として、第一船台が利用されるようになったためである。風のある日には、棕櫚縄のスダレは重々しく揺れた。日の光がさえぎられて、船台の中は薄暗かった。

その頃《ころ》から、古賀副主任は、監督官の梶原《かじわら》造船中佐と連れ立って週に一度の割で山歩きを始めるようになった。造船所を見下すことのできる場所に行くと、かれらは、双眼鏡をのぞき込み、さらに望遠レンズの取りつけられたカメラで第二船台を撮影する。肉眼ではむろんのこと、双眼鏡でも、フィルムの拡大された映像の上でも、棕櫚の中が透し見られはしないか、また、徐々に高さを増してきている建造中の艦を、スダレの高さが充分にかくすことができているかどうかを調べていたのだ。

かれらが歩いて行くと、必ず巡察中の憲兵に何人も出会い型通りの質問をうけた。その都度梶原監督官も古賀副主任も証明書を示したが、いつの間にか顔見知りの者も多くなって、憲兵たちと立話をするようになった。その折の話から、山歩きをしている市民が、容赦なく憲兵隊に連行されて厳しい詰問《きつもん》を受けていることを知らされた。

「今のところ怪しい者はいないようですが、しかし、一人残らず連行してこいという命令です」

憲兵は、意気込んだように言ったりした。

「ところで、中佐殿。造船所には、妙なものが垂れ下りましたね。蓆《むしろ》のように見えますが、あれはいったいなんですか」

或《あ》る日、顔なじみの憲兵が、いぶかしそうにきいた。

古賀副主任は、市中でも、棕櫚縄のスダレが一般の話題になりはじめていることを知っていた。たしかに見下してみると、その薄茶色いものが垂れている光景は、造船所とは似合わしくない奇異なものにみえる。

古賀が微笑して黙っていると、小柄な梶原中佐が、不意に険しい眼《め》をして、

「君たちは、警戒しておればいいのだ。余計なことは考えるな」

と、きつい語調で言った。

若い憲兵の顔から、血の色がひいた。

梶原中佐は、苦笑しながら歩き出すと、追いついた古賀を振返った。

「あの程度のことを言っておかなくてはだめですよ。陸軍の憲兵だけにまかせておくのも心許《こころもと》ないですな。これじゃ、どこの丘からも丸見えだ。長崎という町の地形には、困ったものですね」

梶原は、足をとめた。

二人は、黙ったまま船台を見下しながら立ちつくしていた。

「監視所を作りますか。望遠鏡で、山はむろんのこと、市街地といわず、海岸といわず徹底的に監視させる。そして、造船所の方を眺《なが》めたり写真撮影などしている者は、一人残らず検束する」

梶原が、思いついたように言った。

「その程度のことはしなくてはいけないでしょうね。これでは、まるで第二船台が見世物にされているようなものですから……。すると、監視所は、よく眺望《ちょうぼう》のきく所に置くんですね」

「いや、それでは、徹底した効果はないでしょう。逆に造船所の所々に監視所を置くんですよ。そして、山や市街地や海岸線を監視させるのです。つまり、レンズに写し出される場所は、同時に造船所を見ることのできる場所ですからね」

「なるほど、それは妙案ですね。早速実行に移しましょう」

二人は、足早に坂をくだった。

首席監督官、渡辺建造主任をまじえて対策が講じられると、憲兵隊、警察とも連絡をとった。

梶原監督官は、佐世保鎮守府に監督助手を急派して、直径一二センチの双眼望遠鏡を三台借りてこさせると、それを、第二船台の傍《そば》に一つ、向島艤装《ぎそう》岸壁に一つ、造船所本部のすぐ裏手にある水ノ浦の監督官事務所の屋上に一つとそれぞれ取附けさせた。

試みに望遠鏡をのぞいてみた古賀副主任は、その性能に呆れてしまった。道を歩いている者も丘を巡察している憲兵も、服装はもとより顔までも拡大されてはっきり写る。小動物でも、そのレンズからは逃れられそうには思えなかった。

望遠鏡をのぞいて監視する役目は、造船所の守警が交代で当ることになった。監視時間は、夜明けから日没まで。そして、造船所の方向をみつめている者や写真をとっている者を発見した折には、その近くの憲兵や警官の詰所に、人相・服装などを電話で連絡する。と、すぐに詰所員が急行して、その人物を捕え、連行することができるようにした。

また、長崎港内を出入りする船にも、絶えず望遠鏡のレンズが向けられた。長崎港の唯一《ゆいいつ》の船の発着所である大波止からは、湾内に点在した島々に小さな交通船が出て行く。その船は、第二船台の近くの海面を通るのだ。

梶原監督官は、警察に依頼して警察官を交通船に乗せ、造船所に面した側の船の窓を閉じさせ、また乗客たちにも造船所の方には顔を向けないように監視させた。

たちまち、憲兵隊や警察へ連行されるものが続出した。かれらは、おどされて釈放はされたが、市民たちの間には、急に重苦しい空気がひろがっていった。

六月に入ると、長崎の華やかな行事の一つであるペーロンの季節がやってきた。漁師町の漁師たちが三十名近く舟に乗って、両側の舟べりでカイを操る。舟には、ドラや太鼓が積みこまれ、それらのハヤシに合せて五、六艘《そう》の彩《いろど》られた舟が、一、〇〇〇メートル以上もの海上を突っ走る。その勇壮な光景を見るために、市内外の見物客が押しよせる。

漁師町では、例年通りその準備に大童《おおわらわ》だったが、開催日も数日後にせまった頃、警察から、会場は長崎港外にかぎるようにとの通達があった。毎年の例では、港外の深堀附近から港内に向けてレースがおこなわれたり、港の一番奥まった平戸《ひらど》小屋近くの海面で催されたりする。市街に近ければ近いほど観客の数も多く、漁師たちも活気づき、ペーロンもそれだけ華やぐのだ。

港内を避けるように、という理由は、港内に大型船の出入りが多くて、衝突事故の起る危険があるからだという。主催者側は不満だったが、警察の通達にさからうわけにもいかず、結局その年のペーロンは、港外の深堀、茂木などの海岸で地味におこなわれただけであった。が、市民たちは、警察の通達が、やはり造船所を人の眼に触れさせたくないためにとられた措置だということに気づいていた。

ペーロンの開催場の制限でもあきらかなように、急にきびしさを増した市中の警戒は、逆に市民たちに、造船所でなにか重要なものが建造されていることを知らす結果ともなった。そして、かれらの関心は、当然船台をおおっている棕櫚スダレの内部に注がれた。

親しい造船所の所員にひそかにたずねてみても、市民たちと同じようにその中でなにが建造されているかを全く知らないか、それとも頑《かたく》なに口をつぐんでいる者ばかりだった。

奇怪な形をした潜水艦が造られているのだとか、大きな飛行船のようなものを造っているのだとか、種々な噂《うわさ》が立って、市民の話題は、専《もっぱ》らそのことに集中していた。

梅雨が例年よりおそくやってきて、降雨の日がつづいた。そのため、第二船台で行われている作業も中断することはあったが、五百名ほどの技師、工員たちは、天候とにらみ合せながら組立作業に熱中していた。

肋骨《ろっこつ》の組立ても進み、太田尾海岸の甲鉄倉庫から、シートに包まれた弾薬庫の底に張る甲鉄につづいて、舷側《げんそく》に張る甲鉄もスダレの中に持ち込まれてきていた。殊《こと》に舷側に張る甲鉄が、シートの中からあらわれたとき、工員たちはむろんのこと監督している工作技師たちも、その甲鉄の異常な厚さに思わず顔を見合せていた。戦艦長門《ながと》の舷側甲鉄が三〇センチ、イギリスの戦艦ネルソンが三五センチの厚さをそれぞれ誇っているのに、シートから出てきた甲鉄の厚さは、四一センチもあり、広さも途方もなく大きい。

しかし、かれらは、作業の内容について、同じ職場の同僚たちとさえ話合うことは固く禁じられていた。それに、宣誓書に記されていたいかめしい文章も絶えずよみがえってきていて、いつの間にかかれらは、沈黙という習慣になじんでしまっていた。

艦は、中央部から工事が始められていた。そして、同時に進められていた船台の延長工事も進行し、切り崩した山のあとにも船台の先端が深々と食い込んでいった。

五

夏がやってきた。

工事は、予定通り順調に進められ、鋲打《びょうう》ちの音がとどろき、ガントリークレーンの上部から吊《つ》るされたクレーンは、資材をつかんで慌《あわただ》しく往《ゆ》き来していた。

中央部の船体が徐々に高まるにつれて、棕櫚《しゅろ》スダレも高く張られ、通風の悪い船台は、蒸されるような暑さになった。三方を山にかこまれ、その上棕櫚スダレに包まれた船台には、風のそよぎもなく、工員たちは、全身を汗に光らせていた。

七月も下旬に入った頃《ころ》だった。或《あ》る日、突然造船所に思いもかけない一大事故が発生した。設計部軍艦課に特別に作られていた設計場兼図庫から一枚の設計図が消えてしまったのだ。

その設計図の消えていることが発見されたのは、夕方の五時頃であった。その出入口一つしかないコンクリート造りの密室は、第二号艦に関係する軍機図書を除いた重要設計図の集められている部屋で、半分は設計場、半分は、厚い金網の張られた図庫になっている。設計場では、図庫から借り出した設計図で現場に流す図面をつくり、その作業が終ると、設計図を再び図庫に返す。

その日も退勤時刻になって、図庫から借り出されていた設計図は、すべて設計技師や製図工の手から、小さな窓口を通して金網の中の監理人に返されていた。一枚一枚貸出帳簿と照合して点検していた時、ふと監理人は、設計図の一枚が戻《もど》されていないことに気がついた。

監理人は、うろたえ気味に調べ直すとともに、設計場にまだ返却していない図面がないかどうかをたしかめたが、何度調べ返してもその設計図だけは見当らない。

三十分程して、漸《ようや》く事故の発生したことを知った監理人二人は、蒼白《そうはく》な顔で設計技師六名と製図工二名をそのまま足止めさせると、一人が部屋を出た。そして、出入口の外に立っていた守警にドアの鍵《かぎ》を締めさせ、図庫の責任者である喜多保定のもとに走った。

喜多の顔色も変った。喜多は、榊原《さかきばら》設計部長に報告し、さらに渡辺第二号艦建造主任、玉井所長へと事故の発生が伝えられた。

玉井所長は、半信半疑ではあったが、事故の起った場合は、すみやかに首席監督官へ報告する義務を課せられていたので、首席監督官室へ走った。

監督官室の室員は、総立ちになった。すぐに首席監督官平田大佐を先頭に、室員が図庫に急いだ。

平田大佐は、後からついてきた玉井所長たちに室内に入ることを荒い口調で禁じた。玉井たちと艦の建造を通じて友人のような親しみを抱いていた監督官たちも、その時から純然たる海軍軍人として、玉井たちとの間に一線を劃《かく》したのだ。

平田は、守警に鍵をあけさせ、部下を連れて室内に入ると、貸出帳簿から紛失したその設計図がどのような内容のものであるかを調べさせた。平田の顔から血の色がひいた。それは、主砲の砲塔が回転する部分の一部が記された図面で、専門家が一見すれば、砲塔の大きさ、そしてそこに備えつけられる主砲が、決して四〇センチ砲ではない、あきらかに四六センチの世界最大の主砲であることが容易に推測できる「軍極秘」に属する貴重な図面であったのだ。

平田首席監督官は、梶原《かじわら》監督官たちに命じて室内の徹底捜索を命じた。そして、設計場に口もきけずに立っている設計技師・製図工を、容赦なく裸にすると衣服をあらため、机の中をかきまわし、室内をくまなく調べまわった。が、その図面はどこにも見当らない。

その部屋は、完全に孤立していて、ただ一つの出入口も鉄製のドアで締められ、その外には守警が控えている。室内の者が手洗に行く時も、守警の監理している出入者名簿に一々氏名を書き捺印《なついん》し、戻ってくる時にも、また同じような手続きをして確認してもらう。そして、午食《ひるめし》どきにも、各自が図庫から借りていた図面を一枚残らず金網の中の監理人に返し、全員室外に出ると、守警がドアに鍵をかける。出入りは、完《かん》璧《ぺき》と言っていいほど厳重を極めているのだ。

設計図面の点検も、念入りにおこなわれている。図庫の責任者である喜多保定が、月に二、三回は監理人をはじめ室内の者たちを前に、設計図の取扱い方法を繰返し講習している。そして、監理人は、毎日夕方、保管されている図面の点検をおこない、その結果を首席監督官に報告していた。監督官の側でも、規則として最低月一回、図庫に行って調べることになっていたが、慎重を期して月に三、四回は、不意に訪れて検査している。丁度その前日、監督官側の抜打ち検査が行われ、異常がないことが確かめられていたことからも、事故はその日に発生したことはあきらかだった。それに、昼の休憩時間後、図面が一枚一枚確かめられた上で金網の中から貸し出されたことを考え合せると、図面の消えたのは、午後一時から午後五時までの四時間であることも推定できた。

外部から部屋に入った者の有無は、守警の出入者名簿ですぐにわかった。入室したのは、設計図のことで打合せに訪れた建造主任の渡辺賢介と、呉工廠《くれこうしょう》出張から戻ってきていた呉への第一陣のキャップ馬場熊男《くまお》技師の二名だけであった。が、渡辺も馬場も、部屋に入ったのは午前中で、事故と関係のないことは疑いないように思えた。

室内が、何度も繰返して調べられた。が、一時間近く経《た》っても、図面はどこからも出てこない。事故の発生は、確定的なものとなった。

平田は、室内の者を前に、

「紛失したのは、軍極秘に属する設計図面だ。これが出てくるかこないかは、国防上重大な意味があるし、ひいては国家の興廃をも左右する。図面が、自然に消失するわけはない。残念ながら、君たちをこのままにしておくわけにはいかない。もしも、君たちの中で、図面の所在を知っている者がいたら、今のうちに申出てくれ」

と、険しい眼《め》をして見まわした。

技師や製図工は、体を硬直させたまま黙りこくっている。部屋の中には重苦しい静寂が流れた。

平田は、部屋から出ると、ドアの外に立っている玉井所長に耳打ちした。玉井は、顔をしかめたが、仕方なさそうに頷《うなず》いた。

監督助手が走って行った。と、五分も経たぬうちに、憲兵隊長が部下を連れてやってきた。かれらは、六名の技師、二名の製図工の手をとると階段を下り、カーキー色の車に八名の者を押しこめ海岸通りを連れ去った。

平田首席監督官は、梶原監督官に命じると、「グンゴクヒヅメン　イチマイ　フンシツス」という意味の暗号電報を、艦政本部総務部長宛《あて》に発信させた。そして玉井所長をはじめ造船所の最高幹部を集めると、対策を練った。その結果、監督官室としては梶原監督官を、造船所側としては榊原設計部長をそれぞれの責任者として、両方から人を出して図面の捜索にあたらせることになった。

事件が外部に洩《も》れることを防ぐため、捜索員も五十名ほどに限定し、夜を徹して捜索がはじまった。

夜が明けた。事故の起きた密室に図面はないことが確実となった。そこで、図庫のドアには鍵をかけ、封印し、さらに設計部の他の部屋に捜索の範囲をひろげた。

夜になると、艦政本部総務部から佐藤海軍大佐が到着した。佐藤大佐は、まだ図面が見つからないことを知ると顔をひきつらせ図面の種類と紛失した前後の事情を聴取して、すぐに長文の暗号電報を艦政本部宛に打電した。と、折返し、あらゆる手段を用いて探し出すように……という電報が入った。

事故は、測り知れない程の重大な意味をもっていた。消えてなくなった図面が、もしも外国の諜報《ちようほう》機関の手に落ちてしまったら、たちまち第一号艦・第二号艦の内容はあきらかにされてしまうだろう。量の点では日本よりも優位に立つアメリカ海軍も、太平・大西両洋をつなぐパナマ運河にさえぎられて、それを通過できる艦の大きさには、一定の限界が課せられている。その弱点をついて、日本海軍は、巨大な砲を装備した巨大な戦艦を完成させ、圧倒的な威力でアメリカ海軍と対決しようと企てているのである。そうした意味があるだけに、第一号艦・第二号艦の内容が国外に洩れることは、直接国家の存亡にも関係することになるのである。

佐藤大佐は、監督官や造船所幹部を集めて、事故の意味の重大さを説明し、どのような方法をもちいても図面を探し出すようにと厳命した。

捜索はさらに徹底したものになって、設計部の各部屋が繰返し調べられると同時に、所長室、建造主任室、各部長室もことごとく探られた。そして、それでも発見されないことがわかると、ほとんど関係もないと思われる総務部、営業部の事務所にまで捜索の範囲はひろがっていた。

走り廻《まわ》っている監督官たちの眼は、すっかり血走っていた。設計図面の紛失は、結果的には海軍から民間造船所へ監督官として派遣されているかれらの監督不充分ということに、責任のすべてが帰せられてしまう。もしも、国外にその図面が流れ出てしまえば、軍令部・海軍省・艦政本部と手続きを経て、長い年月設計を重ねて起工した新戦艦の存在も、全く無意味なものになってしまうのだ。

監督官たちは、首席監督官以下助手にいたるまで、図面が発見されない折には、全員自決を覚悟はしているらしかったが、たとえ自決したところで、かれらの罪は、永遠に消えはしない。

造船所の幹部たちも、直接の責任者であるだけに、実質的には監督官たち以上の罪を問われても仕方がない立場に立たされている。たとえ民間人であるとは言え、かれらは、すでに宣誓と同時に海軍技術員嘱託として将校待遇という資格も与えられている。軍人として、当然その責は負わねばならず、所長以下、獄につながれて極刑に近い罪を課せられてもやむを得ないのだ。

そうした不吉な話もひろがって、捜索員たちは、帰宅することも忘れて、夜遅くまで図面の行方を探しまわっていた。

憲兵隊に連行された八名は、翌朝、長崎警察署と水上警察署の二カ所に分けられて収容された。そこには、特高《とっこう》係の老練な刑事たちが、かれらのくるのを待ち構えていた。

八名の者たちは、独房に留置され、一人一人呼び出されては、刑事たちの鋭い訊問《じんもん》を浴びることになった。八名の技師・製図工たちは、軍機第一類区域に指定されている図庫に配置されていただけに、宣誓した折の身許《みもと》調査も確実な者ばかりで、造船所内でも技術的に際立《きわだ》ってすぐれた者たちであった。しかし、刑事たちにとっては、そうしたことはなんの意味もないことで、重要なことは、図面が一枚現実に消えてなくなったことだけであった。

刑事たちは、事故の起きた部屋の特異な性格から、犯人は、八名の者の中にしかいないと断定していた。そして、図面は、思いもかけないような巧妙な方法で、部屋の外に運び出されたものにちがいないと推測していた。

刑事たちは、八名の者の家を徹底的に家宅捜索をすると同時に、あらためてかれらの身辺調査をやり直した。第三者、殊《こと》に外人との接触はないか、金銭関係に疑わしい点はないか、女性関係に乱れはないか等々、日常の動きを丹念に追って調べまわった。そして、それらの結果をもとに、一人一人呼んでは訊問し、調査の結果と答弁の食いちがいがあると、刑事たちは、いきり立って数人がかりで暴行を加える。竹刀《しない》で乱打するもの、平手打ちを食わすもの、皮製のスリッパで殴るもの。そして、懲《こら》しめのためと称して、水を満たしたバケツを両手にさげさせ、長時間立たせつづけるようなこともした。

しかし、執拗《しつよう》な拷問《ごうもん》を繰返しても、取調べの面には少しの効果もあらわれなかった。技師や製図工たちは、ただ力なく首を振るだけなのである。

刑事は、方法を変えて、一人一人の離反をはかるようなこともした。このままでは、八名の者全員が、スパイ容疑で裁判にかけられ、最悪の場合には死刑を宣告されるようなことになるかも知れない。犯行は、おそらく単独で行われたものだと思えるが、もし他の七名のうち少しでも不審な行動をとったものがいたら話してくれないか、と物柔かな口調で言う。互に密告し合せて、そこからなにかの手掛りをつかもうとはかる。が、八名の者たちは、誰一人として特定の人物の名を口にする者はいなかった。

技師や製図工たちは、顔を醜く腫《は》れあがらせ、血を垂らしながら独房に戻ってくる。

房の中は暑苦しく、蚊や虱《しらみ》や南京虫《ナンキンむし》が所きらわず皮膚を刺す。入浴も許されず、体は汗と垢《あか》にまみれ、掻《か》き傷はすぐに化膿《かのう》して夜も眠りにつくことはできなかった。

設計図が紛失したことは確かに重大なことで、逮捕され追及されることもやむを得ないが、刑事たちの取調べ方法は、必要以上に感情的で苛酷《かこく》すぎる。造船所へ入所以来、殊に第二号艦の設計作業に参加してからは、家族にも仕事の内容については一切口にせず黙々と働きつづけてきた。それなのに、なぜこのような屈辱的な仕打を受けねばならないのか。

かれらは、体力的にも精神的にもすっかり疲労しきっていた。取調べのために房から出されるかれらの眼には、別人のようなおびえの光がはりつめ、刑事の前に進み出ても、ただ唇《くちびる》を痙攣《けいれん》させて碌《ろく》に口もきけないような者もいた。

造船所では、捜索の範囲がさらにひろまって、炊事場や便所までが探られ、構内のドブ板も一枚一枚丹念にはがされた。そして、全く関係もないと思われる事務関係の者たちの身辺調査も、特高係の刑事たちによってつづけられた。遊里のある丸山町をはじめ、待合、料理屋などに頻繁《ひんぱん》に出入りしている者は、警察に呼び出されて、その遊興費の出所を厳しく追及されたりした。

二週間ほどが過ぎた。第二船台の工事は、そのまま進められてはいたが、図面の流れが止ってしまっただけに、工事の進行は著しく滞っていた。

事故の発生したことは、各部の責任者と捜索員以外には誰一人として気づく者はいなかったが、それだけに、各職場間の秩序立った流れはたちまち混乱した。図面を要求しに、現場の監督者が設計部にどなりこんでくる。執務中にも事務所に入り込んで書類をかきまわす捜索員と、事務員との間にもめごとが起きる。所内には、殺気立った空気が流れた。が、幹部たちも捜索員たちも、口をつぐんで、図面の行方を追いつづけていた。

図面紛失の余波は、長崎だけではなく、遠く呉海軍工廠に出張している設計技師にまで及んでいた。

出張グループのキャップ川良武二技師は、或《あ》る日造船部長正木宣恒造船少将に呼びつけられた。

「今、長崎で重大問題が起きているのを知っているか」

正木の表情は暗かった。

「軍極秘の図面が、一枚なくなったのだ」

川良の顔は、こわばった。正木の口にした砲塔の一部の記された図面は、たしかに川良たち出張グループが原図からひきうつして、長崎へ送ったものの一つである。

「別に君たちを疑っておるわけではない。容疑者は、長崎の設計部員たちなのだが、調べも進んで、大体の線にしぼられてきているそうだ」

正木は、そう言うと、長崎へ図面を送る方法などをきいてから、今後も充分に注意して取扱ってくれと附け加えた。

逮捕された容疑者とは、いったい誰なのだろう、川良は、胸が痛んだ。が、翌日になると、部下の下宿している部屋の内部が刑事と称する男によって荒され、また他の者たちの下宿の近くでも聞込みが行われたことがわかった。

川良は、部下たちに事情を話して心配はないと告げたが、長崎で同僚たちが逮捕されていることを思うと、落着いてはいられない焦慮をおぼえた。

造船所の捜索をしている者たちにも、漸《ようや》く疲れの色が濃くなってきていた。構内の数多い便所の壺《つぼ》の中もすべて渫《さら》いつくし、全く関係もない作業現場にまで立入って調べまわった。

設計図全般の保管責任者である榊原設計部長は、頬《ほお》もこけ眼もくぼんで、その眼にも苛《いら》立《だ》った光が落着きなく光っていた。

或る日、榊原設計部長が、疲れきった表情で、

「千里眼にでも見てもらおうか」

と、呟《つぶや》くように言った。手相とか家相とか非科学的な占いの類《たぐ》いの嫌《きら》いな榊原も、責任者としてなにかにすがりたくなったのだ。

部下の鈴木弥太郎《やたろう》という中堅技師が、高名な千里眼を知っていた。その男は、佐世保にいて、紛失物を探し当てるのに神秘的な能力をそなえているという。殊に榊原の関心をひいたのは、陸軍の機甲兵団の重要書類が紛失したとき、その男が、久留米《くるめ》の連隊本部の書庫を指摘し、そこを探すと男の言った通りその書類が発見されたというエピソードであった。

榊原は、早速鈴木技師を佐世保に赴かせて、男を連れてこさせた。男は、「紛失物があるというが、それは、設計図でしょう」と、言ってから、目を閉じて考え込んでいたが、

「海岸から三十メートル程はなれた所に建物が立っている。探し物は、その建物の大きな部屋の中にある。戸棚《とだな》と壁のわずかな隙間《すきま》に落込んでいる」

と、断定するように言った。

海岸から三十メートル程はなれた建物といえば、構内では本部事務所しかない。榊原は、部下たちを手分けさせて設計部、総務部、営業部の部屋の戸棚の周囲を探らせた。しかし、それらの場所は、すでに何度も調べつくした後で、目的の設計図は見当

らなかった。

事故が発生してから一カ月ほど経った。或る日、刑事たちは、長崎警察署の一室に八名の者を集め、事故のあった日の午後一時から午後五時までの動きを、かれらに再現させた。

部屋には、設計場通りに机が並べられ、金網の張られた図庫もそれに似せられて部屋の一角に設けられた。記憶の糸をたどって、細かい動きが時間を追って記録されていった。

しばらくそれが進んだ時、事故の起きた日の時刻にすると午後四時頃《ごろ》と思える動きに、目立たぬような微《かす》かな食いちがいがあらわれた。製図工の一人である十九歳の少年の動きに、曖昧《あいまい》な部分があったのだ。

午後四時という時刻は、その部屋にとって特殊な意味がふくまれていた。設計場では、一般の紙屑《かみくず》以外に、計算に使用された紙屑が数多く出る。散逸したり外部に持ち出されることを防ぐために、計算用紙は一冊の綴《つづ》りになっていて、通し番号がつけられ、計算がすむとその下の一枚もはずして同時に備えつけの屑籠《くずかご》に捨てるようにしている。計算した数字が、下の一枚にも写っているおそれがあるからである。それらの紙屑を籠の中から集めるのが、午後四時と定められていたのである。

その時刻になると、金網の中から出てきた監理人が、紙屑を整理しながら集め、緑色の袋につめて製図工二人にかつがせる。そして、部屋を出ると、構内の発電所のボイラー室に行って、袋の中の紙屑を火の中に投げ入れる。監理人は、それが完全に燃えつきるまで、その場を離れずに見守っているのだ。

わずかな食いちがいというのは、部屋で少年が袋をかつぎあげた後、少年が自分の机に一寸《ちよつと》戻《もど》ってから部屋を出て行った、と他の者が言うのに、少年は、そんなことはないと言い張るのだ。

からんだ糸の糸口がのぞいた……と、刑事たちは思った。かれらは、色白の目鼻立ちの整ったその少年だけを、刑事部屋に連れ込むと、鋭い訊問《じんもん》を集中した。夜になった。頑《かたくな》に黙り込んでいた少年が、不意に机に突っ伏した。嗚咽《おえつ》とともに、少年の口から、図面が少年の手で持ち出されたことが低い声でとぎれとぎれに洩《も》れた。

佐藤大佐、平田大佐をはじめ監督官が車をとばしてきた。かれらにとっては、犯人が判明したことよりも、少年の手から図面がどこへ渡されたかが問題であったのだ。

が、少年の自供によると、図面はすでに煙になって跡形もなく消えていた。事故の起きた日、少年は、紙屑をいれた袋をかつぎあげてから、自分の机に近寄り、誰も見ていないのを見定めて机の右の引出しからのぞいている図面を素早く袋の中に押しこんだ。そして、監理人の後についてボイラー室に行くと、炎の中に他の紙屑とともに投げ入れたという。

少年の口にする動機は、他愛《たわい》ないものだった。ただ、その職場から逃れ出たいためにとった行動なのだという。

少年は、両親もそろった中流家庭に育ち、工業学校を卒業すると造船所に入所した。成績もよく真面目《まじめ》な性格なので、特に選ばれて図庫のある設計場に、製図工として配属された。

初めの頃は、その職場に抜擢《ばってき》されたことを名誉とも感じて喜んでいたが、日が経《た》つにつれて、少年は、徐々に不満を抱くようになっていった。部屋にいる設計技師たちは、造船所内でも特に優秀な者たちばかりである。製図工とはいっても、それらの技師たちにかこまれた部屋の中では、これといったまとまった仕事もなくほとんど雑役に近い仕事しか与えられない。同期に入所した者たちは、造船所の各職場に散って、それぞれ技術的に多くのことを身につけているらしい。それに比べて、自分は、掃除をしたり、茶を運んだり、紙屑を整理したりしているだけだ。同期生との技術的な差《こと》は開くばかりで、自分だけが一人取り残されていくような焦躁感《しょうそうかん》にかられる。殊に、ボイラー室へ雑役夫のように袋を肩にかついで行くことも、少年の自尊心を甚《はなは》しく傷つけた。それに、少年は、最年少で、話相手もない。技師たちは、三十歳以上の者ばかりだし、もう一人の製図工も十歳近く年上で、しかも生真面目で口をきくこともしない。

外部と遮断《しゃだん》された部屋の息苦しさに、少年は、堪えられない気がしてきた。部屋の中に金網の張られている図庫があることから、檻《おり》と呼ぶ者もいるし、鳥籠と呼ぶ者もいる。その陽光も射《さ》さない閉ざされた空間から、少年は、外部の自由な明るい職場にのがれ出たかったのだ。

なにか失策を起せば……と、少年は、単純に考えた。おそらく自分は、大事な職場には不適格だとして外部の職場にまわされるだろう。少年は、手許《てもと》にあった縦二〇センチ横五〇センチ程の図面を、内容も知らぬままに袋にもぐりこませた。そして、火に投じてしまったというのである。

が、少年の思惑ははずれて、その図面の紛失は、思いもかけない波紋を描いた。監理人の狼狽《ろうばい》と血の気のひいた顔、そして、眼《め》を光らせて踏み込んできた監督官たちの引きつれた表情を目にした時、少年は、堪えがたい恐怖におそわれた。少年は、固く口をつぐんだ。幸いにして、容疑の対象は、もっぱら技師たちに向けられ、最年少のかれは、その枠外《わくがい》におかれていて情報提供を刑事たちに強いられる程度にとどまっていた。だが、隠し通せるという自信ももてなかった。かれは、平静を装いながらも、良心の呵責《かしやく》と戦っていた。

しかし、首席監督官は、少年の自白をそのままうのみにすることはしなかった。外国の諜報《ちようほう》機関に図面を手渡してしまったのを隠すために、焼いてしまったといつわった自白をしているのではないだろうか。平田大佐は、刑事たちに、さらに取調べをつづけてくれるように依頼した。

が、刑事たちの調べ上げたことは、少年の自供を裏附けるものばかりであった。少年は、一カ月ほど前から急に無口になって、家族にも、時折職場を変りたいと洩《も》らしていたという。ボイラー室で紙屑を燃やした後、少年が妙に明るい表情で監理人に話しかけていたことも、並んで歩いていた製図工の証言であきらかだった。対人関係でも、少年は、友人づき合いも少く、造船所を出るといつもまっ直《す》ぐ家に帰る。家族以外の接触は、余り考えられないという。

首席監督官は、漸く少年の自供を信じてもよさそうに思えてきた。部屋の性格を考えても、ボイラー室へ紙屑を焼きに行く折に持ち出す以外には考えられぬし、動機も、いかにも少年らしい他愛なさがある。

「奴《やつ》の言うことに、まちがいはありませんよ」

刑事たちも、自信ありげに言った。

監督官たちにも、漸く安堵《あんど》の色がみえはじめた。

佐藤大佐も、事件が落着したと判断したのか、報告書を手に長崎をはなれていった。

そして、翌日、艦政本部総務部長から首席監督官宛《あて》に、諒承《りようしよう》したが、なお念のため監視を怠らぬように……という返事がもたらされた。

技師六名と製図工一名が、少年の自供によって釈放された。かれらは、体の衰弱がはげしく、警察から窶《やつ》れきった表情でそれぞれの自宅へ向った。

少年の供述書をとっている刑事から、首席監督官室に電話があった。

「本人に色々と仕事の内容についてきいていますが、それが機密に触れるのかどうか、こちらではわかりません。そちらでも立会ってもらえませんか」

と、言う。

警察としては機密に属することを書類に残してしまえば、逆に軍部から圧力のかかってくるおそれがある。それを避けるために、監督官立会いのもとで、機密事項の削除をしたいと言うのだ。

平田大佐は、当惑した。たとえ特高係の刑事にも、機密に触れるかどうかなどということは、一切口にはできない。かと言って、第二号艦に関したことが文字として残され、警察から裁判所にまで多くの者の眼に触れてしまっても困るのだ。

平田は、やむなく取調べに当る刑事を監督官室に呼んで、特別につくらせた宣誓書に署名・捺印《なついん》をさせ、万が一宣誓書に反した場合は、海軍側で処罰すると言いわたした。そして、梶原監督官を取調べに立会わせ、少年の口から機密に少しでも触れた言葉がもれた時には頷《うなず》くだけで、終始沈黙を通しつづけた。

事件は、落着した。少年は、その後裁判にかけられ、懲役二年執行猶予《ゆうよ》三年の刑を受けると、特高係の手でひそかに三池港から満洲《まんしゅう》に送られた。そして、少年の家族は、長崎からいずれへともなく姿を消した。

無罪釈放された七名の者のうち、三名は、強度の神経衰弱症におちいって、職場への復帰はかなり遅れた。そして、出勤するようになってからも、図庫のある設計場へは、身をふるわせて近づこうともしなかった。

六

秋も、いつの間にか深まってきていた。

十月初旬、長崎の町では、諏訪《すわ》神社のおくんち大祭がひらかれ、華やかな踊りの列が町々を練り歩き、笛や太鼓やチャルメラの音がにぎやかに流れた。が、三日間にわたる祭礼も終ると、町の中には、再び深い静寂がひろがった。

造船所内には、図面紛失事件の余波が、色濃く残っていた。事件の内容は、宣誓者の間に自然とひろがり、逮捕された者たちの受けた拷問《ごうもん》も口から口へと伝って、かれらは、あらためて自分たちの置かれている立場に空恐しさをおぼえていた。

宣誓者に選ばれたことは、自分の技能と人間的な信用が認められた結果だと多分に誇らしい感情もいだいていたが、一つの目には見えない鉄格子《てつごうし》の中に投げ込まれていることにも気づいたのだ。かれらの沈黙は、一層強いものになった。

所内の秩序は、一応旧に復していた。事故の起きた部屋にも、新しい設計技師や製図工が配置され、図面も活潑《かっぱつ》に現場へ流れはじめていた。

だが、第二号艦の建造は、起工前に立てられていた工事予定よりもはるかな遅れを示していた。渡辺建造主任は、苛立《いらだ》った表情で、建造室と第二船台の間を日に何度も往《ゆ》き来した。図面紛失事件によって二カ月以上も工事がとどこおったことが、その主な原因であったが、それ以外に工員の不足が、工事の進行に大きな影響を与えていることも無視できなかった。その年の初め頃《ごろ》までは、募集しても人は集ったが、四月頃からはそれが急にへり、逆に小さな工場などへ移るために やめる者が少しずつふえている。熟練工にはそのような傾向はみられなかったが、新規採用の工員に移動が多い。その問題を解決するために、人事課では、遠く九州の各地に人を派して人集めにつとめていたが、それも目立った効果はあらわれてはいなかった。

現場工事の中で、最も遅れているのは、第二船台の拡張強化工事だった。船台がまず整備されなければ、船体の建造は、積極的には進められない。巡洋艦筑摩《ちくま》の進水直後から第二船台の拡充工事ははじめられているのだが、完工期間を三カ月としたのに、七カ月以上たってもまだすべてが終っていない。中央部の幅をひろげる工事は完成していたが、艦首の方へ船台を延長する工事も、艦尾にあたる海面に面した船台の強化工事も未完成である。

殊《こと》に、後者の強化工事は、遅々として進んでいない。その部分は、艦が進水する折、滑走する船体の重さが一斉《いっせい》にかかる個所なので、強靱《きょうじん》な鋼材を深々と打込んで強化しなければならないのだ。作業の最大の敵は、海水だった。船台の尾部は、海面の中にまで伸びているので、海水に漬《つ》かって作業をしなければならない。殊に満潮時になると、海水は、船台のかなり上にまでふくれ上って寄せてくる。作業員たちは、裸身になって胸まで水に体を没しながら鋼材の打込み作業に熱中している。夏の頃にはまだよかったが、秋になると、海水も急に冷えてくる。棕櫚《しゅろ》スダレが垂れているので、焚《たき》火《こ》も厳禁され、やむなくかれらは、感覚の失われた下半身を互に藁縄《わらなわ》を束ねたものでこすり合っては、また水の中に入って行く。殊に雨の日や夜間の作業はきつく、かれらは、歯列を鳴らし、体をはげしくふるわせていた。そんなことを繰返しているうちに、体に故障を起す者もつづいて出て、人員の補充もはからなければならなかった。

両端の船台工事が遅れているので、船体をつくる作業は、中央部を中心にして進められていた。その部分の作業は好調で、巨大な艦底の二重鋼板の上に、それにふさわしい肋骨《ろっこつ》が恐竜《きょうりゅう》のあばら骨のように上方に伸び、その内側に厚い鉄のひろい壁が、所々に建てつけられはじめていた。そして、舷側《げんそく》には、厚い甲鉄が肋骨をおおい、高さも漸《ようや》く一五メートルほどの高さにまで盛り上ってきていた。

棕櫚スダレの中には、終日、鋲《びょう》打ちの耳を聾《ろう》するような音が充満し、熔接《ようせつ》の青白い火花が交錯し合っていた。

　甲鉄の鋲打ち作業は、熟練工が二人がかりで大型打込み銃を支えて行われていたが、時々検査にやってくる梶原《かじわら》監督官は、すでに打たれた鋲に眼《め》を据《す》えては少しでも意にそわないとみると、容赦なく朱色のチョークで×印をつけてゆく。現場技師も鋲打ち工も、梶原の余りの厳しい態度に思わず不服そうな顔を見合せる。かれらにしてみれば、今まで多くの艦船の鋲打ちをしてきて、鋲打ち作業に失敗はやらない自信を充分すぎるほど持っていた。むろん不正確な鋲打ちをすれば、鋲の間から水が洩《も》れたり、火薬で艦が衝撃を受けたとき、組合された鉄材がはずれて、大事に至るおそれがあることも知っている。それを頭に入れながらやっているというのに、梶原の検査方法は、不必要とも思えるほど苛《か》酷《こく》なのだ。

梶原は、口をつぐんでいるかれらの表情を見まわすと、

「この艦は、少しでも不確かなものは一切使わないのだ。すべてが、完全でなければならないのだ。すぐに鋲を打ち直せ」

と、荒い語気で言って、次の作業現場へと立ち去って行く。

仕方なく、鋲の打直しにかかる。が、いったん硬い甲鉄に打込まれた大型鋲を抜き出すことは、容易なことではない。鋲を焼いてみたり、穴を拡げてみたりして、数人がかりで鋲を引き出す。一晩中かかってしまうことも稀《まれ》なことではなかった。

全般的に作業の進行は遅れていたが、十一月の中旬になると、漸く海面に面した船台の尾部の強化工事が終了した。合計二千トンの太いI型鋼が打込まれたのである。

それを待ちかねていたように、竜骨の尾部に連結される船尾材が、船台の中に運び込まれてきた。逞《たくま》しい船尾材が、ガントリークレーンの起重機に吊《つ》るされて、ゆっくりと艦尾に向って動いてゆくのを、作業員は、放心したような眼で見上げつづけてい

た。その船尾材は、艦の尾部にすえられる鋼材で、厚く甲鉄でおおわれた舵《かじ》とり室を支える役目をもっていたが、作業員にとって、それは、今まで目にしたこともない怪物の尾のようにみえた。やがて、船尾材は、竜骨の尾部に重々しく下された。長さ二〇メートル、高さ八メートル、重量九一トンの船尾材の取りつけは、その日からはじめられたが、その雄大な形態は、船台上でひときわ鋭く上方に向って突き立てられていた。

その頃から、漸く船台上の作業も順調な進み方を示すようになった。作業員は、日曜日に休むこともいつの間にかなくなって、朝八時に出勤すると全員九時半まで残業する。そして一部は、十一時半まで残業するのが、常のことになっていた。ただかれらが休息をとることができるのは、月に二度ある停電日だけであった。

十二月三十日、渡辺第二号艦建造主任は、玉井所長を通して首席監督官に昭和十三年末までの工事進捗《しんちょく》状況を報告した。

すでに、第二船台上で組立てられている資材の重さ六、八〇一・八二九トン、うめこまれた鋲の数五八九、〇九七本、鉄板等を熔接した部分の長さ三五、七四〇メートル、作業に従事した工員数は延人員にして二一六、四七八名その他であった。

進水させる折の船体の重さは約三六、〇〇〇トン程度になる予定であったので、資材の重さ六、八〇〇トンという数字は、まだ船体建造工事が二〇パーセントにも達していないことを示していた。

「呉《くれ》の第一号艦の工事は、予定より早目に進んでいるようです。国際情勢も緊迫しているのだから、完成が遅れることは絶対に許されない。年があらたまったら、この遅れを取り戻《もど》すように努力してくれなくては困る」

首席監督官は、報告書をひるがえしながら不機嫌《ふきげん》そうに顔をしかめていた。

玉井所長と渡辺主任は、口数も少く首席監督官室を辞した。

正月の休みは三日までで、作業は、四日からはじめられた。

渡辺主任は、建造主任室に部下を集めると、工事の遅れをとりもどすために一層努力をはらうようにと訓示した。

国際情勢は、たしかに悪化している。中国大陸では、広東《カントン》、漢口等が日本軍の手に落ちていたが、アメリカ・イギリスの中国に対する積極的な援助も目立ちはじめて、いつ果てるともしれない長期戦の傾向をみせ、満・ソ国境でも、ソ連軍との間に小さな衝突も起きはじめている。さらにヨーロッパでは、ヒットラーの率いるナチスドイツが、ヨーロッパ全土を支配下におく構想のもとにチェコを侵略し、欧洲《おうしゅう》動乱に発展する気配も急にたかまってきていた。

日本が、その大動乱に巻きこまれるかどうかはわからないが、もし大戦が勃発《ぼっぱつ》するようなことがあれば、国土の防衛をかためる必要から、第二号艦の完成期日の繰上げも指令されることが当然予想される。

渡辺主任は、焦躁《しょうそう》感にかられていた。海軍艦政本部へ出張する途中、しばしば呉海軍工廠《こうしょう》に立寄ってみるが、第一号艦の工事の進捗度は極めて順調で、それに比較すると、たしかに長崎の船体工事はかなりおくれてしまっている。

渡辺主任も古賀副主任も、目を血走らせて造船所内を走りまわり所員たちを督励した。

二月に入って間もなく、また前年夏のいまわしい事件を連想させるような事故が起った。それを引起したのは、やはり若い工員で、休憩時間に同僚たちの眼をぬすんでガントリークレーンの鉄柱と鉄柱の間を巻尺でひそかにはかった。そして、柱の本数を数えてガントリークレーンの全長を知った。

かれは、その夜、家へ帰る途中で屋台に立ち寄った。酔いが、かれの自制心を失わせた。ガントリークレーンの長さから推定した建造途中の艦の長さを口にしたのだ。

工員が、特高係の刑事に逮捕されたのは、翌朝の出勤途中であった。

その報《しら》せを警察からうけた玉井所長は、頭をかかえた。工員の逮捕をきっかけに警察や憲兵隊の立入り調査があれば、また所内は混乱をきたす。殊にそれが、船台の現場であるだけに、作業の進行に大きな支障となることは疑いない。玉井所長は、渡辺主任と同道して、首席監督官室におもむき、事件が及ぼす作業への影響を説明した。

平田首席監督官は、しばらく無言だったが、

「よくわかりました。この件は、私の方で処理しましょう。ただし、今後はこのようなことが決してないよう、充分所員を教育してもらいたい」

と、あっさり言った。平田にしても、首席監督官としての責任上少しでも工事がとどこおっては困るのだ。

若い工員の処置は、平田海軍大佐と警察との間でどのような話合いが行われたのか、造船所内への警察関係の立入りもなく、その工員も、いつの間にか長崎からその存在を消してしまっていた。

宣誓を受けたものは、すでに二千五百名を越している。宣誓書の内容に違反したものが、一人や二人出るのもやむを得ないかも知れないが、それが、作業全体に及ぼす影響は大きい。渡辺主任は、現場の責任者たちを集めると、さらに一層宣誓書の内容を部下たちに徹底させるように注意した。

工事は、着々と進行し、三月に入ると、艦尾に近い第二船艙《せんそう》の甲鉄の下に電線の通路がとりつけられた。

第二号艦には、六〇〇キロワットの発電機が八個とりつけられ、計四、八〇〇キロワットの電力が、鉄製の筒のような通路に入れられた電路で艦内に流れるようになっている。副砲十二門、高角砲十二門、機銃二十四門を自由自在にうごかす動力に使われるのをはじめとして、弾丸を砲の中に自動的に送りこんだり、舵を動かしたり排水ポンプの操作その他に使われる仕組みになっている。その電力は、人口三万人の小都市の電灯・動力・電熱を供給する稼働《かどう》電力に匹敵する量であった。

八個の発電機からながれる電流は、八本の電路の幹をつたい、枝から枝へと果しなくわかれて広大な艦内へとくまなく張りめぐらされる。枝の末端に近づけば近づくほど、それはからみ合う糸みみずのように入りくんでいる。それなのに、配線には絶対に不可欠な艦全体の設計図が、軍機に属するものであるということから、現場へは渡されてこない。そのため、電線の複雑な配置工事も、部分部分の小さな設計図をたよりに、それらをつなぎ合せながらたどっていかなければならないのだ。

その至難な作業を引受けていたのは、間崎竜夫《まざきたつお》をキャップとする電気部であった。（まるで、闇《やみ》の中を手探りしていくようなものだ）間崎は、吐息をついた。事実、初めて第二船艙に取りつけられた電線の通路が、どこの幹であり、どこの枝であるのか、かれには、全くわからなかった。

四月初旬の或《あ》る夜、渡辺主任、古賀副主任は、私服姿の梶原監督官と、大浦の海岸にひそかに身を寄せ合ってしゃがみこんでいた。前方には、海面をへだてて造船所の船台が黒々とそそり立ち、棕櫚《しゅろ》スダレの垂れた第二船台と資材のおかれている第一船台が、角ばった建物のように浮び上っている。

かれらは、第二船台の方向に目をそそぎつづけていた。

「また光った」

梶原が、低く呟《つぶや》いた。

第二船台は、闇の中にほんのり明るんでみえる。残業をしている灯が、棕櫚スダレを明るませているのだ。時折、閃光《せんこう》のように強い光がひらめくのは、熔接《ようせつ》作業をしている火花がスダレを通して洩《も》れるからだった。

渡辺たちは、不安そうに背後をふりかえる。海岸通りに沿って、アメリカ領事館とイギリス領事館の建物が前後して並んでいる。

「また洩れましたね」

古賀が、呟いた。その光は、前の光とはちがった方向でひらめいた。

「まずいな」

渡辺は、呟くように言うと立ち上った。

かれらは、身をかがめて足早に海岸をはなれると、軒づたいに歩き路地に入りこんだ。そこには、ライトを消した車が待っていた。かれらが身を入れると、自動車は、海岸沿いに造船所の方へ走った。

第二船台の熔接火花が透けてみえる……と報告したのは、大浦海岸を通って帰る技手だった。古賀副主任から話をきいた渡辺は、梶原監督官にも報告した。

高度な技術をもっているスパイが、棕櫚スダレにおおわれている第二船台に目をつけていたとしたら、時折棕櫚スダレを通してもれる閃光を見逃すはずがない。夜間、カメラを固定させてその閃光をとらえつづければ、フィルムの上には、船台の中の或るかぎられた部分だけが、光の粒で埋るだろう。それは、建造中の船体の正確な輪郭でもある。カメラの据《す》えつけられている個所から船台への距離をはかれば、船体の規模は容易に推定され、絶好の資料として国外へ流れてゆくだろう。しかも、撮影場所として、アメリカもイギリスも領事館という治外法権の絶好の場所を与えられている。

渡辺たちは、熔接の火花を遮蔽《しゃへい》する方法について意見を交し合い、対岸に面した側の棕櫚スダレをさらに厚く重ね合せる以外に方法はないという結論を得た。

渡辺主任は、その具体的な実施方法を、古賀副主任に一任した。

古賀は、万全な方法をとるために、棕櫚スダレを通す熔接の火花を実際に撮影することからはじめた。それも、夜間だけではなく、念のために昼間の場合も考えに入れてテストするという方法をとった。

かれは、翌日の正午すぎ、熔接工四名をつれて造船所の裏手に行き、棕櫚スダレ一枚を立てさせて、その裏側で熔接の火花を散らさせた。そして、一〇〇メートルから七〇〇メートルまで一〇〇メートルごとにカメラの距離を移動させて撮影させ、さらにスダレを二枚、三枚と重ね合させてシャッターをきらせた。

テストは、その夜も同じような方法で繰返された。

フィルムが、現像された。その結果は、やはり昼間の場合はほとんど閃光がとらえられていないが、夜間の場合は、スダレ一枚では閃光がかなりはっきりと浮き出ている。しかし、スダレを二枚重ね合せたものには、光はほとんどもれず、しかも二〇〇メートル以上から撮影されたものは、完全に闇に近いものだった。

「今のうちに気づいてよかったですね」

渡辺は、梶原監督官と顔を見合せた。船体は、まだ形をととのえてはいない。たとえひそかに撮影されていたとしても、まだ艦の規模などわかろうはずがないのだ。

渡辺は、早速、スダレの補充工事をはじめさせた。第二船台は、さらに薄暗くなった。

「それにしても、領事館をはじめ外人たちの住んでいる家が目ざわりだな」

梶原監督官は、対岸をあらためて見つめ直した。アメリカ・イギリス領事館が海岸に前後して並んで建っている。その背後の傾斜には、香港上海《ホンコンシャンハイ》銀行長崎支店及びそれに附属したイギリス人ハリスの邸《やしき》があり、さらにその上方には、造船所をふくめた港内すべてが見渡すことのできる丘の中腹に、イギリス人グラバーの瀟洒《しょうしゃ》な邸がある。

「今のうちはまだいいが、進水した後が問題だ。艤装《ぎそう》岸壁につなげば、丸見えですからね」

梶原は、眉《まゆ》をひそめた。

と、思いがけない話が、市役所を通してつたわってきた。香港上海銀行長崎支店が、近日中に業務をやめ、附属しているハリス邸とともに建物を売りに出しているというのだ。

首席監督官は、このまま手を拱《こまぬ》いていては他の外人に利用されるおそれがあると判断し、すぐに艦政本部へその旨《むね》を報告した。と、折返し返事があって、佐世保海軍鎮守府に買収させることに話がきまり、すでに係官が長崎に出張したという連絡がもたらされた。

買収は、数日後には、はやくも実現した。そして、香港上海銀行の建物には、梅ヶ崎警察署が引移り、ハリス邸は、監督官たちの会議所兼海軍関係の出張者の宿泊所に指定された。

監督官も渡辺主任たちも、表情をゆるめた。目ざわりな建物が警察と海軍で使用され、逆に造船所対岸の機密保持の上で有力な拠点ともなったのだ。

思いきって、この機会にグラバー邸も買収してしまったらどうだろう……という話が出たのは、その直後だった。

グラバー邸は、安政六年に長崎へやってきたイギリス人トマス・ブレーク・グラバーの住みついた邸で、グラバーは、幕末維新にかけて薩《さつ》・長《ちょう》・土《と》・肥《ひ》の勤皇派の諸藩とむすび大量に武器弾薬を売りこんで財をなした、いわば死の商人であった。その後、外国の機械、技術を導入して、明治開化期の商人として活躍をしたが、今では、日本人妻との間に生れたトムが、倉場富三郎と名のって老いの身をその邸の中にひそませていた。

広い邸の中には、使われていない部屋もかなりあり、もし買収が無理だとしても、一部を借りることは決して不可能なことではなさそうに思えた。

造船所では、市役所を介して、トム・グラバーにその申入れをしてみた。すると、トムからは、もしぜひにと言われるなら、申入れ通りにしますという返事がきた。すぐに造船所の総務部から人が出されて種々折衝の結果、海に面した母屋《おもや》をすべて買収し、トムは、その裏の小さな建物に移ることになった。造船所では、一応所員のクラブに使うことにしたが、それは名目だけで建物は閉鎖状態にし、丘を巡察する憲兵の常駐詰所としても利用させることになった。

そのほか殊《こと》に目に立つ建物は、アメリカ・イギリス両国の領事館であった。だが、それは、海軍の力でもどうにもならず、仕方なくその近辺に、刑事多数を配置させて、領事館員や出入りする者の監視を一層厳しくおこなわせる方法をとった。

四月末に、海軍軍令部総長の代理として久邇宮朝融《くにのみやあさあきら》が、視察にやってきた。所長は、第二号艦の工事の進行状況を説明するために、資料を提出した。それによると、進水までの船体工事は、三〇パーセント弱で、かなり遅れをとりもどしていることがはっきりとした。そして、第二船台上で働いている所員は、約一、〇〇〇名、船台以外で第二号艦のために作業している所員は約七〇〇名と報告された。

建造主任室の空気も、明るさを増してきていた。取りつけられた資材は、一一、〇

○○トン、打たれた鋲《びょう》の数は、百四十一万本に達している。肋骨《ろっこつ》は、さらに上方にのび、前後部の弾薬庫の構造も取りつけられ、缶室《かましつ》の一部取りつけもはじめられていた。缶室は、合計十二個あって、そこで発生した蒸気圧が機関室に送られ、スクリューを回転させる。つまり、缶室は、艦の航行の源にあたる重要部分なので、機関室と同じように、周囲を厚い甲鉄で防禦《ぼうぎょ》されることになっていた。缶の一個の大きさは、高さが八・三メートル、床面積の広さは六六平方メートル（二〇坪）あって、それが、艦の中央部に横に四列、縦に三層、計十二個が配置されることになっていた。

船台の上には、漸《ようや》く鉄材が高々と盛り上ってきた。

夏の日射《ひざ》しが強まってきた。

七月一日、第四船台で、砲塔運搬艦樫野《かしの》の起工式がおこなわれた。

この一〇、三六〇トンの運搬艦は、第二号艦と密接な関係があり、海軍艦政本部で第二号艦の計画案が立てられたと同時に、建造が予定されていたものであった。

長崎の第二号艦に装備される四六センチ砲は、呉《くれ》海軍工廠砲熕部《ほうこうぶ》でしかつくることができず、そこから長崎まで主砲を運ばねばならぬわけだが、大きさの点からも重さの点からも、到底陸上輸送などはできるものではない。残された方法は、船便にたよる以外にはないのだが、たとえ主砲の大きさは収容できても、その異常な重さは、船体をたちまち破壊させてしまう。そこで、四六センチ主砲を長崎まではこぶために、特に設計された砲塔運搬艦を新たにつくることになったのである。

その頃《ころ》、設計部内でかなり目立った人事異動がおこなわれた。主なものは、第二号艦の設計を担当していた軍艦課長泉山直三郎が東京へ転勤になり、その代りに設計技師松下壱雄が東京から長崎へ赴任してきた。松下は、泉山の後を引きうけ、軍艦課の責任者となったが、松下の着任は、樫野の建造と決して無縁のものではなかった。かれは、東京本店艦船計画課にあって、艦政本部の依頼をうけて樫野の設計作業に従事していたのだ。

渡辺建造主任は、樫野の設計を軍艦課に、また実際の建造を工作技師川北維一に命じた。

初め、川北は、樫野の設計図を目にした時、その異様な形に思わず目を見はった。艦の幅が不恰好《ぶかっこう》に広く、その甲板部には、長さ一五・七メートル幅一四・八メートルの大きな穴があけられている。仔細《しさい》に見ると、その穴は、主砲を砲塔につけたますっぽりと入れるものらしく、艦底も舷側《げんそく》も二重構造になっている。

そうした特殊な構造をもった艦であったので、実際に建造する上で多少の変更が加えられた。最も重要な点は、艦の安定性であった。大きな穴があけられているので、積載物がないときには、艦は不自然に浮き上ってしまい、艦の安定性が失われてしまう。そのため、松下軍艦課長は、川北技師と種々検討した末、艦の底部に、ポンチ屑《くず》という鉄片をまぜたセメントを流しこんで、艦の重心を下げる方法を思いついた。砂利を使わずポンチ屑をまぜこむようにしたのは、少量で充分な重さを期待できるからであった。

起工式の後、渡辺建造主任は、

「第二号艦の進水後に主砲が積みこまれるのだが、それに間に合わないと困るのだぞ」

と、川北に念を押した。

第四船台で起工されたその奇妙な形をした運搬艦は、第二号艦の建造を追うように組立てられていった。

缶室《かましつ》の取りつけが完成したので、八月二十三日には、缶室の第一回大漲水《だいちょうすい》テストがおこなわれた。このテストは、缶室に大量の水を注ぎ入れ、缶室の壁がその水圧に充分堪えられるかどうかを調べるものであった。戦闘の折、敵の攻撃を受けて穴があき、そこから侵入した海水の水圧に缶室がやぶられてしまってはどうにもならない。つまり、缶室の壁の強度が、海戦に堪えられるかどうかをテストする一方法なのであった。

缶室内への注水作業は、その日の午前四時五十分に開始され、缶室を四方から支えている支柱をゆるめて鉄の壁がどのくらい変化しているかをはかりながら、十時三十五分には、吃水線《きっすいせん》の三メートル上まで満水状態にした。

支柱をはずして計測すると、五五〇トンの水の圧力が缶室の壁を五ミリ程度ふくらませていることがわかった。やがて、満たされた水がポンプで吐き出され、午後一時三十分には、排水も終了した。結果は、すこぶる満足すべきものであった。

こうしたテストは、半年ほど前から小規模な水圧試験という形で、取りつけられた構造物すべてに行われていた。水防区劃《くかく》をはじめ汚水タンク、重油タンク等、充分な強度があるかどうかを、連日のようにテストし、すでに水圧試験を実施した部分は、三百個所以上にも達していた。

缶室の大漲水テストにつづいて、機関室の大漲水テストも行われ、艦底におさめられる機械類の取りつけもはじまった。

八月末には、取りつけられた資材一七、〇〇〇トン、打たれた鋲の数も二百七十万本に達して、船体工事も、漸くその半ば近くにまで進められていた。

七

九月一日、ナチスドイツの大軍は、突如ポーランド領になだれ込み、三日後には、イギリス・フランス両国が、ドイツに対して宣戦を布告した。

造船所内の空気は、息苦しいほどの緊張感に包まれた。日本政府は、欧洲大動乱発生と同時に「帝国はこれに介入せず、もっぱら支那《シナ》事変の解決に邁進《まいしん》せんとす」という声明を出していたが、ドイツと防共協定を締結している日本が、そのまま第三者的立場にとどまりつづけることができるとも思えなかった。七月にはノモンハン事件が起ってソ連との関係も悪化しているし、アメリカ・イギリスの経済的圧迫も増す一方である。国内の戦時態勢は一層強化され、四月一日の国家総動員法につづいて、七月には国民徴用令も公布されている。日本が、大戦に巻き込まれる可能性は充分に考えられるのだ。

所員たちは、追い立てられるような焦《あせ》りをおぼえて、第二号艦の建造に一層熱っぽく取組んでいた。

発電機や冷却機の積込みもはじまって、十月下旬には、朔風丸《さくふうまる》という四三〇トンの曳船《えいせん》も起工された。これも、砲塔運搬艦樫野《かしの》と同じように第二号艦と密接な関係があって、今まで造船所にある曳船では到底進水後の重い第二号艦を引っぱる力はないので、特に一、六〇〇馬力の大型曳船を起工させたのである。

第二号艦の船体も、漸《ようや》く下半分がその形を整えてきた。

或《あ》る日、古賀副主任は、部屋に一人きりで書類に目を通している渡辺主任に声をかけた。

「出来上っていくのを現実に目で見ていますと、この艦は、沈みそうもないような構造ですね」

渡辺が、顔を上げた。

たしかに、古賀の口にする通り、艦底をはじめ弾火薬庫、機関室、缶室《かましつ》、発電機室、変圧器室、発令所、通信室、注排水指揮室等、すべてが分厚い甲鉄に包まれ、その一つ一つが巨大な容器のように思える。

「艦政本部できいたのだが、第一号・第二号艦の四六センチ主砲は、四一、四〇〇メートルの遠距離まで飛ぶというのだから、着弾地点も水平線のはるか向うというわけだよ。砲弾の重さが一トン半、それが五、〇〇〇メートルの高空を飛んで行くのだそうだが、その破壊力は大変なものだろうね。計画された初めの頃《ころ》は、交戦する相手の艦の主砲も四〇センチ砲ぐらいが限度だろうということで、その攻撃に堪えられる防《ぼう》禦《ぎょ》をしておけば充分だという意見もあったらしいが、やはり将来、アメリカ海軍あたりで四六センチ主砲を装備した戦艦が出現するかも知れないという想定のもとに、四六センチ砲から打ち出された弾丸にも堪えられる防禦をすることにきまったのだそうだ。それだから、あんな物凄《ものすご》い甲鉄を張りめぐらしたわけだ」

「舷側《げんそく》に張る甲鉄が四〇センチの厚さをもっているというのも大したものですが、水線下に張る甲鉄の厚さも異常ですね。なぜあんなに厚くする必要があるのか、現場の連中も、口には出さないが驚いているようです」

古賀は、いぶかしそうな表情をした。

水線下の甲鉄は、それほど厚いものが使われないのに、第二号艦の水線下甲鉄は、厚さが二〇センチもあるものが張られている。そして、さらにその外側に、バルジというふくらんだ胴のような巨大な防禦区劃《くかく》が、吃水線《きっすいせん》下の側面全体に張り出している。

「そこが新戦艦の大きな特徴の一つになっているのだよ。あの部分をなぜあんなに厚く防禦したか、外国の戦艦では考えられないことだが、例のうちで進水させた戦艦土佐の実験から資料を得ているのだそうだ」

渡辺は、微笑した。

渡辺が、艦政本部できいた話によると、それまで敵艦から発射された弾丸は、水面に落下するとその進む方向も狂い、弾丸の速力も急に低下すると考えられていた。が、たまたま廃棄されることになった土佐を実験台に、艦の近くの水面に砲弾を落下させ、水線下の船体へ命中させてみたところ、水面からくぐり込んだ砲弾は、舷側をやぶり魚雷防禦壁さえ難なく突きやぶって機械室に飛びこみ、そこで炸裂《さくれつ》していた。思いもよらない致命的な痛手であったのだ。

海軍艦政本部では、その結果に慄然《りつぜん》とすると同時に、抑えきれぬような心の躍るのをおぼえた。必然的にその実験から、二つの貴重な教訓が生れた。水中を通ってくる砲弾の威力は、決して無視することはできない。また、水線下の防禦も特に強くしなければ、将来の海戦で思わぬ大被害を蒙《こうむ》るおそれがある。

艦政本部は、その教訓を生かすために、まず水中を通って敵艦の水線下に効果的に命中する弾丸の研究に専心した。その成果は、やがて日本海軍独自の秘密兵器九一式徹甲弾となってあらわれた。その砲弾は、空中を飛んでいる時は普通の形をしているが、水面に落下したとたんに、砲弾の先につけられたキャップがはずれ、水中を進むのに適した弾頭が現われる。そして、その砲弾は、横ぶれすることもなく一直線に進み、速力のおとろえも極めて少く、その上、キャップがはずれたため頭部が浮き、水平に近い進み方をして水面下の防禦のうすい艦腹に当るのである。

さらに、艦政本部は、将来外国でも水中弾が出現することを予想して、水面下の艦腹の防禦にも力を入れるようになった。これは、巡洋艦最上《もがみ》にまず実施され、つづいて第一号・第二号艦の設計面にも、その方法が、さらに充実したものとして引きつがれているのである。

「土佐も、決して無駄には廃棄されなかったわけですね」

古賀は、感慨深げな表情をして言った。

「防水区劃の数が多いのにも呆《あき》れるね。配置も実によく出来ているし、艦政本部も苦心したところだろうな」

渡辺が、煙草《たばこ》に火をつけた。

「現場の者たちも戸惑っていますよ。余り数が多いので、防水区劃の仕上げをするために艦の底部に入って行っても、どこが目的の区劃かわからず、大分うろうろしているようです」

古賀は、可笑《おか》しそうに笑った。

防水区劃は、一、一四七室あって、そのうちすでに七〇〇室近くは取りつけを終っている。

弾火薬庫その他は厚い甲鉄でおおわれているが、艦全体を甲鉄でおおうと、艦の重量は、莫大《ばくだい》なものになってしまう。そのため重要部分以外の場所は、多くの細かい部屋をつくって防水区劃とし、万が一、艦が傷ついて海水がすさまじい勢いで流入してきても、そこだけで完全に海水を食いとめることができるような工夫がほどこされている。そして、その区劃は、船体の内部で、蜂《はち》の巣《す》の房のような多くの壁に仕切られて並べられているのだ。

古賀はくつろいだ気分になって、渡辺主任と技術的な話をつづけた。

「熔接《ようせつ》のことですが、例の第四艦隊事件の問題が尾をひいているからですね」

古賀は、言った。造船技師として、古賀は、船体建造の上で熔接法をもっと積極的に取り上げるべきだ、という意見を抱いていた。鋲打《びょう》ちで組立てていくよりも、熔接法を用いる方が、船体ははるかに軽くなるのだ。それなのに、第一号・第二号艦には、思ったより熔接法は採用されていない。

「その通りだよ」

渡辺は、苦笑した。

昭和十年九月、赤軍と青軍に分れて秋の大演習が行われた折、赤軍の第四艦隊が、津軽海峡から三陸沖に向った海面で、風速五〇メートルの颱風《たいふう》に遭遇した。艦隊は、むしろ荒れきった海を突っきることも演習としてこの上ない好機会だと判断して、すすんで颱風の中へ突込んで行った。が、屹立《きつりつ》した山のような波と戦っていた艦隊に、やがて、予測もしない事故が続発した。艦隊所属の艦がつぎつぎと大損傷を受け、艦橋は吹き飛び、駆逐艦初雪は、艦橋の前部で折れ完全に分離してしまったのだ。

損傷を受けた艦は、熔接法を積極的に採り上げたものではなかったが、熔接法を主として採用した艦であったなら一層被害は甚大《じんだい》なものであったろうことは、調査の結果容易に想像できた。それで、すっかり動揺した海軍では、この事件をきっかけに重要な構造の部分には、やはり鋲打ちを採用すべしということになったのだ。

「……ところで、艦政本部では、同型の第三号艦というのを計画しているそうですね」

古賀が、渡辺の顔をうかがいながら低い声で言った。

「だれにきいた？」

渡辺は、ぎくりとしたように表情を一瞬こわばらせた。

「艦政本部できいたのですが……」

古賀は、渡辺の青ざめた顔にうろたえた。

渡辺の顔が、漸くゆるんだ。

「そうか、君も知っていたのか。実は、第三号艦を横須賀《よこすか》海軍工廠《こうしょう》で、それから第四号艦を呉《くれ》海軍工廠でそれぞれ起工することにきまっているんだよ」

「第四号艦？」

「そうだ。七万トンの戦艦が四隻さ。海軍も思いきったことを計画するものだね。だが、この話は、古賀君、むろん秘密だよ」

渡辺は、念を押すように言った。

古賀は、呆気《あっけ》にとられたように、口をつぐんだまま何度も頷《うなず》いていた。

十一月中旬、首席監督官の平田大佐が長崎を去って、島本万太郎海軍大佐が、長崎駐在首席監督官として赴任してきた。

丁度その頃、海軍艦政本部の福田啓二造船少将が、第二号艦の建造を視察に長崎へやってきた。福田は、第一号・第二号艦の基本計画主任であっただけに、新戦艦が、現実のものとして形づくられているのを感慨深げに眺《なが》めていた。船台には、壮大な鉄の構造物に二千名近くの技師・工員たちが、蟻《あり》の群れのようにむらがり、クレーンは上方を大きな鉄材をつかんで往《ゆ》き来していた。

福田は、作業員たちの熱気をおびた動きに満足したように、足場から足場をつたわって、長い間かかって作業現場を熱心に見てまわった。

「思ったより進んでいますね。進水は、いつ頃を目標にしていますか」

事務室にもどると、福田が、渡辺の顔を見つめた。

「一年後を予定しています」

渡辺は、ためらうこともなく答えた。

「むろん自信はあると思いますが、私たちもその成果には注目しています。造船史上初めてといっていい難事業ですからね」

福田は、渡辺の苦衷《くちゆう》を察するように顔をしかめていた。

その頃、渡辺は、よく不吉な夢をみてうなされることが多かった。夢は、きまって進水式の光景で、しかもそれは、同じ筋道をたどって繰返される。

巨大な船体が、支綱切断と同時に船台の上をすべりはじめる。と、不意に船台にはじけるような鋭い音が起ると、太い亀裂《きれつ》が縦横に走り、砕かれたコンクリート面がすさまじい勢で盛り上る。渡辺は、声を上げる。船体が、速度を早めて滑り下りながらも、わずかに左へ傾きかけている。その傾斜が、徐々に目立ったものになって、甲板上の資材が音を立てて落下してくる。事故に気づいた作業員が、目をむき出させて散りはじめた。その上に、黒々とした船体が、緩慢な動きでのしかかってゆく。

倒壊音が、轟然《ごうぜん》と空気を引き裂き、土埃《つちぼこり》とともに資材がうなりをあげて四散し、空中にも高く回転しながら舞い上ってゆく。倒壊音と同時に、渡辺は、濡《ぬ》れ布をきつくしぼるような奇妙な音をきいていた。それは、多くの人間の体が、一時に圧縮されたた音なのか、横倒しになった船体の下から朱色のものがあふれ、それが幾筋もの太い流れになって船台の傾斜の上を海面に流れ出てゆく。たちまち、海水は、血に染まる。傷ついた者の叫びが、渡辺の耳をおおう。渡辺は、同じ場所を狂ったように叫びながら走り廻《まわ》っている。

自分の呻《うめ》き声で目をさますこともあれば、妻にゆり起されることもある。冷たい汗が、全身からふき出していた。

夢を見た夜は、明け方まで目が冴《さ》えて眠りにつくことはできなかった。夢の中の光景が渡辺をおびやかす。船台一杯にひろがった船体は、その全容を見渡すことはできないほど大きい。それほど巨大な重量物が、船台から滑走して行くことなど、渡辺には考えも及ばないことであったのだ。

渡辺にしてみれば、進水の瞬間を目標に、出来るかぎりの研究と準備を進めてきた。その成果は、着実に積み重ねられてきていたが、福田啓二造船少将も口にした造船史上初の難事業という言葉が、渡辺の胸に重苦しくのしかかってくる。ただ、かれの唯《ゆい》一《いっ》の救いは、進水研究を直接担当している設計技師浜田鉅と工作技師大宮丈七の異常なほどの熱意であった。

浜田、大宮両技師は、国内・国外を問わず、過去の大型艦船の進水記録を研究することから手をつけていた。クインメリー号（七〇、〇〇〇総トン）の進水記録をはじめとして、大型艦船二百三十三隻に及ぶ進水記録が、整理され分析された。が、それから得た資料は、その巨大さと進水海面の特殊な悪条件をもつ第二号艦の進水には、ほとんど参考にはならないものばかりであった。

かれらは、無人の荒野に二人きりで放置されたような心細さを味わった。だが、学究型の若い浜田と進水経験ゆたかな老練な大宮とは、互に知識を交換し合いながら、おぼつかない足取りで歩みつづけた。

進水計算によると、進水する折の船体の重量は、三六、〇〇〇トン弱、進水台にかかる圧力は、一平方メートルにつき一九・三トン、そして船台で建造される船体は、海面に向って$\frac{3}{100}$の傾斜角度をもっていれば、充分に滑走していくだろうという予想が立てられていた。

机上で算出されたデーターは、ただちに工作上の要求となって工作技師大宮丈七の手にゆだねられる。多くの進水を手がけてきた大宮にも、手渡される要求事項は目新しいものばかりで、その度にかれは頭をかかえねばならなかった。

かれが、まずその工作に苦しんだのは、世界最大の幅四メートルもある進水台を作り上げることであった。

進水台は、重い船体が滑ってゆく長い台なので、強靱《きょうじん》な松材がつかわれるが、幅四メートルにするためには、幅四四センチの米松《べいまつ》の角材を横に九本ならべ、その横腹を鉄のボルトで串《くし》ざしにして固着させなければならない。

船体の重さは、進水台の上にすべてのしかかってくるので、万が一松材が分離してしまったら、たちまち船体は横転してしまう。それを防ぐためには、決して曲ったり折れたりしないような精度の高い、しかも思いきり太いボルトを使わなければならないのだ。

その結果、直径五・五センチの特製ボルトを使うことにきまったが、松材にそれと同じ直径の穴をあける段階で大宮は行きづまった。

第一、そんな大きな穴をあける錐《きり》などあるはずがない。そこで大宮は、工具工場に頼んで、独得な錐を数種類試作させた。そして、その中から最も性能のよいものを選び、さらに改良を重ねて、漸《ようや》く超大型錐を手にすることができた。

しかし、実際の苦心は、それからはじまったと言っていい。幅四メートルの松材の穴あけ作業の困難が、その後にひかえていたのだ。はじめ大宮も、その作業のむずかしさは予想していた。が、特に優秀な穴あけ専門の熟練工の手にかかれば、その長年の勘をはたらかせて短時日のうちに、正確な穴あけができるにちがいないと思い込んでいた。

大宮の期待は、完全に裏切られた。熟練工にやらせてみても、穴は、材木の柔い部分で曲ってしまい、何度繰返してもまっすぐにはあいてくれない。熟練工は、苛立《いらだ》ち、連日神妙な手つきで穴あけ作業をつづけていたが、十日間が経過しても、穴は、直線的には進まなかった。

大宮は、考えた。熟練工でも手に負えない作業ならば、素人《しろうと》工を訓練して従事させても同じことではないか。第一、他の現場では、熟練工の手を欲しがってきているし、単純な穴あけ作業の訓練に、かれらをしばりつけておくのは勿体《もったい》ない。そうした結論から、大宮は、思いきって根気のありそうな素人工を十名ほど集めた。

大宮は、かれらを前に、

「この穴あけ作業は、進水が成功するかどうかの極めて重要な作業なのだ。おれが、お前たちに要求するのは、ばかになれということだ。いいか、ばかになるんだ、わかったな」

と、語気を強めて言いきかせた。

そして、かれらに色々と錐の使い方などを注意しながら、穴あけ作業をやらせてみた。が、錐は、四メートル先の○印をつけた個所からかなり離れた所に出てしまう。熟練工でさえうまくいかないのだから、素人工がうまくやれるはずがないのだ。

「工夫しながらやってみろ。やってできないことはないんだ」

大宮は、かれらを励ました。

素人工たちは、毎日根気よく穴あけだけに没頭した。材木はたちまち穴だらけになり、それが何度も取りかえられた。単純極まりない仕事に飽いて、他の職場に移りたいと申し出る者もいた。

「よし、変えてやる。お前みたいな奴《やつ》は、おれの所では必要ないんだ」

大宮は、そうした男たちをすぐに他の職場へ追い払った。

素人工たちの掌《てのひら》が血に濡れ、それが厚い皮膚に変る頃《ころ》になっても穴は必ず途中で曲ってしまうのが常であった。かれらは、不成功に終るのを知ると、頭を垂れ、しばらく身動きもしなかった。また、投げやりな空気が、周期的にかれらの間にひろがることもあって漫然と穴あけ作業をやっていることもあった。そんな折、大宮は、

「この穴あけは、熟練工でさえできなかった仕事なんだ。お前たちは、素人工だ。も

し、これができたら立派な熟練工の資格をつかむことができるんだ。もしやる気がないなら、ほかの職場へ移れ。熟練工になりたい奴だけ、ここに残るんだ」

と、眼《め》をいからせて督励した。

一年目が過ぎた。大宮の見込み通り素人工の大半は、穴あけを根気よくつづけて、一年六カ月が経《た》った頃には、穴も稀《まれ》にはまっすぐに進むようになった。そして、満二年を迎えた頃には、素人工全員が、百パーセント正確な穴がうがてるようになった。大宮がじっと見つめていると、〇印の中心に錐の先端が回転しながら飛び出してくる。大宮は、かれらの努力に思わず眼のうるむのを意識した。

進水台の工作の次に、大宮を悩ませたのは、獣脂の問題であった。進水台は、下に固定台、上に滑走台の組合せによって成り立っていて、その二つの台の間に獣脂がぬられるのだが、第二号艦の進水に使われる獣脂には、さまざまな厳しい条件が要求されていた。

その主なものは、第一に船体が前例のない重さをもっているため、その重圧に充分に堪えて、滑走台とともに船体をすべらせる能力をもっていなければならないこと。第二には、進水台の取りつけ時期が早いので、固った獣脂も進水の日までの長い期間、絶対にひびわれしたりしないことが要求されるのだ。

大宮は、出入りの各油脂会社の獣脂を種々テストした結果、大阪の岡田油脂株式会社の獣脂を採用することにきめた。その獣脂のテストをつづける間、岡田油脂からも、社長の岡田熊次郎《くまじろう》が、しばしば立会いにきていたが、岡田が実験場へ通う通路からは、船台で建造中の第二号艦の船体が見えてしまうので、大宮は、トタン板でトンネルのような通路をつくり、その中を岡田に歩かせた。

「もぐらみたいに、なぜこんな所を通させるんです」

岡田は、身をかがめて歩きながらいぶかしそうに言ったりした。が、大宮は、ただ黙って笑っているだけであった。

昭和十五年の正月休みは、さらに短縮されて、全員三日から作業に従事した。

十六個の機関区劃《くかく》の取りつけが完了し、艦首の鋼材も、船尾材とともに船体の両端に高々と聳《そび》え立ち、船体作業は、いつの間にか七〇パーセント近くにまで達していた。

二月下旬、造船所所長玉井喬介《きょうすけ》が常務取締役として東京本店へ移り、副所長の小川嘉樹が、長崎造船所第十二代所長に就任し、それに伴なって、第二号艦建造主任渡辺賢介が副所長に昇進した。渡辺は、建造主任を兼ねながら、稲垣《いながき》鉄郎の後任として就任していた副所長の地位にある清水菊平と新たに副所長に昇進した設計部長榊原《さかきばら》鉞止とともに小川所長を補佐することになった。

小川は、数多くの艦艇建造を担当してきた設計畑の出身者で、また清水副所長は、世界的なM・Sエンジンを発明した機械関係の権威者で、渡辺、榊原をまじえた四人の組合せは、第二号艦建造に最もふさわしい人事であると言えた。また造船設計部長には加藤知夫が昇格就任した。

小川所長は、所長に就任すると同時に、渡辺建造主任と進水関係の打合せを行った。その席で、渡辺は、進水予定日を八カ月後の十一月一日にしたい旨《むね》を告げた。

「むろん、潮の状態、天候の予定も申し分ないんですね」

小川所長は、渡辺の顔を不安そうな眼で見つめながら言った。

渡辺は、手持の資料を小川の前にひろげた。

船体を進水させるのには、完全な満潮時をねらう必要がある。潮の満ち干《ひ》きは、長崎市の測候所で毎日記録されてはいるが、それは港外の潮の記録で、それをそのまま港内の潮の状態だとするのも不確かな気がする。そこで、建造主任室では、三年前から船台の傍《そば》の海面に検潮器を設けて、潮の状態を克明に記録してきた。それによると、十一月一日の午前九時五分前に最も潮がふくれ上り、進水時としても好都合だということがわかっていた。

また天候や気温の点も、三十年前からの記録を調べてその平均値をとってみた結果、やはり十一月一日は、天候・気温も良好だろうという予測が出た。

「艤《ぎ》装《そう》岸壁の整備もつきましたし、いつ進水してもよいように準備されています」

渡辺は、造船所内の地図をさし示した。

第二号艦の船体は、進水後、船台の近くにある艤装岸壁に横づけされて、大砲、艦橋、煙突などを積みこみ艤装されるが、その大きな艦を横づけするには、今までのままの艤装岸壁ではどうしようもない。そこで、造船所内の向島地区の海岸にある山を切り崩して、向島艤装岸壁を新たに建設した。そして、岸壁の前の海底も、巨大な船体を横づけすることができるように十六万立方メートルの大量の土をさらい出して、水の深さをさらに一一メートル以上も深く掘り下げた。

艤装岸壁の大整備工事は、すでに二カ月ほど前にすべてが終っていたが、砲塔運搬艦樫《かし》野《の》の運んでくる四六センチ砲を、樫野からどのように第二号艦に移したらよいかという難問題が残されていた。造船所にある最も大きな起重機船は、一五〇トンの吊《つり》上《あ》げ能力しかなく、副砲は吊上げることができても、主砲は到底無理であった。

「その件も、艦政本部と何度も打合せました結果、佐世保海軍工廠《こうしょう》から三五〇トンの吊上げ能力のある起重機船を一隻《せき》借り受けることになっています」

渡辺の説明に、小川は、何度も頷《うなず》いた。

「すると、残された問題は、進水日の十一月一日までに、船体を作り上げられるかどうかだけですね」

「その予定でやっております。このまま工事が進めば、充分間に合うはずです」

渡辺は、確信を持っているように答えた。

たしかに、工事は、予定通り進んでいる。起工してからすでに二年間がたったが、工事のおくれも、完全にとりもどしている。復水器も積みこまれ、最上甲板の取りつけもはじめられている。船体は、艦らしい形を整えてきているのだ。

——五月四日、渡辺主任は、横須賀《よこすか》海軍工廠の新ドックでひそかに第三号艦（仮称艦名第一一〇号艦）の起工式があげられたことを、艦政本部員からきいた。第三号艦も、呉《くれ》工廠から設計図が流れ、第一号・第二号艦と全くの同型艦として着工されたという。

所内には、熱っぽい空気がさらに濃くなっていた。工事は著しい進み方を示して、船体も九〇パーセント近くまで出来上り、進水も半年後ぐらいには行われるだろうと、作業員たちもひそかな予想を立てはじめるようになっていた。

ヨーロッパでの戦火は、急速に拡大していた。ドイツの同盟国イタリヤが参戦し、ドイツ軍は、デンマーク・ノルウェー・ベルギー・オランダについでフランスまでも驚くような速度で手中におさめていた。

日本政府は、依然として大戦には参加しないことを声明していたが、やがては日本もその戦いの渦《うず》の中に巻きこまれざるを得ないだろうという空気が、国内を強く支配しはじめていた。

所員たちは、緊迫化している国際情勢に敏感だった。戦争発生の危機は迫ってきている。アメリカ参戦の気配もきざしはじめ、ヨーロッパでの戦火は、地球上のすべてをおおうことも充分予想される。そうした折には、日本にも危険がふりかかってくることもあるだろう。日本は、四囲を海にかこまれた島国である。航空機の発達も目ざましいが、窮極的には、海軍の洋上戦力がその存否を左右するにちがいない。

所員たちには、一つの確信があった。自分たちのつくっているこの巨大な新型戦艦が海上に浮べば、日本の国土は、おそらく十二分に守護されるだろう……と。かれらは、この島国の住民の生命・財産が、自分たちの腕にゆだねられているのだという、強い責任感に支配されていた。そのためにも、かれらは、一刻も早く、しかも完璧《かんぺき》な姿でこの巨艦を戦列に加えたいという願いをいだきつづけていた。

かれらは、誰一人として手を休めている者はなく、千数百名の所員たちは、汗と油にまみれて作業に取り組んでいた。

それらの小さな人間の群れの中で、おびただしい量の鉄で組立てられた巨大な船体が、奇怪な生物のように傲然《ごうぜん》と横たわっていた。

八

梅雨が上って、長崎の町は濃い緑につつまれ、水面もまばゆく強い日射《ひざ》しをはね返すようになった。

昭和十五年七月三日、小川所長と渡辺建造主任は、梶原《かじわら》造船監督官とともに長崎駅を発《た》ち、東京の海軍艦政本部へと向った。進水台取りつけ作業もはじめられていて、進水予定日も、四カ月後に迫っている。その日、小川たちが艦政本部へ向ったのは、進水当日とそれ以後の機密保持方法をどのようにすべきか、という打合せをおこなうためであった。

船体の建造は、棕櫚《しゅろ》スダレの中で行われているから、人の眼《め》に触れるおそれは全くない。が、進水時には、棕櫚スダレの中から海面にすべり出て、艦は、長崎港内の中央にむき出しにされてしまう。そして、それ以後、向島岸壁に繋留《けいりゅう》されて艤装《ぎそう》される一年以上もの間は、人々の眼にさらされることになるのである。それでは、今まで棕櫚スダレで船体を遮蔽《しやへい》してきたことも、進水と同時に全く無意味なものになってしまう。

東京につくと、かれらは艦政本部に赴いた。

打合せ会議は、艦政本部長豊田副武《そえむ》海軍中将の列席のもとに行われた。

会議がはじまると、総務部員が列席者に会議の議題をしるした紙片を手渡して歩いた。その条項は、造船所側と艦政本部総務部とで予《あらかじ》め検討してつくり出したものであった。会議は、その議題の順序にしたがって進められていった。

一、進水日時秘匿《ひとく》ノ件

第二号艦は、進水後、向島艤装岸壁に横づけされれば、また棕櫚スダレを船体の所々に垂らして遮蔽することもできるが、進水した直後には、船体は、裸身と同じようにその姿をむき出しにし、隠しようもない。万が一、その姿をカメラのフィルムにでもおさめられてしまえば、第二号艦はもとより同型艦である第一号艦、第三号艦の規模までも知られてしまうだろう。それを防ぐためには、進水日時を絶対に悟られないような対策を立てておかねばならないのである。

造船所側では、むろんその日時を気づかれぬように充分注意するが、進水には、艦船の誕生を祝う華やかな行事——進水式がつきものである。第二号艦の場合は当然ひそかに行われるのだろうが、進水式は、形式にしたがってやらねばならない。

そうした場合、最も気がかりなのは、進水式に参列する人々の動きである。参列者は、伏見《ふしみ》軍令部総長宮が、天皇御名代として参列するのをはじめ、海軍大臣その他海軍の最高の要職にある者たちが、多くの部下たちを伴なって長崎に集ってくる。それらの一般にも顔を知られた華やかな一行が、長崎市内から造船所内に入っていけば、たちまち棕櫚スダレの中で建造されている艦の進水が挙行されることを悟られてしまうだろう。

初めにあげられたこの件は、造船所側から提案されたもので、海軍側でどのような処置をとってくれるかをただしたものであった。

「諸君の心配は、よくわかる。艦本《かんぽん》側としては、まず参列者を、軍令部総長宮殿下、海軍大臣、それに私と佐世保鎮守府長官と極く少数の者にかぎるつもりでいる。また、参列者は、宮殿下にも私服でお願いするのをはじめ、全員私服で一般には悟られぬように長崎市内に入り、進水式場に入ってからはじめて正装する。進水式も、極めて簡略におこない、国歌・軍艦マーチ等、軍楽隊の演奏も一切やらない。さらに、艦首につける薬玉《くすだま》も吊《つ》るさない。巨大な薬玉を発注したり、その中におさめる鳩を集めたりすることは、機密保持上大きな危険が伴なう。大体、以上のような方法でおこなう予定でいる」

豊田が、艦本側の意見を述べた。そして、造船所側でも、参列者は、最小限度にかぎってもらいたいと注意した。

小川所長たちは、豊田の説明で満足し、その件の討議を終った。

議題は、さらに次の「進水海面遮蔽方法ノ件」に移った。

この件については、小川所長から、

「只今《ただいま》、造船所としては、監督官の御指導の下に、効果的な方法について充分研究していますが、非常に多岐にわたっておりますので、まだ御報告申し上げる段階ではありません。近々のうちに最終案をまとめまして御報告いたしますので、御諒解《りようかい》願います」

と、説明があった。

「例の煙幕をはる方法は、どうだったのかね」

豊田本部長が、たずねた。

進水当日、海面に滑り出た艦をかくすために煙幕をはってみたら……という案が出たのは、半年ほども前のことで、豊田本部長が造船所を視察にきた時、丁度第一回の実験を行っていたのだ。

そのテストには、海軍で使われている発煙筒が利用され、海面に流れ出る濃い煙が、進水した艦を完全に包み込んでしまうことが期待されたのだ。

テストは、その折を第一回として、その後二十数回入念に繰返された。ガントリークレーンの海面に近い部分の数ヵ所に発煙筒をたいて煙を海面に流す方法、進水する艦自体に発煙筒をつけて煙を噴出させるやり方、また小さな汽艇のマストの上に発煙筒をそなえつけて、縦横に海上を走らせ煙をひろく立ちこめさせる方法、の三つの方法を考えて、それぞれ、テストを行い、さらに三つの方法を同時に用いてその効果を調べたりした。

その結果、弱風しか吹いていない日には、風上で発煙すると煙が都合よく流れ数分間濃い煙幕ができて、かなりの効果があらわれた。だが、風の強い日には、煙がちりぢりに流れて煙の濃度もうすれ、効果は、全く期待できないことがはっきりした。つまり、進水当日の風の状態で効果が左右されるという危険が多分にあり、また進水前に煙幕をはることは、進水時刻の迫ったことを予め知らせることにもなって、結局その煙幕遮蔽方法は、一切採用しないことになった。

渡辺主任が、その旨《むね》を説明すると、豊田本部長は、唇《くちびる》をゆがめて頷《うなず》いていた。

「呉《くれ》の場合は大した問題はないが、長崎の場合は、市の真中に進水海面も艤装岸壁もあるのだから、問題は深刻ですね」

総務部長も顔をしかめた。

部屋の中に、重苦しい沈黙が流れた。

「そこで、一つお願いがあるのですが……」

梶原監督官が、口を開いた。

「これは、小川所長、渡辺建造主任ともお話をした結果なのですが、私たちとしましては、もちろん進水当日もその後の艤装期間中も、全力をあげて第二号艦をかくす方法はとります。しかし、現在棕櫚スダレでおおっているように、完全に遮蔽することは到底できるものではありません。だからと言って、人の眼にさらしたままにしておいては、機密保持上重大問題になります。それでは、一体どうしたらよいのか、結論を申しますと、今後は遮蔽するよりは、人に見させないということに重点をおく以外にありません。酷な方法を使っても、絶対に見させないようにするのです」

梶原は、一寸《ちよつと》息をついた。

「今までも、私たちは監視所を設けたり、高台を巡察したりして、人の眼を船台の方に向けさせないようにしてきました。市民たちは、警察や憲兵隊に連行されることをおそれて、船台の方から顔をそむけて生活しています。しかし、それでもまだ不充分です。憲兵隊と警察にそれをやってもらっていますが、警戒を厳重にすればするほど仕事もふえて、現在ではかなり手薄にさえなっています。もしも、外国の諜報《ちようほう》機関員が市内にまぎれ込んでいましたら、第二号艦の写真撮影なども容易なことかもわかりません。そこで、これは、海軍全体の問題として取上げていただく意味からも、海軍から長崎市内に強力な警戒隊を派遣していただきたいのです」

梶原の眼には、思いつめたような光がはりつめていた。

豊田は、黙っていた、そして、思案するようにしばらくの間窓の方を見つめていた。

「もちろん、これは海軍のみならず、日本全体の重要問題である。君たちの考えでは、警戒隊は、何名ぐらいいたら充分と思うか」

「最低、千名は必要だと思っています」

梶原は、反射的に答えた。

「よろしい。海軍大臣訓令を出してもらって、海軍から千名以上の人員を派遣させよう」

豊田は、力強く言った。

梶原は、安堵《あんど》したように小川たちと顔を見合せた。

次の議題は、「英・米両国ニ領事館ニ対スル遮蔽処置方法ノ件」であった。

「その件につきましては、私から御報告申し上げます」

小川所長が、立ち上った。

小川は、傍の黒板に、両国領事館の位置と第二船台、向島艤装岸壁の位置を、設計部門出身者らしい正確さで描いた。その略図によると、大浦海岸ぎわに前後して建てられている領事館の方からみると、進水海面はやや左方、向島艤装岸壁は、真正面にあたる。しかも、わずか六八〇メートルの海面をへだてて、眼をさえぎるものはなにもないのである。

「こうした極めて困った位置に建っていまして、私どもとしましては、色々考慮をつづけてまいりましたが、結局、領事館の前になにか遮蔽物を立てる以外に方法はあるまいということになりました。そこで、この春、長崎市役所にお願いしまして、領事館の前の海岸に、高さ十四メートルの大看板を立てて、領事館から対岸を盗み見されることを防ぐ方法を考えついたのです。しかし、よく考えてみますと、そんな大きな看板では、強風でもありますとたちまち倒れてしまうおそれがあります。その上、そんな用途もなさそうな大看板を立てますと、却《かえ》って領事館員の疑惑を招くことにもなり、工事をあわただしくはじめれば、進水日の近づいたことを教える結果にもなります。それで、その大看板の立てつけは断念いたしましたが、二十日ほど前、県の外事課長と市の営繕課長がやって参りまして、看板の代りに大きな市の倉庫をつくったらどうだろうと言うのです。倉庫ならば、半永久的なものですし、建ててみても別に不自然さはなく、従って領事館員の注意をひくことも考えられません。それは、妙案だということになったのですが、問題は、木材です。倉庫の高さ十数メートル、横の長さも一〇〇メートルは欲しいので、かなり大量の材木を必要とします。が、御承知のように、材木は容易には手に入らず、市役所でも造船所でもそれほどの量のものはどうにもなりません。万策つきまして、艦政本部総務部長にお電話したところ、すぐに御賛成いただき、材木も至急に手配してくださるという御返事をいただいたわけです」

小川は、あらためて感謝するように正面に坐《すわ》っている総務部長に目礼した。

「すると、土台工事などはすでにはじめられているのですね」

列席していた本部員がきいた。

「はじめております。海岸ですので、基礎が弱く、現在埋立て工事をしている最中です。ともかく、十一月一日の進水予定日までに間に合わなければなにもなりませんので、市長に、十月中旬までにはおそくも完成するようにたのんでおります」

豊田本部長は、しきりと頷いていた。

それで、主要議題の討議は終り、細かい点の打合せがつづけられた。その中できまったことは、進水当日は、港内の船の往来は一切禁止させること、高台の立入禁止区域を拡大すること、海軍より機密保持の専門家を長崎に派遣して、研究をかさねさせ、さらに完全な防諜態勢をととのえること、などであった。

四時間にわたるその日の第一回打合せは終り、その後、渡辺建造主任から、進水準備の進行情況について説明があり、小川所長たちは、艦政本部を辞した。

その日の夜行で長崎に帰ると、梶原監督官は、首席監督官島本海軍大佐に、艦政本部との打合せ会議の結果を詳細に報告した。それにもとづいて、市内の立入禁止区域の拡張に手をつけ、第二船台、向島艤装岸壁、監督官事務所屋上にそれぞれそなえつけられている監視所の望遠双眼鏡を覗《のぞ》いて、市内地図の上に赤い斜線をひいていった。そして、憲兵隊、警察とも連絡をとって、立入禁止の高札を立てて、その場所に詰所を設置させることにした。

その配置が終った頃《ころ》、艦政本部総務部から、十月下旬に佐世保海兵団所属の一、二〇〇名の警戒隊員の派遣が決定したという暗号電報を受けとった。そして、それを追うように、近々のうちに防諜専門家が、二名長崎へ赴くという連絡ももたらされた。

監督官室、建造主任室の空気も、一層緊張の度を加えてきた。

七月六日、取附工員の一人が足場から顚落《てんらく》し、一年前に起った初の顚落者と全く同じように意識不明のまま三時間後に死亡した。遺体は、造船所内の病院から遺族の手によって運び出されていった。

が、その事故が不吉な前兆のように、九州一帯を襲った颱風《たいふう》は、監督官や幹部所員の顔から血の気を失わせた。それは長崎市にとって、数年来経験したこともない大暴風雨であった。

七月十四日正午頃から吹きはじめた生温い風は、夕方になると雨をまじえ、日も落ちると、長崎は、風と雨のたけり狂う渦《うず》の中に巻きこまれた。

第二号艦建造主任室は、幹部所員に緊急招集をおこない、風雨の中を第二船台にたどりつき、船体の中にもぐりこんだ。

かれらの最も恐れていたことは、第二船台をおおう棕櫚《しゅろ》スダレが烈風の激しい風圧に堪えることができないのではないか、ということであった。ガントリークレーンにしっかりと固着されているとはいえ、すでに取りつけ後二年四カ月もたっている棕櫚スダレが、風にあおられ、ひきむしられてしまう可能性は充分に考えられる。第二号艦の船体は、ほとんどその形を整えてきている。棕櫚スダレが、ひきむしられ四散してしまえば、船体は、その姿を露出してしまうのだ。

しかし、船体の内部は、別世界のような静けさだった。時折、上甲板近くにのぼってゆくと、風の激しい唸《うな》り声と、叩《たた》きつける雨の音が、おびやかすように鼓膜に突きささってくる。かれらは、懐中電灯の灯《あかり》を中心に、口数も少く、不安そうな眼を交し合っていた。

やがて、夜が白々と明けてきた。風も幾分弱まったらしく、渡辺たちは、保安帽をかぶり雨合羽《あまがっぱ》を着て上甲板から顔を出した。異様な光景が、くりひろげられていた。スダレが一様に大きくひるがえり、それが、密集した巨木の葉のように音を立てて揺れ、上甲板の上を重々しく薙《な》いでいる。船台の下部に張りめぐらされたトタン板は、ほとんど剝《は》がされ、甲板の上にもトタン板が舞っている。

渡辺は、手分けして部下を散らせ、周囲を見渡して幾分安堵をおぼえた。目の届くかぎりでは、棕櫚スダレは、ガントリークレーンに固着していて、引きちぎられた個所は見当らない。

部下たちが、渡辺の傍に戻《もど》ってきた。それらの報告をまとめると、スダレは、船台の海面に近い部分に二カ所、左舷方向に一カ所、艦首に近い部分に一カ所、それぞれ被害を受けていることがわかったが、全体としては、致命的な剝落《はくらく》はないことがはっきりした。

渡辺たちは、再び船体の中にもぐり込んだ。

かれらの眼《め》は、徹夜と不安のために充血していたが、その口許《くちもと》は綻《ほころ》んでいた。

「棕櫚スダレを採用したことは、大成功だった」

渡辺主任は、誰彼となく肩をたたいて廻《まわ》った。

九

例年、七月十三、十四、十五日の盆祭りには、長崎の町は、華やかな光に包まれる。

その年も、十三日の午後、市民は、町の三方をとりかこむ山の中腹に点在するそれぞれの家の墓所に登っていって、仏供養《くよう》の提灯《ちょうちん》を墓の前に並べて掛けた。それが夕方から点灯され、夜になるとおびただしい紅珊瑚《べにさんご》の数珠《じゅず》のような灯《ひ》が丘の傾斜につらなり、線香の煙も漂った。

それらの墓所の提灯も、翌日襲ってきた颱風《たいふう》で吹きとばされたが、次の日の夜には、霊をおさめた精霊船《しょうりょうぶね》が町々から流れ出て家並の間を縫っていった。

市民たちの間には、盆祭りの行事も、その年かぎりで自粛されるという噂《うわさ》が流れていて、夜遅くまで長崎の町はにぎわっていた。

その頃《ころ》、造船所の船台の海面に近い部分では、作業員自身にも理解のつかない作業がはじめられていた。

棕櫚《しゅろ》スダレが、縦に連結され、それが地上の太いロープに結びつけられてゆく。作業は、専《もっぱ》ら夜間を選んで行われていたが、やがて、その作業が、海に面した棕櫚スダレをロープで引くと上に巻き上げられてゆく装置の取りつけだということがあきらかになってきた。

作業員たちにも、漸《ようや》くその装置の意味が理解できるようになった。進水の瞬間、船体は、尾部から海面に向って滑って行くが、当然、海に面して垂れているスダレは邪魔になる。そのため、進水前に棕櫚スダレを巻き上げておこうというのだろう。

だが、かなりの重量のある棕櫚スダレは、短い時間に巻き上げることは到底不可能に思えた。動きが遅ければ、その隙間《すきま》から、船体はのぞき見られてしまうだろう。それに、今まで垂れたままになっていたスダレが徐々に巻き上げられていくのを見れば、進水時刻が迫ったことを知らせる結果にもなるだろう。

そこで、棕櫚スダレ巻き上げ装置の取りつけ作業につづいて、第二の作業がはじめられていた。広大なシートが、スダレの外側に垂らされたのだ。しかも、その大きな幕には、特殊な工夫がほどこされていて、地上からロープを引くと、丁度カーテンのように中央から割れ、両側に開いて行く仕組みになっている。

作業員たちは、口には出さなかったが、その二段がまえの遮蔽《しゃへい》装置に、ひそかに感嘆していた。つまり、進水時刻が近づいた頃、まず棕櫚スダレを巻き上げておき、進水直前にシートを横に開いて進水させようという方法なのである。

作業がすべて終了すると、深夜、スダレと幕の装置のテストが連夜のように繰返された。そして、完全にスダレの巻き上げられる時間、幕の開かれる時間を克明に記録し、累積《るいせき》していった。

八月八日、呉《くれ》海軍工廠《こうしょう》造船ドックで、第一号艦が無事に進水したという報《しら》せが、建造主任室にもたらされた。昭和十二年十一月四日起工以来、二年九ヵ月目に船体が完成したのである。

第一号艦の船体建造主任は、海軍造船少佐西島亮二《りょうじ》で、梶原《かじわら》造船中佐が、長崎の監督官として転任した後、その建造を指揮してきた技術科士官だった。第一号艦の進水は、ドック進水であったため、予想される長崎造船所の第二号艦進水ほどの困難は初めから考えられていなかったが、やはり、船体が異常に大きいために、かなり入念な進水研究と準備のもとに行われたようであった。進水は、ドックに水を注入して船体を浮き上らせたが、設計主任牧野の計算と実際の進水状態は完全に一致し、船体は、ドックの底すれすれに海上に浮び出たという。

それらの話を渡辺からきいた建造主任室の技師たちは、興奮を抑えきれないようだった。第一号艦は、すでに海上に出て艤《ぎ》装《そう》工事に移っている。やがて第二号艦も、その船体を浮べる日がやってくるだろう。

船体工事は、最後の仕上げ作業の段階に入っていた。九月に入ると、船体には鼠色《ねずみいろ》の塗料が塗られ、十月初旬には、艦首に菊の御紋章がクレーンで取りつけられた。そして、作業は、専ら進水のための準備に注がれるようになった。

船体は、見通しのきかぬような大きな体を、一四、五三五平方メートル（四、四〇〇坪強）の広大なガントリークレーンの囲いの中一杯にひろげていた。そして、高さも二〇メートルを越え、六層に組上げられた船体の内部には、主要な機械類もおさめられている。その三六、〇〇〇トン近い量をもつ巨体が、やがて船台から海面に滑り降りることになるのだ。

岩山のようにそそり立つ船体は、船台の上に並べられた無数の盤木と周囲からの太い支柱で安定を保たれていたが、すでに盤木と盤木との間には、四メートル幅の長い進水台が二つ、太いレールのように滑り込まされていた。進水の折には、盤木と支柱を徐々に取りはずし、船体の重量を進水台の上に移行させて、その二本のレールの上を滑走させてゆく。

十月十五日、船体の重量を軽くするために重量物の撤去がはじめられた。その主なものは、寸法合せのために取りつけられていた前・後部の艦橋、煙突の底にはる厚い甲鉄などであった。これらの撤去作業によって、船体の重量は、予定通り三三五、七三七トンの線に落着いた。船体に打込まれた鋲《びょう》の数は、五百四十万本、熔接《ようせつ》部分の長さは、二六キロメートルに及び、進水重量トンは、鋲一本の重さに至るまで集計された末に算出された数字であった。

初めからこの第二号艦の進水で、最も不安がられていたのは、進水海面の狭さであった。

浜田鉅技師を中心にした研究結果によれば、長さ二六三メートルの船体は、船台から滑り下りると同時に艦尾を先にして、平均一五ノット（時速二八キロ弱）の速度で海面を一直線に進むはずであった。その計算が正しければ、三六、〇〇〇トンの船体は、一分三十秒後には、轟音《ごうおん》とともに対岸に激突し、海岸沿いの建物を倒壊させて山のように大きくのし上げてしまうだろう。

初めの頃、渡辺建造主任は、船体の右舷に重い鎖をつけて滑走させれば、海面に浮び出た船体は、自然と鎖の重さで対岸にぶつかる前に左側に向きを変え、衝突事故も避けられるだろうと考えていた。だが、色々と計算し、実験を繰返してみると、実際にはそのように簡単に事は運びそうにもないことがわかってきた。船体の重量が余りにも大きいので、鎖の重さで向きをかえることなどとてもできそうにはないのだ。

進水会議の焦点は、専らこのことに集中された。三六、〇〇〇トンの重量をもつ船体が海面を進んで行くのを、わずか一分三十秒の間にどのようにして引きとどめることができるか、渡辺をはじめ、技師たちは、資料を持ちよって討議をつづけた。そして、その間にも、他の船台から進水する艦船を利用して、資料を裏づける実験が頻繁《ひんぱん》におこなわれた。

やがて、結論が生れた。その最終案は、船体の両舷に、重い鎖を同じ割合で取りつけ、それで、徐々に船体の動きを停めてしまおうというのだ。そして、万が一、船体の動きが停まらない場合を想定して、港内に頑丈《がんじょう》な浮標を設け、そこから束にした太い鉄のロープをのばして艦尾に結びつけ、船体が或《あ》る個所を過ぎると張りつめたロープが作用して、船体の向きを少しでも変えさせようという方法もとられることになった。

その案をもとにして、計算が繰返された。その結果、舷側につける鎖の重さは、右舷・左舷とも二八五トンずつ、計五七〇トンという数字が算出された。それだけの重さの鎖を曳《ひ》きずらせれば、船体は、おそらく対岸から二二〇メートルほど手前で完全に停止するだろうという推定がでた。

しかし、かれらは、まだ確信を持つことはできなかった。計算上では、そうした数字が出ても、実際に進水がおこなわれた場合、鎖が切れることもあるだろうし、浮標からのロープが切れてしまうことも考えられる。そこで、そうした事故が起きた場合のことも予想して、船体の損傷を最小限度に抑えるため、対岸に大きな材木で組んだ筏《いかだ》を浮べて、その衝撃をやわらげる方法も採用した。

一応、それで進水海面の特殊な条件に対する結論は出たが、総計五七〇トンにも達する巨大な鎖は、造船所にもないので、艦政本部と相談し、呉・佐世保・舞鶴・横須《よこす》賀《か》などの海軍工廠に問合せて物色した末、各海軍工廠から計五七〇トンの鎖十二本を借りることができた。その取りつけ作業は、十月十六日からはじめられた。左右両舷に六本ずつ艦首から艦尾にゆくにしたがって、長いものが固着され、それが地上から海面に向って配置された。

鎖の取りつけ作業とほとんど平行して、中央部よりやや艦首に近い左右の舷側に、二本の鉄の長いパイプの取りつけ作業も進められていた。が、その作業の意味も作業員たちには全く見当もつかなかった。パイプの長さが数十メートルもあって、それが、上下左右に自由に動く仕組みになっているのである。

やがて、二本のパイプの取りつけが終ると、次には船具工場から運ばれた大きな棕櫚スダレが、そのパイプに重々しく垂らされた。漸く作業員たちは、それが船体を遮蔽するためのものであるらしいことに気づいたが、実際にはどのように使用されるのか、想像することすらできなかった。

その装置は、建造主任室で考案されたもので、進水後、船体の規模を察知されることをできるだけ防ぐためにつくられた遮蔽装置の一種であった。船が、船台をはなれて海面に進み出る。と、棕櫚スダレを垂らしたパイプが、両舷から左右に、丁度翼のように張り出される。そうすることによって、艦の全長・最大幅を望見されることを防ごうというのだ。

また、建造主任室では、進水日を察知されない方法について種々討議し合った。その一つに進水日前夜の徹夜作業をどのようにおこなうかという難問題があった。普通の船の進水では、進水式の準備作業が前日の夕方から夜を徹して進められ、朝を迎えるのが常のことになっている。第二号艦の進水準備作業も、その例にもれないが、進水日の前夜だけ、明け方まで棕櫚スダレの中で電灯があかあかと点《とも》っていれば、朝に進水が行われることを感づかれてしまう。

意見が続出したが、結論として徹夜作業を日常的なものにし、外部の者の注意を逸《そ》らせてしまう方法が採り上げられた。その結果、進水日の二週間前から、船台上で、徹夜作業がはじめられた。棕櫚スダレの中は、夜明けまで電灯が煌々《こうこう》とともされるようになった。

その徹夜作業が、進水日を隠すためのものだと気づいた者はいないようだった。作業員は、交代で、深夜作業に従事していた。

しかし、作業員たちは、緊張の度を増してきている幹部技師たちの表情から、進水日が目前に迫っていることを嗅《か》ぎとっていた。そうしたかれらの予測を裏づけるように、進水前に必ず行われる船体検査が、十月二十一、二の両日にわたって実施された。

渡辺建造主任は、古賀副主任とともに梶原監督官の後から船体の底を入念に調べて歩いた。広大な船底がひろがっている。その下をライトで照らしながら歩きまわったが、黒々とした船底は、果しなくつづいている。

「ここを歩くといつも感じるのですが、全く大きいものですね」

古賀の呆《あき》れたような声に、渡辺も梶原も頷《うなず》いた。

陽光も流れてこず、そこは、ほとんど闇《やみ》に近い。夜の底に身を沈めているような錯覚にさえとらえられる。

渡辺は、頭上の船底を見上げてたたずんだ。船底は、何十年も何百年も、そこに初めから腰を据《す》えているように動きそうにもない。この黒々とした鉄の構築物が、果して動き出すことがあるのだろうか、渡辺の胸に、重苦しい不安感が根強くひろがってきていた。

船体検査が終った翌日から、艦内の大掃除がはじめられた。作業員は、弁当を手に艦内に姿を没してゆく。広大な船体の内部は入り組んでいて、それまでにも作業員が艦内を彷徨《ほうこう》して出てこられなかった例も何度かあったので、通路に標識をつけさせるために白墨を持たせ、艦内から出てくると入念に点呼をとったりした。

艦内掃除は三日間にわたって行われ、すべての装置の取りつけも完了した。

十月二十六日——、渡辺第二号艦建造主任は、始業のベルが鳴ると同時に、第二号艦の建造に従事している各部署の責任者を船台の一隅《ぐう》に緊急招集すると、

「本日より、特別徽章《きしよう》なき者は、理由の如何《いかん》を問わず第二船台に入場することを許可

せず」
という命令を発した。そして、桜の模様のはいった特別徽章は、進水作業に直接したがう者たちにかぎって配布され、他の部門から応援にきていた技師・工員たちをそれぞれの職場にもどし、第二船台の入口の守警も増員して、一切の立入りを厳禁した。特別徽章交附者は一千名に近く、進水当日は、さらに計測員その他が参加することとなった。

残された作業員たちの顔は緊張でこわばり、各部署の責任者の指示に従って、進水台をはじめ進水時に使用される装置の点検作業に、せわしなく動きまわっていた。

十月三十日——進水式の予行がおこなわれた。すべての準備は終り、御紋章の光る艦首の正面に、高々と式場もつくられた。それを、船台上から仰ぎ見ていた渡辺主任は、一瞬激しい眩暈《めまい》をおぼえた。

かれには、眠れない夜がつづいている。まどろむと、船体が傾き倒れる夢が、おびやかすようにかれを襲う。式場の白っぽさが、夢の中の不吉な幻影でもあるように錯覚される。

進水には、やり直しというものが許されない。少しの過失でも大事故に発展するおそれがある。

渡辺主任は、長崎造船所で起った進水の失敗例を思い起した。

大正四年六月五日、大阪商船発注の貨客船まにら丸（九、五〇六総トン）の進水式が行われ、式次第にしたがって命名が終り、支綱が切断された。が、船体は、船台に腰を据えたまま微動もしなかった。大阪商船代表者をはじめ来賓多数がつめかけていた中で、困惑した当時の所長塩田泰介は、「まにら丸が機嫌《きげん》よく滑ってくれるよう乾杯して欲しい」と青ざめた顔で挨拶《あいさつ》し、そのまま進水祝をして、後日ようやくのことで進水させたという。しかし、それは、まにら丸だから後日進水させることができたのだが、第二号艦のような巨体では、一度滑走に失敗したら、再びそれを進水させることは不可能である。そのまま腰を下して、船台の上に永久に固定しつづけるだろう。

さらに昭和十二年四月二十七日には、死者一名負傷者数名を出すという不祥事が起った。これも同じように大阪商船発注の貨客船鴨緑丸《おうりよくまる》（七、三六三総トン）の進水式当日のことだが、まだ進水式もはじまらず進水準備作業をつづけている折、不意に船体が音もなく滑走をはじめたのだ。甲板上で作業をしていた工員の一人が、船体の動きにつれて生き物のように動くロープにからまれ、片足を腿《もも》から断ちきられて海面に遠く投げ出された。工員は、海面に流れ出る進水台の獣脂を拾うために集っていた船の一つに救い上げられたが、その日のうちに出血多量のため死亡した。

第二号艦の進水の折、もしも船体が定刻前に滑り出したら、どのような事故が発生するだろう。海上への出口には、棕櫚《しゅろ》スダレもまだ巻き上げられていないし、左右に開かれる厚い幕も垂れたままである。滑走をはじめた船体は、当然、棕櫚スダレを引き裂き、幕を突き破って海上にすべり出ていくだろう。船体の上に載っているものは、スダレや幕で跡形もなく薙《な》ぎはらわれ、甲板上に待機している多数の計測員たちの肉体は、たちまち四散してしまうにちがいない。

さらに恐しい事故が発生することも予想される。棕櫚スダレも幕も、頑丈《がんじょう》にガントリークレーンの上部に取りつけられているが、それを船体が突き破る時、鋼材で組立てられたガントリークレーンに影響を与えることはないだろうか。万が一、スダレや幕の引きちぎられる力で、その鋼材が崩れ落ちるようなことがあったら、作業員たちは圧殺され、船体も大損傷を受けるだろう。

式台には、すでに白い布のはられたテーブルも並べられている。海軍の期待はむろんのこと、日本人すべてのねがいが、進水の一瞬にかけられている。渡辺は、自分の肩に背負いきれない重いものがのしかかってきているような息苦しさをおぼえていた。

その日、工事の遅れていた領事館前の隠し倉庫が出来上った。長さ一〇〇メートル、幅二〇メートルの二階建で、アメリカ・イギリス領事館は、その建物のかげに完全にかくれてしまった。

さらにその夜、長崎港に一隻《せき》の貨客船がひそかに入港してきた。船は、港内のブイにそのまま繋留《けいりゅう》されていたが、深夜になると、無人の甲板上に海軍の水兵たちが続々と姿を現わし、内火艇で上陸してきた。かれらは、渡辺たちが艦政本部長に依頼しておいた千二百名の佐世保海兵団の警戒隊員で、すでに佐世保で機密保持の専門将校によって厳格な訓練を受けていた。

細かい雨が降っていて、桟橋《さんばし》は、暗かった。かれらは、低い声で点呼をすますと、予定されている行動なのかいくつかに分散して、闇の中にその姿を没していった。

十月三十一日が、明けた。晩秋の、目にしみ通るような朝の空がひろがっていた。

午前九時、突然、船台の出入口が閉鎖された。そして、渡辺主任は、特別徽章をつけている者を第二船台に釘《くぎ》づけにし、夜の帰宅も許さないという指令を発した。

進水式予行もおこなわれて、進水日も目前に迫ったことを薄々気づいていた技師や工員は、一様に顔をこわばらせた。かれらのほとんどは、艦の重量も全く知らない。ただかれらは、起工以来大きさを増してゆく船体に呆気《あっけ》にとられているだけなのだ。その船体の進水が、どのようにして行われるものか、それについてもかれらは知らされてはいない。これほど大きな船体が、今まで手掛けてきた多くの艦船の進水と同じように動き出すことがあるのだろうか。かれらは、不安気な顔を見合せながら、黙々と船台の整頓《せいとん》に動きまわっていた。

緊急集合が命じられたのは、昼の休憩時間をすぎて間もなくだった。六百数十名の技師・工員たちは、艦首の下に駈足《かけあし》で集った。

午後二時〇分、渡辺第二号艦建造主任は、小さな台の上にのると、

「私は、本日ここに本艦の進水を命じる。進水準備作業主任は、工作部長芹川正直。進水時間は、明朝八時五十五分とする」

と、顔を紅潮させて言った。

緊迫した静けさがひろがり、作業員たちは渡辺の顔を身じろぎもせずに見つめつづけていた。

渡辺につづいて、進水主任芹川正直が台の上に登り、懐中からメモを取り出して作業員を見まわした。

「諸君も御承知のように、本日午後二時建造主任より重大発表がございました。つきましては進水作業に先立ち、進水主任として、二、三御注意を述べておきます。今回の進水作業は、従来度々行われたものとちがって、実にわが国はじまって以来、未《いま》だ

一度も試みられなかった一大作業であるのであります。その事の成否は、ただ当造船所の面目問題であるばかりではなく、実にわが国造船技術に関する重大問題であるのであります。もちろん、多年鍛えに鍛えた吾々《われわれ》の腕と、数年にわたる幾多の辛苦を重ねた研究の結果と、それに先輩諸氏の心からなる御指導による吾々の技術を以《もっ》てすれば、万々遺漏あるものとは毛頭考えませんが、吾々は、その持場持場の仕事に最善を尽して、初めて成しとげ得る一大作業であるということを、片時も忘れてはならないのであります。考えてみますと、今日この一大作業に従事することができますことは、この世に生れ合せた者の中で、最も名誉なことであり、子孫の末まで誇り得る事柄《ことがら》でありかす。いわゆる男子の面目これに過ぎるものなしと申せましょう。諸君、全力を尽し、最善を尽してやろうではありませんか。そうしてこの巨体がその勇姿を海に浮べた時は、嬉《うれ》し涙の限りを流して祝福しようではありませんか。本日の実際の作業は、午後四時半から開始せられるのでありますが、直接作業員千人にも及ぶという大世帯《おおじょたい》でありますので、各自思い思いの仕事をやったのでは、勿論《もちろん》問題にはなりません。諸君は、その指揮者の指令のままによく注意して、落着いて慌《あわ》てず騒がず、しかもきびきびと仕事を進めてもらいたいのであります。いわゆる上意下達・下意上達、千人一体となって一糸乱れぬ仕事ぶりのもとに、この一大作業を完了せしめるよう切望する次第であります。最後に、この吾々の決意の程を御報告する意味に於《お》いて、東方遥拝《ようはい》をいたしましょう」

芹川は、そう言うと、作業員たちと共に東方に向って頭を垂れた。

東方遥拝が終ると、芹川は、各部署の責任者を集め、作業の順序を説明し、

「それでは、ただちに進水作業準備を始める」

と、甲高い声で言った。

作業員たちが、一斉《いっせい》に船台の上に散り、船体が滑り出すことを防ぐ滑り止め安全装置の取りつけがはじめられた。

進水台は、滑走台と固定台の組合せによってつくられている。固定台は、船台の上に固定されたレールにもたとえられるもので、その上に車輪に相当する滑走台が重ねられている。二つの台の間には、獣脂・菜種油や軟石鹼《なんせっけん》が塗られていて、進水の瞬間、船体は、滑走台の上に載ったまま滑って行く。すでに固定台と滑走台の間には、獣脂十八トン、菜種油七トン、軟石鹼二トンが平滑に塗られ、滑走台の上にひとたび船体の重量がかかれば、進水の定刻前でも船体は滑走台とともにすべり出してしまう。それを防止するために、固定台と滑走台の間に、滑り止め安全装置が取りつけられるのである。

二時間程かかって、進水台の要所要所に配置されている滑り止め安全装置が整備され、そして、その取りつけ方法が完全であるかどうかを点検し、第一段階の準備作業は終了した。

午後四時三十分。いよいよ進水準備作業が開始された。船体を支えている盤木をはずし、四方から支えている支柱を除去して、滑走台の上に徐々に船体の重量を移してゆくのである。

強靱《きょうじん》な米松《べいまつ》で作られている大きな盤木の数は、数百個もある。初めに取りはずし作業がはじめられたのは、船体の最下部にあたる竜骨《りゅうこつ》附近の盤木で、それから、船底の左右につづく盤木の除去に移行してゆく。

日が翳《かげ》り、やがて船台の上にも夜の闇《やみ》が落ち、電気のまばゆく光る中で、鉢巻《はちまき》をしめた千名に近い作業員たちは、体中汗を流して盤木の取りはずし作業に熱中していた。

作業は、時間との戦いだった。潮の最もふくれ上る進水時刻は、明朝八時五十五分と計算されている。その満潮時を、万が一逸《いっ》した場合は、次の満潮日まで二十日近くも待たなければならない。と言うよりは、盤木を取りはずしてしまった船体をその期間進水台の上に載せたまま安定させておくことは不可能なのだ。盤木取りはずし作業が始められた限り、後へ引き返すことはできないのである。

夜気が、冷えを増してきた。渡辺主任は、梶原監督官、古賀副主任と三人で艦首の下に立ちつくしている。幸い、盤木・支柱の取りはずし作業は、予定の時間通りに着実に進んでいる。作業員の動きにも、全く疲労の色はうかがえなかった。

夜食が、クレーンで船台上に運ばれてきた。十五分間の小休止があって、かれらは、食物をむさぼり食った。

月が、中天にかかった。作業は、一層熱気をおびて進められていたが、時計の針が一時を廻《まわ》りかけた頃、連絡員が、よろめくようにして駈けてくるのが見えた。その蒼《そう》白《はく》な顔色を目にした渡辺たちは、息をのんだ。

「船台が裂けました」

連絡員の声はうわずっていた。

渡辺たちは、顔色を失って連絡員の後から駈けた。その現場は、船底の中央部で、そこには、芹川進水主任、浜田進水設計技師、大宮進水工作技師たちが、船台を青ざめた表情で見つめていた。

「どこだ」

渡辺は、喘《あえ》ぎながら言った。

浜田の指さす方向に眼《め》を据《す》えた渡辺は、一瞬息をのんだ。二本の進水台の内側に、二筋の亀裂《きれつ》が、船台の上に深々と刻まれている。しかも、それは、三〇メートル程の長さにわたって走っているのだ。

船台のコンクリートの厚さは、一メートルもある。その上、鋼材も無数に打込まれているというのに、裂けてしまったというのは、一体どうしたことなのか。船体の重量が徐々に滑走台の上に移されてゆくにつれて、多くの盤木や支柱で分散されていた重量が、滑走台の上に集中的にのしかかってきているのだ。

渡辺主任は、あらためて船体の重さが異常なものであることを実感として感じとった。夢の中の光景がおびやかすように甦《よみがえ》った。深夜の冷えきった空気が、自分の体に一斉に降りかかってくるような悪寒《おかん》をおぼえた。船台がさらに亀裂を増していけば、艦は、傾いて、ガントリークレーンを破壊し、轟音《ごうおん》とともに倒壊してしまうだろう。隣接した第三船台に建造中の、日本郵船発注の、橿原丸《かしはらまる》（二七、七〇〇総トン・後に空母隼鷹《じゅんよう》に改造）も、その勢いで粉砕され、造船所の機能は完全に停止し惨憺《さんたん》とした光景が出現するのである。

渡辺主任は、膝頭《ひざがしら》が激しく痙攣《けいれん》しはじめるのを意識しながら、船台の裂け目を入念にしらべている大宮丈七技師の顔色を見つめていた。

大宮は、亀裂の中に懐中電灯の光を落し、亀裂に沿って動いて行く。渡辺たちも、

無言でその後に従った。やがて顔をあげた大宮は、

「なんとか持ちそうです。これ以上、裂けることはないと思います」

と、少し顫《ふる》えを帯びた声で言った。

「大丈夫か」

渡辺主任も、亀裂の中を覗《のぞ》きこんだ。

「大丈夫でしょう。裂け目は、丁度、古い船台と拡張した船台の接ぎ目《つめ》です。裂け目は、一応裂ける所まで裂けてしまっていますから、これ以上は心配ないと思います」

大宮の生色をとりもどした表情に、渡辺主任も、漸《ようや》く心の動揺が僅《わず》かながらも鎮《しず》まってゆくのをおぼえた。

「しかし、呆《あき》れた重量だな」

梶原監督官の声も、うわずっていた。

「古賀君、きみは、大宮技師とここに残って亀裂の状態を観察しつづけてくれ。なお、船台が裂けたことは、作業員たちの耳には入れるな。士気に影響するから……」

渡辺は、まだ膝頭が痙攣しているのを意識しながら言うと、梶原とその場をはなれた。

盤木と支柱は、強引にはずされてゆく。渡辺は、口中の激しい渇きを意識しながら

落着かぬように、作業の進行を見つめていた。船体は、一層その重量を滑走台の上にのしかけている。亀裂が音を立てて走るような予感が、かれの不安を絶えずかきたてていた。

古賀のもとからは、連絡員が五分間隔に報告に走ってくる。が、大宮の判断通り、船台の裂け目は、それ以上ひろがる様子もないようだった。

午前三時、海面に近い船台の棕櫚《しゅろ》スダレの巻き上げ作業が、予定通りはじめられた。壮大なスダレが、ゆっくりと上方にのぼって行く。そして、その後から、重々しく垂れ下っている厚いシートの幕が現われてきた。

進水準備は、一分の遅れもなく整えられてゆく。渡辺は、不安気な眼で、スダレの巻き上げられてゆく光景を凝視しつづけていた。

東の空が、白みはじめた。前日の午後二時から十数時間が経過していた。作業員たちの顔にも漸く疲労の色が濃く、半裸の体は、汗と油でどす黒くよごれていた。声もしわがれ、血走った眼だけが、異様な光をたたえていた。

潮が、少しずつ満ちはじめ艦尾のあたりに水の色がひろがってきた。

「御誕生が近いぞ、御誕生が近いぞ」

芹川進水主任が、声を嗄《か》らして現場を走り廻っている。

作業員たちは、今にも腰のくずおれそうな疲労と戦いながら、余力をふりしぼって作業に取り組みつづけた。

その頃《ころ》、第二号艦の進水式に参列する者たちは、ひそかに長崎市内に集ってきていた。第二号艦のような巨大な船の進水ならば、常識的に考えても参列者・参観者は数万名をくだらないだろうが、造船所の作業員以外に列席を予定されている者は、僅《わずか》に三十名程にすぎなかった。

天皇の御名代伏見軍令部総長宮は、私服で数人の随行員を従えて、前夜長崎に着くと、造船所内にある迎賓館占勝閣に身をひそめていた。海軍艦政本部からは、海軍中将豊田副武《そえむ》本部長、造船中将桑原《くわばら》重治第四部長が、それぞれ部下を連れて、前日のうちに長崎の二駅手前にある道ノ尾の万象園という宿に到着していた。かれらは、東京を出発する折にも慎重を期して、幾班かにわかれて列車に乗りこんだ。出張の多いかれらは、特急「つばめ」「さくら」の列車ボーイたちにも顔を知られているので、それらの列車を避けて呉《くれ》で途中下車をしたり、佐世保へ行ってそこから船で長崎へ到着した班もあった。

また、佐世保鎮守府司令長官海軍中将平田昇の一行は、前夜は、長崎から七駅も手前の諫早《いさはや》に泊り、深夜、自動車に乗って長崎へ向った。さらに、海軍大臣及川古志郎《おいかわこしろう》の一行は、その日の朝午前七時二十九分の列車で到着すると、人通りの少い道をえらんで自動車を走らせ、ひそかに造船所の門をくぐっていた。

かれらは、すべて背広姿で海軍高等官のマークもはずし、地元からは、平敏孝長崎県知事、久安博忠警察部長の僅か二名の列席が許されているだけであった。

その日、夜明けとともに総動員された憲兵・警察署員約六百名、佐世保鎮守府より乗り込んできていた海軍の警戒隊千二百名、合計千八百名は、すでに長崎市内に配置されていた。

その日進水する第二号艦の姿を人々の眼から遮断《しやだん》させるために、海軍省から派遣されていた防諜《ぼうちよう》専門家たちは、一月以上も前からその方法について研究を重ねていた。その結果、採用された方法は、第一に、その日を海軍及び憲兵隊・警察署合同の防空演習日と称して、市民の外への出歩きを抑制したことであった。たとえ、どれ程警戒を厳重にしても、人々の眼に全く触れさせないということは、不可能に近い。と言って、強制的に外出を禁ずれば、市民たちは、なにか重大なことが長崎市内で行われるのだろうと察するにちがいない。そしてそれは、棕櫚スダレの中の船体の進水とも結びついてゆくはずであった。極めて自然な形で人々を家の中に閉じこめておく方法。それを、防諜専門家たちは、防空演習という名目を立てることで解決しようとしたのだ。

さらに、港を見下すことのできる高台はむろんのこと、海岸線一帯には、人垣《ひとがき》のように警戒隊・憲兵・警察署員を配置して市民の監視に当らせ、それら警戒に当る者たちも、進水の定刻には、海面に背を向けて艦の姿を眼にしないように命令を受けていた。

殊《こと》に、海岸に並ぶ家々には、強引な方法がとられることになっていた。家族は、一人残らず家に閉じこめ、その上雨戸をたてさせ、窓にはカーテンを引かせる。そして、警戒隊員を一戸に数名ずつ配置させて、住民たちを厳重に監視させる方法も予定されていた。

外国人の眼を遮断させる方法については、一層慎重な研究が重ねられていた。かれらのうち、中国人をのぞいた外国人たちは、外交関係の上からその行動を強制的に制限することはできない。しかも、かれらの住宅の多くは、港を見下すことのできる高台に点在しているのだ。

日本人の眼よりも、むろんかれらの眼の方が恐しい存在だった。防諜専門家たちは、種々検討した末、二つの方法を考えついた。イギリス・アメリカ領事館の前には、隠し倉庫を建ててその眼を遮断してあるが、高台の家に住みつく外人たちの望見を防ぐ方法は、なに一つとしてとられていない。

案出された方法の一は、大型の船を、進水した船体の遮蔽物《しゃへいぶつ》に利用することであった。丁度都合よく、一月ほど前に進水したばかりの、日本郵船発注の春日丸《かすがまる》（一七、一二七トン・後に改装空母大鷹《たいよう》となる）という商船が、艤《ぎ》装《そう》工事中であった。この船を港内に浮べておいて、第二号艦が進水したらすぐにその船体に寄り添わせる。春日丸は、第二号艦に比較すればはるかに小さいが、それでも一部を隠すことで、第二号艦の全体の規模は悟られないですむだろう。

さらに進水した船体を、かれらの眼から逸《そ》らすために、外国人の家々を警察官二名ずつで、家族調査と称して一斉《いっせい》に訪問させる。むろん領事館にも、口実を作って警察官を派遣する。進水直前に訪問させ、出来るだけ長くねばらせることによって、進水した第二号艦の船体が港内に浮んでいる間、かれら外人たちをそれぞれの家に釘附《くぎづ》けすることができるのだ。

残された問題は、港内を航行する船の処置であったが、防空演習を実施するという理由で、船の航行は大小を問わず一切厳禁した。そして、警戒隊をのせた海軍の内火艇を、海岸一帯に配置して海上からも警戒させることにした。

朝がやってきた。港内には靄《もや》が立ちこめ、市街は静まりかえり、家々からは炊煙が立ちのぼっているだけであった。千八百名の警戒陣は、すでに配置につき、海岸線には警戒隊員たちが一〇メートル間隔で立っている。外人住宅を訪問する警察官は、進水前の八時三十分を期して高台の市街地に待機ずみであった。港内には春日丸が、前と後に小さな曳船《えいせん》をつけて朝靄の中に浮んでいた。

潮が刻一刻満ちてくる。棕櫚スダレの中で続けられている進水作業は、異常な熱気に包まれながら最終段階に移っていた。数百という盤木がはずされ、支柱も除去されて、第二号艦の巨大な船体は、ほとんどその総重量を二本の滑走台の上に移していた。各持場の指揮者たちの声は、つぶれて声にならなかった。だれの眼にも血がにじみ、それが異様に光っているだけであった。

八時十分――、芹川進水主任は、渡辺建造主任の前に姿勢を正して立つと、進水作業が完全に終了したことを報告した。船底の中心部、つまり竜骨附近と、その両側に十数個の盤木だけが残されて、それまで起工以来二年八カ月間船体を支えていたおびただしい数の盤木・支柱は取りはずされたのである。

進水式の時刻も迫った。渡辺主任をはじめ、幹部技師たちの顔に血の色はなかった。満潮は、八時五十五分にやってくる。それで、この第二号艦の運命のすべてが決るのだ。

進水時の計測をするために、多くの計測員たちが、すでに船体の上にのっている。かれらには、予《あらかじ》め警告が出されていた。シートの遮蔽幕がもし開かないような場合があっても、進水は、予定通り強行する。船体は、尾部からその厚い幕を突きやぶって海面に滑り出る。シートの幕は、船体の上を猛烈な勢いで薙《な》ぎはらうだろう。その場合は、急いで物かげに身をかくせ――。しかし、それでも犠牲者は必ず出るだろうし、船体の損傷も避けられまい。

船体は、滑走を始めると同時に、両舷《りようげん》に固着された重い鎖を六個ずつ引きずってゆく。その巨大な鎖がガントリークレーンの鉄柱にからまるような一大事故が起きはしないだろうか。船体と鉄柱との間隙《かんげき》は、わずか八〇センチ程しかない。

芹川進水主任は、渡辺建造主任に報告すると同時に、各持場の指揮者たちを招集し、定められた通り進水配置につけと命じた。静まり返った船台上に、時間は、またたく間に流れた。

八時二十分、棕櫚スダレの小さな潜《くぐ》り戸《ど》から、艦政本部・佐世保鎮守府関係者が首席監督官島本海軍大佐の先導で入ってきて、私服を軍服にとりかえた。つづいて、伏見軍令部総長宮と海軍大臣及川古志郎が姿を見せ、同じように軍服に着がえると、艦首の正面に高々と作られた式台に上った。軍楽隊の演奏もなく、式台上のわずかな参列者と、式台を身じろぎもせず見上げる千名の作業員たちにとりかこまれて、船体は、その巨大な姿を横たえていた。

八時三十分、小川嘉樹造船所長は、及川海軍大臣の前へ進み出ると、

「進水準備は、すべて完了いたしました」

と、報告した。

及川は、伏見軍令部総長宮に一礼すると、封書を開き、

「軍艦……、昭和十三年三月二十九日その工を起し、今やその成るを告げ、ここに進水せしむ」

と、厳かな口調で艦の命名書を読み上げた。

小川所長は、一瞬戸惑った表情をみせた。「軍艦……」と艦名が全くききとれない。及川は早口にしかも低い声でなにか言った。が、すぐに小川は、それが機密保持上からとられた措置だと気づいて深く頭を下げると、式台の隅《すみ》に顔を引きつらせて立っている芹川進水主任に、

「只今《ただいま》より、進水作業はじめ」

と、甲高い声で命じた。

芹川は、一礼すると、下方に向って手を挙げ、

「進水作業はじめ」

と、嗄《かす》れた声で叫んだ。

静寂が、破れた。身じろぎもしなかった作業員たちの体が、一斉に動き始めた。渡辺主任は、古賀副主任、梶原造船監督官と式台の真下に肩を寄せ合って立ちつくしていた。動悸《どうき》がし、顔から血の気が引いていくのが自分でも意識された。古賀も梶原も、その顔は、別人のように引きつれている。

竜骨附近のわずかに残されている盤木の取りはずしがはじまった。潮は、すでに膨れ上っていて、艦尾が海水に洗われている。刻一刻進水の時刻は迫っている。

やがて、「旗振り」を担当している技師の手に白い旗が上げられ、それが勢いよく振下された。

芹川進水主任が、吊下《つりさ》げられた進水鐘を力強く鳴らした。

「竜骨盤木外し方すみ」

芹川は、小川所長に向って叫んだ。

残された盤木は、両側に据《す》えられている数個のものだけである。作業員たちは、二手に別れてそれに群がった。

船底の両側に数個の櫓《やぐら》が等間隔に立っていてその上に旗振りが立っている。初めに右側の櫓の上で白旗が上り、それが次々と伝って最後の白旗が振下された。

芹川の手で、第二号鐘が二つ音高く鳴った。

「右舷《みぎげん》盤木外し方すみ」

つづいて、左側の櫓の上でも白旗が振下された。第三号鐘が、三つつづいて鳴った。

「左舷《ひだりげん》盤木外し方すみ」

芹川の声は、顫《ふる》えを帯びていた。

「遮蔽幕外し方はじめ」

芹川が身を乗り出して叫んだ。

命令が、船体の尾部に向ってつぎつぎと伝えられていった。

渡辺は、息をのんだ。艦尾の方向に垂れた広大な幕を見つめた。幕の中心が、徐《おもむ》ろに割れた。幕は左右に動き、やがて対岸の丘の一部が、朝靄の中にのぞいた。渡辺は、胸の熱くなるのをおぼえた。海面が現われ、幕は大きく開かれた。棕櫚スダレに包まれた船台から、二年八カ月ぶりに眼《め》にすることのできた港の光景だった。

遮蔽幕が完全に開くのを見定めた芹川進水主任は、

「安全装置取り外し方はじめ」

と、命じた。

進水台に沿って、作業員たちが散った。やがて、固定台と滑走台の間にとりつけられている滑り止め安全装置が、一つ残らず撤去され、第四号鐘の澄んだ音が船台一杯に響いた。

「安全装置取り外し方すみ」

芹川は、小川所長に報告した。

遂に、進水の瞬間がやってきた。小川所長が銀斧《ぎんおの》で、連結された支綱を切断すれば、自動的に滑り止め装置は、一挙に落下し、船体は、支えを失って滑り出すはずなのだ。二年八ヵ月にわたる船体工事と、作業員の十九時間に及ぶ進水準備作業のすべてが終った。

後はただ、小川所長の手にする斧が閃《ひらめ》くのを待つばかりであった。

深い静寂が、船台をおおった。技師も工員も、身じろぎもしない。渡辺主任は、眼を大きく見ひらいていた。この巨大な鉄の城が、ただ斧の一閃《いっせん》だけで動いてくれるだろうか。作業員たちの眼は、式台の隅に立つ小川所長の動きに集中されていた。

静止した空気の中で、小川所長の体が動いた。伏見軍令部総長宮に一礼するのがみえた。その手に、斧が光った。それが上方にあげられ、勢よく振下された。

渡辺の眼は、聳《そび》え立つ船体に戻《もど》された。呼吸がとまった。眼が、見開かれた。船体が動かない。意識が不意に霞《かす》んだ。その時、渡辺の眼に、かすかに船体の底部が身じろいだような気がした。渡辺は食い入るようにその部分を見つめた。錯覚ではなかった。船体は、たしかに動いていた。徐々にではあったが、かすかに動き始めていた。そして、その動きは、次第にはっきりしたものになって、速さを増していた。

熱いものが、胸の底から噴き上げてきた。船体は、音もなく動いて行く。そして、同時に舷側に固着された大きな鎖が、船台の上を曳《ひ》かれはじめた。荒々しい鎖の音が、速度を増すとともに、すさまじい轟《とどろ》きとなって船台をおおった。鎖と船台のコンクリートの間で、はげしい火花が起った。雷鳴に似た音が体をつつみ、土埃《つちぼこり》が竜巻《たつまき》のように逆巻いた。渡辺は、自分の咽喉元《のどもと》に、灼熱《しゃくねつ》した鉄塊が突上げてくるのを意識した。

「バンザイ」

不意に喘《あえ》ぐようなかすれた声がした。それにつられて、作業員たちは、両手をあげて唱和しはじめた。号泣に近い声だった。

熱いものが、頰《ほお》にあふれた。巨大な城がすべって行く。それは、一つの生き物だった。尾部が海面に突っ込むと、はげしい水飛沫《みずしぶき》が上った。その音が鎖の音と交叉《こうさ》して、作業員たちの声をかき消した。滑り出て行く船体の重量に、固定台の上に塗られた獣脂が加熱して、猛烈な白煙をあげている。それを予期して予め配置されていた数本のホースから、水が放たれ注がれている。

艦は、完全に船台をはなれた。かなりの速度で、甲板上の小さな人影をのせて突き進んで行く。大きな波が、船体の両側に盛り上り、十二本の鎖が、海獣の群れのように水飛沫をあげながら曳かれて行く。

対岸に激突しないだろうか。渡辺の胸に、不吉な予感が甦った。対岸の丘を視野から隠した船体が、そのまま丘に突っ込んで行くような錯覚をおぼえた。が、艦の速度は徐々に弱まり、やがて船体は、艦尾をやや右に向けて停止した。

作業員たちの叫ぶ声が次第に静まり、船台一杯に激しい嗚咽《おえつ》が潮騒《しおさい》のように起っていた。

にじんだ眼に、参列者が式台から退場して行くのがみえた。その姿が消えると、嗚咽は一層たかまった。作業員たちは、くずおれるように坐《すわ》りこんでゆく。二年八カ月にわたる船体工事と十九時間を要した進水作業の緊張した重労働の疲れが一時に出たのか、かれらは、膝《ひざ》を屈して肩をふるわせていた。

進水担当技師の芹川・浜田・大宮たちが、両足もとをふらつかせながら駈《か》けてきた。たちまち技師たちの体が渡辺を取りまいた。しかしかれらは、一語も発することができず頭を垂れて咽喉を鳴らすだけであった。

渡辺たちは、海面に濡《ぬ》れた眼を向けた。毎日見上げていた船体だったが、その全容をながめるのは、初めてであった。大きかった。設計図で想像していたものより、四倍も五倍も大きな船体だった。

その頃《ころ》、港内の水位は五〇センチ以上も高まっていた。厖大《ぼうだい》な容積をもつ船体が不意に満潮時の港内に進水したために起った、予想外の現象だった。その上、滑り降りた船体のあおり上げた海水は、一メートル二〇センチの高波となって対岸の浪ノ平地区一帯に押し寄せた。それは、一種の津波に近いものだった。家の中に閉じこめられていた海岸の住民たちは、突然海水が床下を走り畳を洗うのに狼狽《ろうばい》した。しかし、路上にとび出した住民たちは、警戒隊員たちの手で荒々しく押しもどされた。住民たちは訳もわからず、ただ、おびえきった眼で海水の泡立《あわだ》つ家の中で身をふるわせていた。

高波は、港内からさらに浦上川、大浦川、中島川にもさかのぼって、川沿いの家をひたし、岸に舫《もや》われていた小舟を覆《くつがえ》したりした。

港内に浮んだ第二号艦の船体の傍《そば》には、遮蔽の目的を負わされた春日丸が近づいてきていた。そして、船体に寄り沿った時、第二号艦の両舷側から、予定通り棕櫚スダレの垂れ下った長い鉄のパイプが、翼のように突き出された。船体は、翼をひろげた前世紀の怪獣のようにみえた。

七隻《せき》の曳船《えいせん》が集ってきた。春日丸に寄り添われながら、第二号艦の船体は、曳船にひかれて向島艤装岸壁に目立たぬような動きで移動して行った。

船体が完全に岸壁に繫留《けいりゅう》されたのは、正午近くであった。

十

翌日、極く少数の幹部たちが市内の料亭富貴楼に集って、ささやかな宴を張った。かれらの表情は、明るかった。進水が無事に終れば、工事の半ば以上は、成し遂げられたのも同じであったのだ。

進水は、全く完璧《かんぺき》なものであった。進水した艦が停止したのは、対岸まで二二〇メートルの海面で、予《あらかじ》め計算された数字と、わずか一メートルほどの誤差しかなかった。天候に恵まれていたことも幸運だった。雨天であれば、滑走のために使用される軟石鹼《なんせっけん》が流れ、強風の日であれば、海面が荒れてしまって進水には好ましくない。朝靄《あさもや》が港内に立ちこめていたのも、機密保持上からは却《かえ》って好都合だった。

起工前から進水研究をつづけてきた浜田鉅技師と大宮丈七技師に、渡辺主任は、特にその労をねぎらった。

十一月三日の明治節を過ぎると、最後の仕上げ段階である艤《ぎ》装《そう》工事に移った。骨格と筋肉の出来上った船体に、内臓や循環器官が詰めこまれるのである。

艤装工事は、第二号艦建造主任室の指揮の下に、郡《こおり》弘道のひきいる外業部が当り、艤装工場長東健吾が、現場責任者として任命されていた。

東の下には、造機（機関関係）部門に三上照也、森田保、造兵（兵器関係）部門に八坂猛、佐藤稔《みのる》、造船艤装部門に大島恒次、浜田英雄の各技師が配置され、電気艤装関係には間崎電気部長配下の溝口隆《みぞぐちたかし》、奥村正彦、吉川徳夫らの技師が、木工関係では西川工作部長の指示で佃薫《つくだかおる》木工場長等が、それぞれ担当することになっていた。

艤装工事のはじまる前、渡辺建造主任は、所長室に艤装関係の幹部たちを集めた。その席で、小川所長は、第二号艦の完成期日の大幅な繰上げが、海軍艦政本部から二回にわたって要求されていることを発表した。

第一回目は、呉《くれ》海軍工廠《こうしょう》製鋼部の圧延機が故障してしまったことと、日本製鋼室《むろ》蘭《らん》工場の拡張工事遅延のため呉から送られてくるはずの砲塔甲鉄が、予定期日よりも二カ月おくれることになった。当然、昭和十七年十二月末日の完成予定日は、翌年二月末日に変更されるはずだったが、艦政本部は、十五日間の短縮を主張して、昭和十八年二月十五日竣工《しゅんこう》と決定した。

ところが、二カ月前、艦政本部長豊田副武《そえむ》海軍中将から、島本首席監督官を通じて、さらに全面的な短縮を要求してきた。その期間は六カ月半で、昭和十七年七月三十一日に完成すべしという到底不可能とも思える厳命であった。渡辺建造主任は、そのため艦政本部に何度か出向いたが、英米両国との関係の悪化もあって結局その要求を受け入れざるを得なかった。

「諸君としても、計七カ月の竣工期繰上げということは、前例もないし不当な要求とも思えるだろうが、呉工廠でも出来るだけ協力してくれるということになっているから、さらに一層作業員を督励して、必ず予定期日までに完成してもらいたい」

小川所長の声には、悲痛な響きがこめられていた。完成予定日は、起工前にあらゆる資料を検討して生み出されたものである。それを目標にして、工事予定表が作成され、作業員の配置、資材の入手時期等を基礎に工事の流れが決定されている。非常識な工期の短縮は、作業のスケジュールを全面的に組立て直さねばならない。竣工期日というものは、造船業者として絶対に守らなければならない条件なのだ。

艤装工事責任者たちの表情はこわばっていた。或《あ》る程度の工事短縮は予想していたが、七カ月という数字は、艤装工事期間を三分の二に短縮せよということである。だが、すでに竣工予定日が決定している限りかれらは、どのようにしてもその日までに完成させなければならない義務を負わされたのである。

かれらは、渡辺から手渡された新しい工事予定表を手に艤装現場へ走って行った。

艤装岸壁には、千五百名の技師・工員たちが、せわしなく動き廻《まわ》っていた。岸壁の両側には目隠し塀《べい》が高く立てられていた。その塀の一カ所にうがたれた出入口には守警詰所があって、腕章をつけていない者は、岸壁内に入ることを厳禁されていた。

繋留《けいりゅう》されている艦には、至る所に棕櫚《しゅろ》スダレが垂れ下げられ、対岸からの望見をさまたげていた。

千二百名の佐世保海兵団からの警戒隊はそのまま常駐して、憲兵・警察官とともに市内に配置され、殊《こと》に高台・海岸沿いの道には常にかれらの眼《め》が光り、向島岸壁の方向に眼を向けたものは容赦なく連行された。港の内外に点在する島に通う交通船は、乗込んでいる警戒隊員の指示で片側の窓をすべて締めきり向島岸壁から遠くはなれた水面を航行させられた。また船客たちは、向島岸壁方向に背を向けつづけるように強《し》いられ、港内には、双眼鏡を手にした警戒隊員が、内火艇に乗って走りまわっていた。

進水後十日目に、錨《いかり》がとりつけられ、つづいてシートに包まれた蜂《はち》の巣《す》甲鉄がクレーンで艦上に運び上げられた。この特殊な甲鉄は、第二号艦の弱点となる煙突の内部防禦《ぼうぎょ》のために特に考案されたものであった。

煙突内には、排煙という目的があるだけに甲鉄を張るわけにはいかないが、飛来した砲弾がその中に落下した場合には、致命的な被害を受けることになる、従来の方法では、井桁《いげた》の甲鉄を煙突の周囲に立てて防禦していたが、遠距離発射が可能になった砲弾は、着弾地点ではほとんど垂直に落下してくるようになっている。井桁の甲鉄では、防禦の意味も稀薄《きはく》なのだ。その要求に応じて考案された蜂の巣甲鉄は、直径一八センチの孔が無数に穿《うが》たれていて、煙や空気の流通が配慮されると同時に砲弾もその部分で阻止することができるようになっている。厚さも三八センチあり、材質も新発明の粘り強い甲鉄が利用されていた。

クレーンで下されたシートから、この奇妙な甲鉄が現われた時、作業員たちは互に顔を見合せた。それは、舷側《げんそく》甲鉄の四一センチもある厚さを目にした時以上の驚きであった。

それから三日後、曳船《えいせん》にひかれた第二号艦は、夜の闇《やみ》を利用してひそかに岸壁をはなれ、一〇〇メートルほど艦首の方向に移動した。進水以来艦底にはりついている滑走台を、艦底から除去するためであった。

戦艦土佐の場合は、滑走台に重量物を取りつけて海中に沈められたが、かなり深い海面でなければ成功しないので、五〇メートル以上の水深がある港外の福田浦で取りはずし作業がおこなわれた。

第二号艦の取りはずし作業も、土佐にならって福田浦で実施する予定が立てられていたが、福田浦まで曳船でひかれて行く間、人の眼にふれることを覚悟しなければならない。たとえ深夜をえらんで行うとしても巨大な影は、黒々と浮び上るだろう。しかも、福田浦の海面は、一般船舶の航路にあたっていて、機密保持上から、その海面を利用するわけにはいかないのだ。また艦政本部長からも滑走台取りはずし作業のため港外へ艦を引き出すようなことは絶対に避け、向島艤装岸壁に横づけしたまま行うようにというきつい指令ももたらされた。

艦の吃水《きっすい》が一〇・四メートルあるのに艤装岸壁前面の水深は、わずか二〇メートル足らずで、到底従来の方法では作業は不可能であった。渡辺は、設計部軍艦課に、この不利な海面で滑走台を取りはずす方法の研究を命じた。その結果、造船史上で前例のない特殊な方法が考案された。

初めに艦底にはりついた滑走台が二十八個に分離され、艦底に潜った潜水夫の手で分離された滑走台に滑車がとりつけられた。そして、艦の傍に浮んでいる作業船の上でウインチを巻くと、滑走台が艦底からはなれて少し沈み、さらに別のウインチを巻くと、滑走台が艦底と平行に横に動いて、やがて海面に浮き上ってくる。

この方法は、精密な計算と十分なテストを繰返して実施されただけに、すこぶる順調におこなわれ、その夜は、一、二、三番の滑走台の取りはずしを終え、夜十時に、第二号艦を再びもとの位置に繋留することができた。

二日後、艦内に据えつけられている第一、第二号発電機の試運転がおこなわれ、間崎電気部長とともに、渡辺建造主任、古賀副主任、それに電気監督官西山健蔵機関中佐が立会った。

溝口隆電気技師がスウィッチを入れると、快いモーターの回転音が起った。渡辺たちは、感慨深げに口をつぐんだまま立ちつくしていた。それは心臓の鼓動にも似て、鉄塊の組合せでしかなかった艦に、初めて生命が宿った瞬間であった。その日一日、モーターは回転しつづけた。試運転の結果は、すこぶる満足できるもので、その日から、つぎつぎと発電機の試運転が繰返されていった。

第二船台の棕櫚スダレは、艦が進水した後も以前と変らぬように船台の四囲をおおっていた。巨大な進水台を望見されることをおそれて、進水直後、遮蔽幕《しやへいまく》につづいて棕櫚スダレも再び閉じられていたのである。

市中には、ひそかにさまざまな噂《うわさ》が流れていた。棕櫚スダレの中は空になっているという者もいれば、まだ艦は進水を終っていないのだという者もいた。中には、進水は終ったが、もう一隻《せき》、棕櫚スダレの中に入っていると断言する者さえいた。

一カ月ほど前から、故意に流されたものなのか、外国の諜報《ちようほう》機関員が市内に潜入しているという噂も立っていた。その機関員は、特定の市民と連絡をとって、共同で諜報活動をはじめているというのだ。この噂は、市民たちに特殊な反応となってあらわれた。かれらは、自分の周囲に疑惑の眼を向け、さらに自分にも同じような眼が注がれていることに気づくようになった。密告が出はじめるようになった。多くは、造船所の方を見つめていたとか外人と立話をしていたとか、些細《ささい》な情報ばかりであったが、憲兵や警察官は密告された者を容赦なく連行した。市民の間に新しい恐怖が生れ、遮蔽されつづけている第二号艦をオバケという言葉で表現したりしていた。

しかし、十一月十七日の夜、多くの市民たちの眼は、そうした恐怖感も忘れて第二船台の方向に一斉《いつせい》に向けられた。

闇に包まれた第二船台の一角が急に明るんだのは、午後九時三十分頃《ごろ》であった。明るみは、やがて炎の色になってまたたく間にひろがった。隣接した第三船台の側に垂れ下った棕櫚スダレが燃えはじめたのである。

初冬の乾ききった空気の中で、炎が幾筋も上方へ垂直に走り、たちまち壮大な棕櫚スダレの側面は一面の火になった。

火の粉が、星空に乱舞しはじめ、焼けたスダレが華やかな光を放ちながら崩れ落ちると、喚声をあげるように大きな火の粉が勢いよく舞上った。消防車のサイレンが海岸線を走り、港内の警戒艇が、あわただしく船台の方向に突き進んでゆく。

高台にも海岸にも、市民の群れがひしめいた。かれらの眼は、華麗な炎の逆巻く中に、黒々と浮び上った大きな船体の影を認めた。その影を目にした市民たちは、「オバケ」はまだ進水してはいなかったのだとか、「オバケ」がもう一隻スダレの中にひそんでいたのだとかさまざまな臆測《おくそく》を交し合っていた。

やがて、噴き上る炎の中に細い水の筋が交叉《こうさ》しはじめた。そして、一時間ほど経《た》った頃、火の勢いも急におとろえをみせ、炎を映えさせていた海面にも夜の色が戻《もど》った。鎮火したのは午後十一時すぎであった。

渡辺主任たちは、第二船台の近くに集っていた。火災は、第三船台で建造中の樫原《かしはら》丸《まる》の熔接《ようせつ》の火花から起った。市民たちの眼に浮び上ってみえた黒い影は、樫原丸の船体であったのだ。

被害としては、第二・第三船台の間に垂れ下げられていた棕櫚スダレが半ば近く燃え落ち、櫓原丸の舷側に組まれていた足場や盤木・支柱などが多量に焼失していた。

渡辺たちは、思わず顔を見合せて苦笑していた。第二号艦が進水して棕櫚スダレの中を出てから、まだ半カ月ほどしか経っていない。起工以来、火災は二度ほどあったがいずれも小火《ぼや》で、それは棕櫚の燃えにくい性格を証明するもののように思われた。が、火の粉をまき散らしながら音を立てて燃えさかる棕櫚スダレを現実に目にすると、今まで火災が発生しなかったことが不思議にさえ思えてくる。

渡辺は、水びたしになった第二船台の中に足を踏み入れた。焼け落ちたスダレの空間からは星空がみえ、その下方には、港口に近く点在する村落の灯《ひ》がまたたいていた。

渡辺は、冷たい汗が毛穴から不意にふき出てくるのをおぼえた。と同時に、深い安《あん》堵《ど》が、胸の底から湧《わ》き上ってくるのを意識していた。

年の瀬も押しつまった十二月下旬には、後部の第二艦橋の建附けがはじめられた。滑走台の取りはずし作業も、数回にわたって行われ、すでにその全作業を終了していた。

艦の横腹につくられた短艇を引入れる格納庫の工事も、最後の仕上げ段階に入っていた。その特殊な構造は、四六センチ主砲の発射と同時に発生する爆風に対する配慮から設計されたもので、第一・第二号艦の特徴の一つにもなっていた。それまでの常識では、主砲を発射する前にボート類の中に水を張って固縛したりして、爆風による破損を防いでいたが、第二号艦に発生する爆風は、そのような方法も全く効果のないほどすさまじいものであった。そうした事情から、短艇類は一切甲板上へ出さず、水面から直接艦内に引入れ格納する方法がとられていたのである。搭載《とうさい》される予定の六機の偵察機・観測機も同じ理由で艦内に格納されるが、爆圧は、乗組員に対しても、内臓破裂を起させるほどの致命的な衝撃を与えることが、実験結果であきらかになっていた。殊《こと》に九門の主砲が一斉に発射された場合は、強烈な爆風が艦の全面をおおい、乗組員の肉体はあとかたもなく飛散してしまう。

主砲・副砲は、射撃員が砲塔の中で操作できるので問題はなかったが、高角砲・機銃の射撃員は、爆風をうける甲板上に配置されるので、それらの部分には、砲塔に準じた爆風よけの甲鉄のおおいが、頑丈《がんじょう》に取りつけられていた。

向島岸壁の崖《がけ》にペンキを塗ろう、という意見を出したのは、梶原《かじわら》造船監督官であった。昭和十六年の年が明けていた。

艦の外壁には、軍艦色の灰色の塗料が塗られていたが、対岸からみると地肌《じはだ》をむき出しにした崖の色と対比されて、艦の輪郭が浮き出てみえる。棕櫚スダレで艦の規模はほとんど悟られないようにされていたが、部分的にも望見できることは好ましくなかった。

早速、艦と同色の塗料が大量に用意され、ロープを下して崖の塗装がはじまった。その効果については初めから疑問視する者も多かったが、塗り上げられてみると、艦の姿はその色彩の中に埋れてしまい、殊にどんよりと曇った日には眼にとらえることがむずかしかった。

艦政本部から梶原造船監督官に呉工廠《くれこうしょう》への転任命令が出たのは、三月上旬であった。梶原の長崎での仕事は第二号艦船体工事の監督で、進水とともにその職務は終っていたと言える。梶原は、便箋《びんせん》に書き記した渡辺建造主任への別れの挨拶《あいさつ》を残して長崎を去った。

此度《このたび》呉海軍工廠ニ転任ヲ命ゼラレ御別レ致スコトニナリマシタ。在任中ニ第二号艦ノ建造ニ従事致シマシタコトハ、誠ニ幸運デアリ光栄デアリマシタ。シカシソノ責任ノ重大サヲ考ヘル余リ、アレコレトウルサク申シタ次第デアリマスガ、皆様ニ於テハ多年ノ経験ト秀《すぐ》レタ技術ヲ余ス所ナク傾注シ、周到ナ準備ト研究・実験ノモトニ遂《つい》ニコノ世紀ノ大事業ヲ完成シ得タルコトニ対シ、深甚《しんじん》ノ敬意ト感謝ヲ禁ジ得ナイノデアリマス。

力強ク第二号艦ノスベッテ行クノヲ見タ時ノ感激ハ終生忘レ得マセン。知ラズ知ラズ涙ノ頰《ほお》ヲ伝ハルノヲ禁ジ得ナカッタノデアリマスガ、アノ時、渡辺建造主任モ古賀技師モ作業員モ私モ、感激ノ渦《うず》ノ中ニマキコマレ、一ツニナッタノデアリマシタ。「無事ニ行ッテ、アアヨカッタ」トイフ唯《ただ》一ツノ心ニ結バレテシマッタノデアリマス。

進水台モ予想以上ニ立派ニデキマシタ。ムヅカシイト思ハレタ中甲板、甲鉄モ順調ニヲサマリマシタ。生育シテユク愛児ノ姿ヲ見ルノハ、限リナク愛着ヲ感ジルノデアリマスガ、今コノ偉大ナル愛児ノ完成ヲ見ズシテ、ココヲ去ルコトハ限リナキ心残リヲ感ズルノデアリマス。コレカラハ、艤装《ぎそう》ノ時代デアリ、仕上ゲノ時代デアリマス。ドウカ立派ナ若者ニ仕上ゲテヤッテ下サイ。

コノ三年ヲ通ジテ、皆様ガ終始変ラヌ心デ共ニ歩イテ下サッタ事ニ、深イ感謝ヲ抱イテヲリマス。工科出ノ私ニハコノ気持ヲドノヤウニ言ヒ表ハシタラヨイカワカリマセン。

第二号艦ノ前途ヲ祝シ、担当ノ皆様ノ御健康ヲ祈リ、御健闘ヲ御願ヒシテ御挨拶トイタシマス。

昭和十六年三月十九日

梶原正夫

渡辺建造主任殿

艤装監督に当る造船中佐塩山策一が、翌二十日に赴任し、機関部門に鹿島《かしま》竹千代機関中佐、電気部門に竹内悌三《ていぞう》機関中佐、吉田忠一技師、航海関係に高多久三郎造兵中佐、会計部門に竜宝英夫主計中佐がそれぞれ配置された。

塩山造船監督官は、工事短縮の責任を課せられた造船所側にあらゆる便宜をはかることを告げ、建造主任室と共同して工事の促進に当ることになった。

艤装工事は急速に進み、四月末には前部の第一艦橋の取附けがはじまり、それを追うようにして煙突の建てつけもはじまった。長崎の町には、春の季節を象徴するハタ揚げ大会の催しもなく、所々で凧《たこ》のわびしげに浮ぶのが眼にとまるだけであった。

艦橋の聳《そび》え立った第二号艦は急に大戦艦らしい形態を整えてきた。艦橋の頂上は水面から四〇メートル、艦底からは五〇メートル強（国会議事堂と同じ高さ）で、その内部は十三階になっていて、昼戦艦橋、夜戦艦橋、主砲・副砲・高角砲・機銃・防空・照射・信号各指揮所、伝令所・作戦室・見張所・信号見張所・旗旒《きりゅう》信号所・手旗信号所・司令塔など人間の頭脳にも相当する器官がつめこまれ、その中を五人乗りの高速エレベーターが昇降するようになっていた。

五月下旬、煙突の取附け作業が終って数日後、呉海軍工廠から五十一回にわたって海上輸送された甲鉄類の取附けが完了した。第二号艦の防禦面《ぼうぎょめん》の作業は完工したのである。

六月に入って、艦橋の内装工事がすすめられると同時に、艦内生活に必要な烹炊《ほうすい》設備の持込みもはじまった。大型の洗米機や自動的に野菜類などを刻む機械合計五基をはじめ、六斗炊《だ》きの炊飯釜《すいはんがま》六基（三重釜回転式）、同じ大きさの料理釜二基、茶湯製造器二器（能力毎時四〇〇リットル）、それに二二三・四立方メートルの容積をもつ冷蔵庫などが、つぎつぎと取附けられていった。

六月下旬、第二号艦の佐世保への回航準備がはじめられた。海面に浮んでいては、推進機や舵《かじ》の取附けなどが不可能なので、佐世保海軍工廠のドックに入れて作業をおこなう必要があったのだ。そして、佐世保工廠第七ドックは、第二号艦が入渠《にゅうきょ》できるように大拡張が行われていた。

七月一日午前零時、警戒隊員は、長崎港の海岸線をはじめ、港の内外に点在する島々に配置された。第二号艦が向島艤装岸壁をはなれたのは午前三時三十分で、夜はまだ明けていなかった。

造船所員約千名が乗込み、海岸から望見されることを避けるため煙草《たばこ》の火は一切禁じられた。艦は多くの曳船《えいせん》にひかれてゆっくりと高鉾島《たかほこじま》の傍をすりぬけ、港口に向った。

港外の伊王島近くを過ぎると夜が明けはなたれた。待機していた駆逐艦が二隻、遠く前後を護衛し、上空には海軍機の機影も認められた。

所員たちは、落着きなく甲板の上を歩き廻っていた。自分たちの手掛けた第二号艦が、外海を動いて行くのに深い感慨をおぼえているのだ。海面は、はるか下方に光っている。鉄索をつけて曳《ひ》いて行く数隻の曳船は、波にせわしなく揺れている。動揺のみじんも感じられない艦上に立って曳船たちの姿をながめていると、岩だらけの島の崖上から、海面を見下しているような錯覚にさえとらえられた。

艦は、五島列島の島影を左に緩慢な動きで北へと向って行く。舷側《げんそく》に当る波の音も遠く、時折、風の加減で曳船の機関のはじけるような音がせわしなく聞えてくるだけであった。

幸い曳航途中では、一般の船舶とのすれちがいもなく、曳船にひかれた第二号艦は、八〇キロほどの航路を十四時間費して佐世保港外にたどりつき、夜を待って午後九時、佐世保軍港に入港した。

翌朝午前五時、再び艦は曳船にひかれ、工廠内の第七ドックに入渠《にゅうきょ》し、さらに翌朝、ドック内の水はすべて排出されて艦体は完全に海水からはなれた。

早速、作業員たちは佐世保工廠員の応援を得て、舵の取附けと推進機（スクリュー）・推進軸の取りつけ作業にとりかかった。

舵は、主舵《しゅだ》と副舵の二枚が取りつけられるが、その配置が、前後に一五メートルもはなして並べられるようにされているのが、作業員たちに奇異な感じを抱かせた。従来の戦艦の二枚舵は左右に並べられるのが普通であるが、第二号艦の舵は巨大な尾鰭《おひれ》のように縦方向に逞《たくま》しく並んでいる。

この斬新《ざんしん》な配置は、第一号・二号艦特有のもので、左右に舵が並べられていれば、一本の魚雷で同時に破壊される公算が大きいが、前後にはなして取りつけておけば、同時に被害を受けるおそれはなくなるのである。

第二号艦は、丁度一カ月、第七ドックで船体の仕上げ工事を受けた。その間、主舵、副舵と推進軸、推進器の取附けも終り、八月一日早朝、特務艦「知床《しれとこ》」に曳かれて佐世保軍港を出港すると、翌二日、再び長崎へもどり向島艤装岸壁に横づけされた。

八月下旬、運搬艦樫野《かしの》によって運ばれてきた副砲が起重機船のクレーンで艦に下された。砲の取りつけがいよいよはじめられたのである。

十一

ドイツ・イタリヤがソ連に宣戦を布告、ドイツ軍は、ソ連領に進撃を開始した。さらにイギリス・アメリカは、対日経済圧迫を強化し、日本の在英米資産の凍結を発表、輸出入の停止による日本の孤立化を企てていた。

国内には、沈鬱《ちんうつ》な空気がはりつめ、漸《よう》く《や》対米英戦も避けられまいという声もたかまってきていた。

九月下旬、海軍の艤《ぎ》装《そう》関係第一陣が、長崎へやってきた。有馬馨海軍大佐、千早正隆海軍少佐、真下弁蔵機関大尉、大屋修治機関大尉、鈴木孝一海軍大尉の五名であった。

かれらの職務は、艤装中の第二号艦の内容が実戦の折に不便な個所はないかを検討すると同時に、後から続々とやってくる第二号艦に乗組む士官・下士官・兵に、その扱い方を教育し、訓練させることであった。つまり、かれら艤装員の到着は、第二号艦が戦艦として実戦に参加する日の近いことを示すものであった。

有馬は、砲術学校高等科を経て海軍大学に進んだ砲術の権威で、海軍兵学校教官時代の愛弟子《まなでし》千早正隆を伴なって、初代艦長の資格で赴任してきたのである。

かれらの長崎行は一切秘密が保たれ、全員私服で東京を出発した。と同時に、かれら五名の配置は、士官名簿から抹消《まっしょう》された。長崎に到着してからも、艤装関係者であることをかくすために、造船所内の工員養成所の一郭に、有馬事務所という看板をかかげた。

一月程たつと、有馬の補佐役として、戦艦陸奥《むつ》の砲術長の前歴もある砲術畑出身の海軍大佐貞方静夫をはじめ機関中佐堀江茂、海軍中佐永橋為茂《ためしげ》・宮雄次郎・中野政知《まさとも》、軍医中佐中野義雄らが続々と着任、有馬大佐が艤装員長、貞方以下士官が艤装員、下士官・兵が艤装員附と区分された。

十月六日午後八時、運搬艦樫野《かしの》が、四六センチ主砲を積んで第二号艦に横づ《つ》けした。三五〇トン起重機船のクレーンが、樫野からシートにつつまれた主砲を吊り上げた。

作業員たちは、砲身長二一メートル・砲塔の直径一二メートルを越える四六センチ主砲の巨大さに茫然《ぼうぜん》として、夜空を背景にゆっくりと動いて行く姿を見上げていた。

主砲や砲塔の各部分が取附け位置に下されると、予《あらかじ》め組立てられていた大きな屋根がその上にかぶせられた。そしてその日から、樫野は定期的に主砲をのせて長崎へやってくるようになった。

十月十八日、第三次近衛《このえ》内閣が総辞職し、陸軍大将東条英機《ひでき》を首班とする内閣が成立した。すでに九月六日に行われた御前会議では、十月下旬を目標にアメリカ・イギリス・オランダと戦闘状態に入ることが決定されていたため、東条内閣は、一方ではワシントンにおける日米交渉をつづけながら、他方では専《もっぱ》ら対米英戦の準備をととのえはじめていた。

長崎造船所に対し、さらに第二号艦完成期日の十五日間短縮命令があったのは、その直後であった。完成した艦の機能をテストする公式試運転の期間を少くしても、要求通りに短縮せよ、というのである。小川造船所長は、一応それも不可能ではないと判断して、完成期日の十五日間繰上げに同意した。

日米関係は最終的な段階に持ち込まれ、十一月二十六日、アメリカはハル・ノートと称される強硬な提案を日本政府に手渡した。この提案は中国および仏領インドシナからの日本軍の全面撤退、満洲《まんしゅう》国不承認を要求したもので、それは事実上、日本政府にとってアメリカの最後通牒《つうちょう》と判断された。

十二月八日、長崎市民はラジオの臨時ニュースに眠りを破られた。「大本営陸海軍部発表。帝国陸海軍は今八日未明、西太平洋において米英軍と戦闘状態に入れり」ラジオから流れ出る声は甲高くその発表文を繰返していた。

造船所の幹部たちは、ニュースを耳にすると、家を飛び出し建造主任室に続々と集ってきた。かれらの表情には、例外なく不安と緊張の色が濃くはりつめていた。所長室に、かれらと監督官が集って、島本首席監督官と小川所長からそれぞれ激励の挨拶《あいさつ》があった。殊《こと》に島本は第二号艦の持つ重大な意義を説き、一日も早く第二号艦を戦列に加えることが、造船所員・監督官たちに課せられた責務であることを強調した。

各職場に散った幹部所員は、それぞれ部下たちを集めて訓辞した。作業員たちは、身じろぎもせず真剣な表情で耳を傾けていた。

その日、日本海軍機動部隊の真珠湾奇襲の成功、マレー半島上陸が報じられ、アメリカ・イギリスに対する宣戦布告文も発表された。そしてさらに翌々日には、海軍航空隊がマレー半島カンタン沖でイギリスの誇る新鋭戦艦プリンス・オブ・ウェールズ及びレパルスを撃沈、日本陸海軍のグアム島、ルソン島上陸が報道された。マレー半島に上陸した山下奉文《ともゆき》中将のひきいる山下兵団は、三手に分れてシンガポールに急進撃していた。戦局は極めて有利に展開していた。

十二月十六日、渡辺は、昭和十二年十一月四日に呉《くれ》海軍工廠造船ドックで起工された第一号艦が、四年一カ月を経て遂《つい》に竣工《しゅんこう》したという報《しら》せを受けた。ひそかに「大和《やまと》」と命名されていた第一号艦は、ただちに聯合《れんごう》艦隊第一戦隊に編入されたという。

渡辺主任や古賀副主任の表情は複雑だった。第一号艦――「大和」の起工は、第二号艦のそれより四カ月早いだけで、その竣工までの工事期間から考えれば、来年三月には第二号艦の竣工期を迎えなければならない。しかし、竣工予定日は、さらに四カ月以上も後の七月十五日に予定されている。

工期がそれだけ余計にかかったのは、根本的に「大和」より不利な条件が課せられていたからである。第一に、「大和」が新戦艦建造に必要な諸設備の完備されている呉海軍工廠内で建造されたのにくらべて、第二号艦の主な建造資材は、一々呉工廠から運ばねばならない。呉工廠では第二号艦の建造に積極的な援助をしてくれていたが、第一号艦の建造が優先された傾きもある。第二に技術的な問題として「大和」がドック内で建造されたのにくらべて、第二号艦は船台上で建造されたため進水作業の準備に精力をそがれたことも見逃せない。それに、機密保持の点で必要以上の労力をさかれたことも、作業の進行を屢々《しばしば》さまたげた。

こうした種々の事情を考えれば、当然四カ月の遅れはやむを得ないことだが、と言って、造船技術者の立場からは、弁解は一切許されないのだ。

渡辺や古賀にしてみれば、十二月八日の開戦を機に連日のように発表される報道は、身をさいなまれているような苦痛でもあった。そして、年が明けると、戦局の急速な発展は、一層かれらを焦躁感《しょうそうかん》にかり立てていった。

一月二日にはマニラが陥落した。同月十一日落下傘《らっかさん》部隊メナド降下、二十三日ラバウル上陸、三十一日マレー半島ジョホールバル占領、二月四日ジャワ沖海戦、二十七日スラバヤ沖海戦、三月一日バタビヤ沖海戦、そしてこの三海戦で南方の米英蘭濠《らんごう》の連合国海軍兵力は潰滅《かいめつ》、制海権は完全に日本海軍の手中に落ちた。

こうした緒戦の圧倒的勝利は、第二号艦の建造に関係している者たちにも、異常な興奮と焦慮となってあらわれていた。艤装に従事する千五百名を越す作業員たちは、連日自発的に残業を申し出て、艤装作業は夜十一時頃《ごろ》までつづけられるのが常となった。

また有馬馨大佐を艤装員長とする艤装員たちの表情にも、戦列に一日も早く参加したという焦躁の色が濃くなっていた。

副長格の貞方海軍大佐は、第二号艦の所属する横須賀《よこすか》海軍鎮守府《ちんじゅふ》に赴いて最優秀の兵を、海軍省に出向いて最優秀の士官を、一日も早く廻《まわ》してくれと執拗《しつよう》に頼み込んでいた。貞方たちにしてみれば、士官・兵たちに艤装状態を実際に見させて徹底的に艦の構造をおぼえさせ、竣工後出来るだけ早く艦の操作にも習熟させて戦闘に加わらせたかったのである。

士官や兵たちが、少人数ずつ長崎に送られてくるようになって、三月頃には、いつの間にか、士官五十名・下士官・兵千名が艦内を出入りするようになった。

艤装員たちと造船所側との艤装会議も、頻繁《ひんぱん》にひらかれるようになった。

艤装員たちは、各部門の責任者が同道して、瀬戸内海で訓練中の同型艦の「大和」を何度も見学に行った。そして、「大和」に乗組んでいる各部門の責任者たちに、実際に使用してみて不都合な点はないかを問いただした。些細《ささい》な不満が、その度に集められた。

艤装員たちは、その結果をたずさえて長崎へ戻《もど》ってくると、艤装会議に改正案を持ち出した。

艤装員からの改正意見は、艦の艤装につきもので、士官室のベルの取附け場所、机の配置など細かいことにまで及ぶが、根本的な改正事項を要求されると、造船所側の幹部は、積極的に反論する。造船所としてみれば、一日も早く竣工させたいし、工事も成るべくならば簡略化さえしたいのだ。

ところが、艦政本部から、艤装員の要求とは比較にならぬ程の大改正が、造船所側に持ち込まれてきた。

渡辺も古賀も、或《あ》る程度は、その改正要求がもたらされることを知っていた。それは、「大和」の艤装工事中に聯合艦隊司令部から艦政本部に要求された旗艦施設の大改正で、竣工を急ぐ艦政本部・呉工廠と聯合艦隊司令部との間で激しい議論が交されたことを知っていたのだ。結局、「大和」は竣工も間近いので、わずかな改正が行われただけにとどまったが、まだ竣工期に四カ月近くもある第二号艦に、聯合艦隊司令部の要求が押附けられてきたのである。

渡辺主任は、苦痛に顔をゆがめていた。二カ月程前、七月十五日と予定されていた竣工期日は、太平洋戦争の拡大と共に一カ月以上の繰上げを艦政本部から要求され、六月十日に決定させられていた。作業員たちの労働は、人力の限界をはるかに越えている。休日も返上して、朝八時から夜十一時まで働きつづけているのである。

艦政本部の改正要求の主な点は、旗艦施設、艦橋施設の拡充と、艤装員たちの指摘による副砲の装甲強化である。最上《もがみ》型巡洋艦に搭載《とうさい》を予定されていた主砲を、そのまま第一・第二号艦の副砲に活用したため、砲塔の防禦《ぼうぎょ》が弱いというのである。短縮に短縮を要求されてきた現在、さらにそうした根本的な改正工事をかかえこんでは、到底、六月十日に竣工させることは不可能であった。

渡辺は、古賀とともに艦政本部に赴き、改正要求と竣工期日の問題について遠慮なく意見を述べ、竣工期日を大幅に延期してもらいたいと主張した。艦政本部側もやむを得ぬと判断したのか、結局、竣工期日は二カ月近く延期され、八月五日と決定された。

早速大幅な改正工事がはじめられた。すでに完成されている施設の取りはずしがおこなわれると、その後に新たな資材が持ち込まれる。営業課長森米次郎《よねじろう》が艦政本部との間で取りきめた改正工事費は約二百万円で、それは駆逐艦一隻《せき》の建造費に相当する金額であった。

四月十八日午後三時五分、西部地区軍管区一帯に警戒警報が発令され、さらに四時二十分には空襲警報のサイレンが鳴りわたった。アメリカ空母ホーネットから発進した中型爆撃機ノースアメリカンB25十六機が東京・名古屋・関西方面を初空襲したのである。

造船所側は有馬隊と協力して警戒配置についたが、爆撃機の飛来はなく、横須賀海軍工廠に若干の爆弾が投下されたことを知らされただけであった。

渡辺建造主任や古賀副主任は、第一・二号艦建造計画が立案された頃から、大型艦の充実をはかるよりは航空兵力の強化をはかるべきだ、という意見が海軍部内に擡頭《たいとう》しはじめていたことを知っていた。しかし、世界の趨勢《すうせい》は、巨艦巨砲主義に貫かれていて、日本海軍もためらうこともなく第一・二号艦の建造計画を具体化したのだ。殊に、日本海軍にとって、建艦の充実を促したのは、その卓越した砲戦の自信からであったとも言っていい。日本海海戦では、六、〇〇〇メートルの海面をへだてて砲戦が行われたが、日本艦隊の放った砲弾は三パーセントの命中率で、ロシヤ艦隊のそれを上廻って圧倒的な勝利を得た。その後、諸計器類の発達によって第一次世界大戦中に起ったジュットランド海戦では、ドイツ艦の砲弾の命中率五パーセント、イギリス艦の命中率三パーセントという記録が残されている。

ところが無条約時代に入った頃からの日本海軍の砲撃技術は、砲員の猛訓練による熟練度と測距儀等のレンズの優秀さに支えられてほとんど神秘的とも思えるほど高度なものになっていた。艦政本部員の話によると、砲弾命中率はほとんど一〇パーセントを確実に上廻るという。そして、実際その部員が立会った折の実射訓練でも、三万数千メートルをへだてて曳航《えいこう》されている標的艦を、全力疾走の戦艦金剛が一六パーセント、戦艦霧島が一三パーセントの命中率を記録し、さらに長門《ながと》、陸奥《むつ》の砲弾命中率は、それを上廻っているのだという。

しかし一方には、航空機の急速な発達に注目した航空主兵主義が、山本五十六《いそろく》海軍大将、大西滝治郎海軍少将らを中心に海軍部内を支配しはじめ、その表われとして開戦と同時に航空機による真珠湾攻撃という形をとったのである。そして、その二日後におこなわれたマレー沖海戦では、航空兵力が海上兵力に優位を示すことが決定的な事実となってあらわれた。

渡辺は、横須賀海軍工廠で建造中の第三号艦につづいて呉工廠造船ドックで起工されていた第四号艦が、工事半ばで中止命令を受け、ひそかに解体されたことを知らされた。工廠側では、建造期間が長期にわたるため戦列参加がかなり遅れることから工事中止が発令されたのだと言っていたが、疑いなくそれは巨艦巨砲主義の大幅な後退を意味するものにちがいなかった。

アメリカ中型爆撃機による被害は、幸い軽微なものらしかったが、渡辺は、航空機の自由な行動力を改めて見直すような思いであった。

改正工事が仕上げ段階に入ると同時に、いつの間にか第二号艦乗組みを予定されて集ってきている士官・下士官・兵の数は、千五百名近くにふくれ上っていた。かれらは、各部門の指揮者から艦内構造の説明を受け、その使用法についての訓練に専心していた。かれらにとって、第二号艦の内部は、それまでかれらが乗組んでいた艦とは、あらゆる点で異なっていた。外観の巨大さばかりでなく、その内部は無数の区劃《くかく》とおびただしい機械・器具のつめこまれた大工場でもあった。内部に入ると、どの方向が艦首か艦尾かもわからず、戸惑うことも多かったが、艦内には直通電話四九一本、伝声管四六一本が張りめぐらされ、さらに直通電話以外に電話交換室を通る一般交換電話も設けられていた。

一般的に艦の内部は、通風がきわめて悪く殊に夏期には暑熱に苦しめられるのが常識であったが、第二号艦には、通風用電動機二八二台（一、二八四馬力）が備えつけられている上に冷暖房装置も完備していた。兵の起居する居住区も平均一人当り三・二平方メートルの床面積に恵まれ、駆逐艦などのそれにくらべると三倍以上ものゆったりした場所が与えられ、ハンモックの代りにベッドが備えつけられていた。それに豪華客船を数多く手がけてきた民間造船所らしい特徴が、士官室・兵員室その他艦内生活に必要な施設に充分あらわれていて、長官室はむろんのこと、艦長室なども一流ホテルの特別室以上の豪華さで、公室、私室兼寝室、浴室兼洗面所、艦長用の調理室等が附属していた。

兵の訓練は、まずこの広大な艦内の区劃の配置を理解させるところからはじめられていた。兵を二名ずつ一組にして艦内に入らせ、区劃ごとに控えている下士官に判をもらいながら艦内を小走りに歩く。かれらは、それぞれ弁当を手に、朝、艦内に消えて行き、漸《ようや》く全艦内をまわって出てくるのは夕方近くであった。

五月に入ると、突貫工事で進められていた大改正工事も終了した。第二号艦はほとんど完全な機能をそなえ、後は呉海軍工廠の第四ドック内で最後の仕上げ工事を受ければよいだけになった。呉へは曳船にたよらず自力回航することになっていたが、艦の引渡しまでには後三カ月足らずしかないので、外海に出て航海試運転に時間をつぶすわけにもいかず向島艤《ぎ》装《そう》岸壁に横づけされたまま、深夜をえらんで推進機の試運転が繰返された。

スクリューは、海水をあおって廻《まわ》りつづける。推進機の回転状態に異常はなかった。

五月十六日、第二号艦の長崎での作業はすべて終り、呉への回航準備がはじめられた。艦内の大掃除が三日間にわたっておこなわれると同時に、燃料・水・食糧等の積込みもはじまった。そして、外海へ出た折、敵機の攻撃があることも一応想定して、高角砲・機銃の弾丸も搭載された。

初めは、夜半に出港する予定だったが、港口がせまく万が一事故の起ることも予想されて昼間の出港ときまった。むろん佐世保へ回航の折と同じように、警戒隊を海岸線一帯に配置し、厳重な警戒態勢がとられることになっていた。

五月十九日、第二号艦は、遮蔽《しゃへい》装置一切をとり除いて、向島艤装岸壁をはなれ、ブイに鉄索で繋留《けいりゅう》された。翌早朝、造船所技師・工員千五百名につづいて、艤装員長有馬馨大佐以下、士官・下士官・兵千七百名が乗込み、午後三時五分、第二号艦は、曳船にひかれて向島艤装岸壁をはなれ、長崎港を港口へと向って動いて行く。海岸線には警戒隊員の姿が並び、長崎市は人影もみえず静まり返っていた。

四十分後には、高鉾島の傍を通過、四時十分伊王島西方の海面で、曳船の鉄索をはずした。起工以来四年二カ月、いよいよ第二号艦が自力で航海する瞬間はやってきた。

船長は造船所外業部次長長妻英二、機関長は艤装工場長東健吾であった。航海試運転を全く省いていただけに、一抹《まつ》の不安はあったが、エンジンが始動しスクリューが回転しはじめると、艦はゆっくりと動きはじめた。機銃のテスト発射がおこなわれ、一台ずつ実弾が上空に放たれた。いつの間にか曳船は後方に小さくなり、その代りに前方と後方に駆逐艦が二隻ずつ姿をみせ、さらに上空には、佐世保海軍航空隊から発進した水上機が二機、大きく旋回しながらついてきていた。

所員たちの眼《め》は、うるんでいた。鉄で組立てられた巨大な城が、生命を得て海上を動いているのだ。艦内の各部門から、「異常なし」の連絡が、艦橋に立つ長妻船長のもとに報告されている。艦は十八ノットからさらに二十ノットに増速し、野母崎《のもざき》を左手に進路を南方にとりつづけた。関門海峡は水路がせまく水深も浅いので、遠く鹿児《かご》島《しま》の大隅《おおすみ》半島を迂回《うかい》しなければならないのだ。

夕照が海面を彩《いろど》り、やがて夜になった。午前零時すぎ、大隅半島佐多岬《さたみさき》南方海上を通過、日向灘《ひゅうがなだ》で朝を迎えた。艦は順調に北上し、豊後《ぶんご》水道ではさらに二十四ノットに増速、広島湾の倉橋島の傍をすりぬけ、呉軍港に入港したのは五月二十一日午後四時であった。長妻船長の巧みな操艦で、艦は三十分後に無事港内のブイに繋留された。

艦は呉工廠造船ドックに入り、艦底一面に附着した多量の牡蠣《かき》・雑貝類・海草類が除去され、特殊塗料の塗装が行われた。そして二週間後には、ドックから出ると高角砲・機銃の弾丸を搭載し、諸兵装関係の公試の段階に入った。

六月十八日、第二号艦は、造船所所員、艤装員合計三千二百名を乗せて、午前七時に呉軍港を出港した。艦は四国の伊予《いよ》沖で公試運転を実施、基準速力・全力速力・最大速力の三段階にわけて海面を疾走し、午後七時三十分、山口県光港に入港した。

それから約十日間近く、光港を根拠地に、投揚錨《とうようびょう》テスト、全力後進テスト、操舵《そうだ》テスト、飛行機射出機テスト、巡航テストをつづけ、六月二十六日には光港を後にして呉へ向った。

その航海中、第一・第二号艦の大きな特色になっていた注排水装置のテストが実施された。

艦の水面下に敵の魚雷などを受け、浸水して艦が横や縦に傾斜した場合、反対側の部分に水を注ぎ入れたり、また注水した側に損傷を受けて海水がなだれこんだ時には注入した部分の海水を排出したり、常に前後左右に均等に海水が配分されるようにして艦の安定をはかる仕組みになっている。そして、注排水指揮室の指令で、一、一四七もある防水区劃に注排水が自動的におこなわれるのだ。

注排水テストは、伊予沖で行われた。注水が故意に左舷で試みられると、艦はわずかに左へ傾いた。ただちに注排水指揮室は、右舷の防水区劃に注水を開始。注水は十五分で完了し、艦の傾斜は復原した。その日、注排水テストを行いながら航行をつづけ、夕方には呉軍港に帰港した。

それから約一カ月、機銃を増設すると、徳山沖において機銃・高角砲の発射テスト、つづいて主砲・副砲の発射テストが行われた。主砲発射テストには、艦上をおおう爆風の圧力を測定する測定器が置かれ、また甲板上の所々にモルモットを入れた籠《かご》が数多く用意された。

「総員配置につけ」のブザーが鳴ると、爆風を避けるために、全員が甲板上から姿を消した。距離三八、〇〇〇メートル、標的船を巡洋艦が全速力で曳航して行くのが水平線にかすかに見える。

艦橋には、軍令部・艦政本部・呉工廠《こうしょう》からそれぞれ立会いのため乗艦した技術関係の士官と、造船所の幹部技師たちが水平線を見つめていた。あらかじめ注意があって、かれらは、腹帯をきつくしめ耳には綿をつめ込んで、手すりをしっかりと握りしめていた。

「発射」の合図と同時に、主砲が火をふいた。その瞬間、造船所の技師たちは、不意に体を襲った異様な衝撃によろめいた。内臓が咽喉《のど》もとに突き上げてくるような悪感《おかん》が走り、骨格がきしみ、鼓膜が薄い金属片のように鳴っている。

手すりをつかみ直し、水平線を遠く動いて行く標的船に眼を向けた。砲煙が目の前を後方の海面に流れてゆく。だが、標的船には、まだなにも起っていない。長い時間が流れたように思った。と、標的船の前面に白い水しぶきがかすかに上るのが目にとらえられた。その水しぶきが盛り上りをみせたかと思うと、水柱は逞《たくま》しいひろがりを維持したまま上方にせり上ってゆく。緩慢な動きではあるが、その上昇は果しなくつづいている。そして、漸くその頂が動きをとめた時、壮大な水柱は背後の山陰の山なみの半ば以上の高さにまで達していた。

主砲の精度はきわめて良好だった。その日、九門一斉《いっせい》発射もつづいて行われ、夜になってから、呉軍港に帰投した。

甲板上に置かれた測定器は、爆風の圧力が人体には到底堪えられないものであることを示していた。そして、甲板上から集められた籠の中のモルモットも、多くは内臓を露出させ眼球を飛び出させていた。

公式試験もすべて終了し、作業員は弾薬・重油等の積込み作業に従事していた。その後、作業員は艦を下りていくつかの班に別れ、呉から列車に乗って帰りはじめた。

艦上には、作業員の姿も日に日に少くなった。

七月末日、長崎造船所駐在監督長島本万太郎少将は、第二号艦臨検調書を海軍艦政本部へ送った。

臨検調書

昭和拾参年弐月拾日海軍省契約（十二新艦第二九号）

第二号艦　壱　隻《せき》

契約竣工《しゅんこう》引渡期日　昭和拾七年参月参拾壱日
（納期　工事概括表ニ依《よ》リ延期承認済）
引渡　昭和拾七年　月　日
右臨検ス
昭和拾七年　月　日
検査官　海軍艦政本部造船造兵監督長　島本万太郎

折返し、艦政本部より、暗号電報が島本宛《あて》にとどいた。島本は、その内容を小川造船所長に、「軍極秘」扱書面として手渡した。

崎監機密第二号・三〇〇
昭和拾七年八月弐日
在長崎海軍監督長　島本万太郎㊞
三菱《みつびし》長崎造船所長殿
海軍艦政本部総務部長ヨリ左電伝達ス

記

第二号艦ノ主要性能ハ良好、一般兵装・艤装ハ適良ニシテ就役ニ適スルモノト認ム

島本に、小川は頭を下げた。その顔には深い安堵《あんど》の色があった。

その日、前造船所長玉井喬介常務が、東京本店代表としてやってきた。玉井は、小川たちの労をねぎらった後、低い声で、

「第二号艦の艦名は？」

と、小川所長の顔をのぞき込んだ。

小川は、同席している渡辺建造主任と古賀副主任の顔に眼《め》を向けた。かれらの顔には、一様にかすかな笑みが浮んでいた。かれらは無言だった。

やがて、渡辺が玉井の前に身をかがめると、藁半紙《わらばんし》に素早く鉛筆を動かした。そして、すぐに紙をまるめると、灰皿《はいざら》の上で火を点じた。

玉井は、口をつぐんだまま頷《うなず》いた。

「武蔵《むさし》か」かれは、胸の中でつぶやいた。「大和」という艦名にくらべると華やかな豊かさには欠けるが、武蔵野を野分《のわき》が走るような荒々しい印象がある。その名を何度

も胸の中で反芻《はんすう》しているうちに、巨大な第二号艦には最もふさわしい艦名のように思えてきた。

「ほかには、誰も知らないのかね」

玉井が、渡辺の顔を見つめた。

「三、四名は知っているようですが、きただしたわけではありませんから、はっきりしたことは言えません。艤装員の方も、艦名を知っているのは極く少数のようです」

「それでは、竣工式の時も、艦名は読み上げないのかな」

「むろん、そうでしょう。竣工式がすんで出港してから乗組員には告げるでしょうが……」

渡辺は窓の外に眼を向けた。

「ところで、例の横須賀の第三号艦のことだが、六月に、航空母艦に改造がきまって、今さかんに改造工事がすすめられているそうだ」

小川たちは、玉井の顔をみつめた。呉の造船ドックで起工された第四号艦も解体されて、その鉄資材が資材置場に山積されたままになっている。そして、今第三号艦も空母に改造されたということは、やはり戦艦の意義が急速にうすれている証拠なのか。

「ミッドウェー海戦の敗北が、改造に踏みきらせた原因らしい」

玉井は、顔をしかめた。

渡辺は、二カ月ほど前に、何気なく艤装員たちの部屋に足をふみ入れた折のことを想い起した。ふと気づくと、艤装員たちの顔には血の気がなく、腕を組んで黙りこくっている。渡辺は部屋の空気に戸惑いをおぼえて、そのまま部屋の外に出てしまった。後に知ったことだが、六月五日未明、南雲《なぐも》忠一中将に率いられた空母部隊が、山本聯《れん》合《ごう》艦隊司令長官の指揮下で、ミッドウェー島基地を空襲、さらに、第二次基地攻撃を決意して攻撃機にいだかせていた魚雷を対地上用爆弾に交換中、わずか三十機ほどの敵艦載機に不意に襲われた。日本の空母部隊は、航空母艦赤城《あかぎ》、加賀、蒼竜《そうりゅう》、飛竜の四隻であったが、そのうち飛竜をのぞく三艦に爆弾が命中、艦上で交換中の魚雷・爆弾も誘爆を起してつぎつぎに沈没、さらに飛竜も、敵艦載機の雷撃によって撃沈されてしまったという。

ハワイ攻撃、マレー沖海戦で、日本海軍が自ら証明した航空主兵という教訓を、逆にアメリカ側が利用して、艦が航空機の攻撃にいかに脆《もろ》いものであるかを、一層あきらかにしてみせた海戦であったのだ。

渡辺は、今後「大和」「武蔵」のような巨大な戦艦は、地球上には出現しないかも知れぬ、と思った。航空機の著しい進歩から思えば、艦艇と艦艇の砲戦は数少くなり、航空機対艦艇、航空機対航空機の戦いが常識化し、常に主体は航空機に置かれることが充分に考えられる。

しかし自分たちが手がけた第二号艦――「武蔵」は、普通の損傷を受けただけでは、決して沈まない充分な機能をそなえている。それはすでに船ではなくて、海上に浮べられた島なのだ。船体工事に、進水に、機密保持に、その他あらゆることに全力を傾けつづけて漸く仕上げた艦だけに、渡辺は第二号艦との別れが堪えられない気がしてならなかった。

八月五日午前九時、第二号艦竣工引渡式は、艦首に近い前甲板で挙行された。列席者は、艦首より左側に島本監督長以下監督官・監督官助手、中央に有馬艤装員長以下全乗組員、右手に小川造船所長をはじめ約百名の造船所員たちであった。

有馬艤装員長の発案で、艦名にゆかりのある武蔵国《むさしのくに》の一の宮である埼玉県大宮市の氷《ひ》川《かわ》神社から特に招かれた神主の手によって、祭事がすすめられ、島本監督長、有馬艤装員長、小川所長の玉串奉奠《たまぐしほうてん》がおこなわれた。

それにつづいて、島本監督長立会いで小川造船所長より第二号艦引渡書が有馬艤装員長に手渡され、それと引きかえに有馬から小川に受領書が手渡された。

受　領　書

一、第二号艦

（海軍省契約十二新艦第二九号）

右艦竣工シ検査結了ニ付受領ス

昭和拾七年八月五日

海軍大佐　有馬　馨

三菱重工業株式会社

長崎造船所長小川嘉樹殿

島本監督長に促されて、小川はその受領書を手にしたまま挨拶《あいさつ》をした。かれは、このような一大事業を成しとげることができたのは、海軍艦政本部、呉海軍工廠及び在長崎監督官の御指導の賜《たまもの》であると述べ、さらに長い年月残業に明け暮れた造船所作業員の家族の協力に特に感謝したいと結んだ時、列席していた作業員の肩は一様にふるえた。

その後、式場は艦尾近くに移され、一同起立の中を、軍艦旗が後部マストにあげられた。

有馬をはじめ艤装員たちは、小川所長以下渡辺、古賀、幹部所員、そして、節くれだった作業員の手をにぎり、「御苦労様でした」「御苦労様でした」を繰返した。

小川たちは、舷側のタラップを降りてランチに乗った。作業員たちはタラップを降りながらも、舷側の表面を手で触れながらつづいた。民間造船所の作業員たちには、ひとたび艦の引渡しが行われれば、再びその艦に触れる機会もないのだ。

ランチが、艦をはなれた。はるか上方の舷側では、有馬たち乗組員の手が振られている。作業員たちも仰向いた姿勢で手を振りつづけた。

かれらは、桟橋《さんばし》に上ると、未練げにブイにつながれた艦を長い間見つめつづけていた。

「さあ、行くんだ」

かれらは、促されて歩きだした。

慌《あわただ》しい動きを示す工廠の構内を、小川所長を先頭にして、かれらは寄りかたまり口をつぐんで、足どりも重く工廠正門の方へ歩いていった。かれらは、すでに第二号艦とは全く縁のきれた民間会社の社員たちにすぎなかったのだ。

十二

武蔵《むさし》は、八月五日附で第一艦隊第一戦隊に編入され、その艦名も艦籍名簿に記載された。しかし、艦のトン数・全長・最大幅などの主要要目は直接必要のあるものを除いては乗組員にも知らされず、依然として艦の機密は保たれていた。例えば、ランチの横などにつけられる所属艦隊・艦の標識数字も正確な番号はつかわれず、分子から分母へと読めばムサシと読める$\frac{6}{34}$という奇妙な符号が利用されたりしていた。また艦の定員数をかくすために、分隊名も百からはじめられ、第一分隊を第一〇一分隊などと呼んでいた。

武蔵が呉《くれ》軍港を後にして、呉沖の柱島泊地に投錨《とうびょう》したのは、九月二十八日であった。その附近の海面は、島にかこまれ、望見されるおそれもなく、聯合《れんごう》艦隊の主要な集結地になっていたのだ。

有馬艦長は、総員を前甲板に集合させると、

「本艦は、絶対に沈むことのない不沈艦である。こうした優秀な艦に乗艦できたことは、海軍軍人として誠に光栄であると思わなければならない。第一号艦大和《やまと》は、すで

に戦場にあって戦力の中心になっている。武蔵も、それに負けずに日本海軍の一大戦力にならねばならない。そのためには、充分な訓練を行なってこの艦の力を十二分に発揮できるようにしなければならない。本日からは、毎日が戦闘であると思って訓練を行なってもらいたい」

と、訓辞した。

ただちに、その日から柱島泊地を根拠地にして、専《もっぱ》ら伊予沖方面での猛訓練がはじまった。副長には、竣工《しゅんこう》直後に貞方大佐と交代に着艦した「鳥海《ちょうかい》」の前副長加藤憲吉大佐が就任し、砲術長には永橋為茂中佐、機関長に堀江茂中佐、航海長に宮雄次郎中佐、運用長に小代正少佐、通信長に中野政知中佐、軍医長に藤本愿中佐らが配属された。

艦の機能は複雑で、自由に操作できるようにするためには、執拗《しつよう》な反復訓練が必要である。主砲・副砲・高角砲・機銃の射撃訓練をはじめとして、各部門の訓練が実戦に即した激しさでつづけられた。下士官も兵も、各艦艇から選抜されてきた者たちであるだけに、訓練の成果は著しいものがあった。

その頃《ころ》、日本軍は、太平洋諸地域にひろがる島々（マレー半島、スマトラ、ジャワ、ボルネオ、ルソン、セレベス、ニューギニヤ、マキン、タラワ、アッツ、キスカ等）

を確保し、ビルマ戦線では、中国に対するイギリスの援助物資輸送ルートの寸断作戦をつづけていたが、反面ミッドウェー海戦を機に充実してきたアメリカ空軍の反攻をも受けるようになっていた。殊《こと》に、ガダルカナルに上陸したアメリカ軍の航空基地建設による制空権の拡大は、それまで圧倒的優位に立っていた日本海軍を、漸《ようや》くアメリカ空軍力の脅威にさらすようになっていた。

昭和十八年が明け、武蔵は、四カ月にわたる猛訓練を終えて、いよいよ戦闘艦として戦列に加わることとなった。ソロモン群島を中心とした戦局は極度に悪化し、ガダルカナル島の放棄も確定的なものとなっていた。また遠くヨーロッパ戦線では、ドイツ軍も連合国軍の総反攻に会い、殊にソビエト戦線では、スターリングラード攻防戦に失敗、その退却も目前に迫っていた。

一月十八日、武蔵は、柱島泊地を抜錨し、豊後《ぶんご》水道を通過、駆逐艦三隻《せき》をしたがえて太平洋上にすべり出た。進路は、南南東、目的地は、一一〇〇浬《かいり》の海上にある聯合艦隊主力の重要泊地トラックであった。

波は高く、三方から包みこむように疾走している駆逐艦は、上下に揺れていた。が、武蔵の動揺は全くなく、ただ舷側《げんそく》に波が白い飛沫《しぶき》となって砕けるだけであった。

乗組員たちの表情は一様に明るかった。それまでかれらが乗組んでいた艦とは比較にならぬ安定感がかれらを上機嫌《じようきげん》にさせ、あらためて世界最大の戦艦に乗組むことができたことを誇らしく思っているようだった。

敵潜水艦の攻撃を考慮して駆逐艦は、交代に全力疾走で先行しては、スクリューの回転をゆるめて水中聴音器で潜水艦の存否をたしかめている。しかし、艦の進路に異常はなく、武蔵は順調に進みつづけた。

小笠原《おがさわら》諸島東方沖合を通過した頃から、太陽の光も眩《まぶ》しさをまし、気温も急にたかまってきた。

「総員防暑服となせ」

の指令が出たのは柱島泊地を抜錨してから三日目であった。海の色も、黒潮から脱《ぬ》け出て南太平洋独特の青々とした海面がひろがった。そして夜には、星の光がすき間もなく満ちた。

トラック諸島の島影をとらえることができたのは、五日目の午後であった。

丁度干潮時で、澄みきった洋上に直径六〇キロの広さを持つ大環礁《だいかんしよう》が、白々と砕ける波にふちどられて浮き出し、その中に、みずみずしい緑におおわれた大小さまざまな島々が散在しているのが見えた。

武蔵は、北方の水路から環礁内部にすべり込んで行った。外海とはちがって、環礁内は波もなく、多くの艦艇が身を憩《いこ》うように島かげに碇泊《ていはく》している。海面をゆるやかに進むにつれて、長門《ながと》、日向《ひゅうが》、伊勢《いせ》の各戦艦の姿をはじめ、航空母艦、巡洋艦、駆逐艦などが島かげからその姿をあらわしてきた。

ふと乗組員たちの眼《め》に他の艦とは比較にならぬ壮大な艦形が映った。その檣楼《しょうろう》の先端は、島の頂とほとんど平行してみえた。旗艦大和だ——乗組員たちは恍惚《こうこつ》としてその姿を見つめた。そして、それと全く同型の戦艦に乗組んでいることにかぎりない満足感を味わっていた。

大和からの指示があって、武蔵は、大和の近くにあるブイに繋留《けいりゅう》碇泊した。四六センチ主砲を積む大和につづいて武蔵が姿を見せたことは、環礁内の各艦艇を興奮させたらしく、しきりと艦上で手をふる乗組員の姿も多くみられた。

艦尾に近い船腹から短艇がおろされ、有馬艦長が旗艦への挨拶《あいさつ》のために素早く乗り移った。短艇は、湖面のような海上を一直線に大和に向って遠ざかっていった。

聯合艦隊の旗艦が、大和から武蔵に移されるという話が、艦内に伝えられた。乗組員たちは、興奮した。旗艦乗組みということは、海軍の軍人として最高の栄誉に属する。無数の艦艇の動きは、旗艦がつかさどり、戦闘の中心は、常に旗艦にある。そして、聯合艦隊司令長官山本五十六《いそろく》海軍大将も、同じ艦内に起居することになるのだ。

旗艦の変更は、むろん武蔵の充実した旗艦施設を利用するためであった。艤装《ぎそう》工事中、その追加工事で竣工《しゅんこう》が二カ月近くおくれたが、その頃から、すでに聯合艦隊司令部は、武蔵に置かれることが決定していたのだ。

乗組員の表情は喜色にあふれていたが、有馬をはじめ艦の上層部には、沈鬱《ちんうつ》な空気がただよっていた。補給路の遮断《しゃだん》による飢餓と、鉄塊で全島をおおうようなアメリカ軍の爆撃・砲撃で、遂《つい》にガダルカナル島を守備していた日本軍は、戦死者一万五千名、戦病死者四千五百名の死骸《しがい》を残して撤退、それと同時に、八九三機の航空機、二千三百六十二名の真珠湾戦以来の優秀な搭乗員《とうじょういん》、多くの艦船等を失い、物量的に乏しい日本軍にとってその一大消耗戦は、想像以上の負担となって戦局の大勢に多くの影響を及ぼすおそれがあるように思えたのだ。

ガダルカナル撤退によって、アメリカ軍は、ガダルカナルの飛行基地の強化に一層力を入れているようだったが、トラック泊地には敵機の姿も全くみられず、武蔵では、山本司令長官をはじめ司令部要員を迎え入れるための艦内掃除とその準備に忙殺されていた。

二月十一日、艦長以下総員上甲板に整列し終った頃、大和の艦上から軍楽隊の奏でる「将官礼式」の旋律が海面をつたわって聞え、同時に、大和艦上の大将旗が下されはじめた。

大和の舷側から白い長官艇がはなれた。艇は、白い波を一直線にひいて疾走し、またたく間に武蔵の舷側に身をすり寄せた。静かにタラップを踏む靴音《くつおと》がのぼってきて、司令部要員をしたがえた聯合艦隊司令長官山本五十六海軍大将の日焼けした顔があらわれた。その足が、艦上に一歩踏み出された瞬間、武蔵艦上に、巻かれていた大将旗が開いた。

山本は、正確な答礼の姿勢をつづけながら、士官の前を通りぬけ、艦長の先導のもとに長官室への通路に姿を消した。

軍楽隊も大和から移乗してきて、その日から軍艦旗掲揚の折には、華やかに国歌が吹奏されるようになった。そして、新しく艦艇が環礁内に入ってくると、必ずその艦の艦長がランチに乗って挨拶にやってくる。それらの行事が、旗艦らしい彩《いろど》りに感じられて、乗組員たちは自尊心を満足させているようにみえた。

トラック泊地での訓練は、さらにはげしいものとなって、砲員たちは、発射訓練に明け暮れた。

主砲の弾丸は、砲塔の底部で自動的に移動し、揚弾筒に吸いこまれて砲身につめ込まれる。砲撃目標の方向・位置さらに風速・地球の自転等が、檣楼の頂上にある射撃指揮所の方位盤で集計測定され、それが自動的に砲塔内の射撃盤に針の動きとなってあらわれる。射撃員は、射撃盤の針をそれに追随させ、発射する。その間にも砲身の旋回・伏仰操作は、自動的におこなわれるのである。そして、時折、大和とともに統一実射を行うこともあった。転舵《てんだ》しながらの一斉《いっせい》射撃、全力疾走発射。巨大な二戦艦の共同訓練は、環礁内の海面を大きく揺り動かした。

しかし、トラック泊地の空気は概して平穏で、乗組員たちの生活にも戦闘の気配は遠かった。南方特有のスコールが、日に一、二回やってくる。冷たい風が吹くと、遠く水平線上に黒い雲が湧《わ》き、それが急速なひろがりをみせて迫ってくる。

「スコール用意」

の声に、乗組員は石鹸《せっけん》と手拭《てぬぐい》を手に裸身になって露天甲板にとび出し、たちまち落ちてくる雨脚の中で、体を洗い、衣類の洗濯《せんたく》にかかる。白くけむった水しぶきが、艦上をおおう。が、それもわずかな時間で、雨脚が急に勢いを弱めると、まばゆい陽光が雲の間からのぞく。艦も洗われたようにみずみずしく輝き、島々をふちどる群生した椰子《やし》の緑もその色を一層濃くする。雨後の光景は、戦線基地とも思えぬ安らぎと美しさがあった。

夜は、週に一度ずつ艦首に近い上甲板で映画大会が開かれた。艦首の所にスクリーンをはり、内地からもってきたフィルムが写し出される。第一主砲の砲塔までの甲板に、乗組員二千五百名が、士官は椅子に、兵たちは甲板に腰を下して涼風にふかれながら、スクリーンを見つめていた。

山本司令長官と乗組員との接触は、むろん全くといっていいほどなかった。しかし乗組員の畏敬《いけい》は、ほとんど神格化されたものにさえなっていて、稀《まれ》に眼にする山本司令長官の姿に、かれらは、体を硬直させて遠くから挙手の姿勢をとりつづけていた。長官は、どのような暑さでも決して防暑服は着ず、常に純白の第二種軍装を身につけている。また通路で兵に出遭っても、兵の挙手とほとんど同時に正確な挙手の礼をかえしてくる。そんな話が、乗組員たちの話題になって、山本に対する畏敬の念を一層たかめさせていた。

山本は、時折、自由時間に甲板へ出ては、司令部附の参謀たちと輪投げをしていた。ビールを賭《か》けているのだという噂《うわさ》もあったが、山本が一番うまく、参謀たちはいつも山本に冷やかされているらしく苦笑をしつづけていた。

山本が、必ず長官室から出てくるのは、泊地から艦艇が出撃する時と、航空機が最前線に向う時であった。艦艇は、傍《そば》を通りすぎ、航空機は、旗艦武蔵の上空で旋回した。その姿を、山本は、手にした軍帽をいつまでも振って見送っていた。

トラック泊地投錨《とうびょう》以来、一カ月以上が過ぎた。武蔵は、艦首をブイにつながれたまま潮の流れでわずかに艦体の向きを変えるぐらいで、稀に防雷網をはずして大和とともに環礁内を訓練で走りまわるにすぎなかった。

アメリカ軍の反攻態勢は、ガダルカナル島の整備とともにニューギニヤ地区にも拠点を確保し、ブナの日本軍を全滅させると、さらにラエ、サラモアにも迫っていた。日本軍は、事態の急迫したことを確認し、三月上旬ラエ、サラモアの増援に、戦力を投入した。が、このビスマーク海海戦と概称されている戦闘も、結果的には日本軍の敗北に終り、四千名近い兵員と駆逐艦四隻、戦闘機二〇〜三〇機を失う結果に終った。

アメリカ軍の飛石《とびいし》作戦は漸く著しい効果を示しはじめ、日本軍の焦慮の色も濃くなった。しかし、こうした戦況の中で、武蔵も大和も、トラック泊地で腰をすえたまま出動する気配すら見せなかった。

乗組員たちは、連日のようにはげしい訓練をつづけていたが、いつまでたっても戦闘に加わらないことをいぶかしく思う者も多かった。二隻の巨大な新鋭戦艦は、アメリカ海軍の主力艦隊との洋上決戦の機会を待っていたのである。いたずらに小規模な海戦に出撃すれば損傷を受けることもあるだろうし、依然として秘密にされているその二大戦艦の存在を敵方に知られてしまうことにもなる。それよりも最後の機会まで温存し、機が至れば、その四六センチ主砲から発射される巨大な弾丸で、敵艦が砲撃をはじめぬ遠距離から、敵艦隊を悉《ことごと》く轟沈《ごうちん》させることができるはずであった。それにもう一つの理由は、二艦の重油の消費量であった。大和と同じく武蔵も重油搭載《とうさい》可能量は六、三〇〇トンで、航続距離は最大速力二七ノットで四、一〇〇浬、一九ノットで八、六〇〇浬、一六ノットで一二、〇〇〇浬という性能があきらかにされているが、戦闘状態では当然速力もたかまり、従って重油の消費量も厖大《ぼうだい》なものになる。その上、内地の貯蔵重油量は、日増しに少くなっていて、小規模な海戦に出動して貴重な重油を撒《ま》きちらしては、海軍全体の損失ともなるのだ。

　敵潜水艦からの雷撃を避けるために、武蔵も大和も、環礁内から外洋には全く出ず、専《もっぱ》らブイにつながれたままの訓練に明け暮れていた。

　四月三日、武蔵に設けられていた司令部内にあわただしい動きがみられた。

　夜が明けて間もない頃、山本聯合艦隊司令長官は、宇垣《うがき》参謀長（中将）以下高級幕僚と長官艇に乗って武蔵をはなれ、大型飛行艇二機に分乗してトラック環礁内の水上基地を発進した。

　機は、進路を南にとり、機体を光らせながら陽光のみちあふれた朝空に没していった。武蔵艦上で見送った者は、艦に残された司令部の幕僚たちと有馬艦長以下数名の士官たちであった。かれらは、山本長官たちの行き先がラバウルの航空隊基地で、すでに発令された「い」号作戦を直接現地で指揮するものであることを知っていた。

山本長官一行が、ラバウルに安着したという連絡につづいて、ラバウル基地に集結された戦闘機一八二機、爆撃機八一機、偵察機四機、陸上攻撃機七二機、計三三九機にのぼる戦爆連合攻撃機の手によって四月七日からはじめられたソロモン・ニューギニヤ方面の航空撃滅戦の戦況がつぎつぎと入電してきた。

攻撃は、四月七、十一、十二、十四日に、それぞれおこなわれ、巡洋艦・駆逐艦各一隻、輸送船三十五隻を撃沈、敵機一八三機撃墜、地上施設を爆破、そして我が方の損害、自爆未帰還四二機という好ましい結果であった。

「い」号作戦の成功に、残されていた司令部の幕僚たちや有馬艦長たちも、満足そうに表情を明るませ、その戦果が自然と艦内にも流れて乗組員たちの声もはずんでいた。

さらにラバウルからの連絡は、「い」号作戦が十六日をもって終了、十七日には研究会、十八日には、山本長官が幕僚とともにバラレ、ショートランド、ブインの前線基地を視察、十九日にはラバウル発トラックに帰還することを告げてきた。

山本長官の巡視が、前線の士気を一層たかめていることがはっきりとうかがえるようだった。乗組員たちは、一刻も早く白い第二種軍装を身につけた長官の姿がもどってくるのを待ちかねていた。

しかし、十八日の夜、武蔵艦内の司令部参謀たちは、一通の軍機電文によって大混乱におちいった。その暗号電文の内容は、聯合《れんごう》艦隊司令部の搭乗した陸上攻撃機二機、直掩《ちょくえん》戦闘機六機が、十八日午前七時四十分頃ブイン上空附近で敵戦闘機十数機と遭遇空戦、長官、高田聯合艦隊軍医長（軍医少将）、樋端航空甲参謀（中佐）、福崎聯合艦隊副官（中佐）搭乗の陸攻一番機は火を吹きながらブイン西方一一浬の密林中に浅い角度で突入、宇垣聯合艦隊参謀長（中将）、北村聯合艦隊主計長（主計少将）、友野聯合艦隊気象長（中佐）、今中通信参謀（中佐）、室井《むろい》航空乙参謀（少佐）搭乗の二番機は、モイラ岬《みさき》の南方海上に不時着。現在までに判明したところでは、第二番機の参謀長、主計長（いずれも負傷）のみ救出、目下捜索救助手配中、というものであった。

ひきつづいて到着する電文からわずかずつ詳細な遭難状況もあきらかになってゆき、四月二十日の夕刻には第一番機の生存者は一人もいないことが告げられ、長官生存のかすかな望みも完全に断ちきられてしまった。

海軍省からは、長官の死を厳秘に附するように命令があり、かれら司令部関係の者たちは一切沈黙を守っていたが、十九日に長官帰還の予定は、有馬艦長をはじめトラック基地に在泊している各艦の艦長以下の多数の者たちが知っているので、各艦内の疑惑をひき起さないように艦長たちを招いて事情を話し、絶対に長官の死を口外しないように要請した。

海軍省では、司令部機能の麻痺《まひ》をおそれトラックに在泊中の近藤第二艦隊司令長官を聯合艦隊次席指揮官として作戦指揮にあたらせ、さらに近日中に後任聯合艦隊司令長官として古賀峯一《みねいち》大将の赴任を知らせてきた。司令部関係者をはじめトラック基地の艦隊首脳部たちは、悲嘆にくれながらも、新長官の着任を心待ちにしていた。

二十三日午後、ラバウルから発進した飛行機が、ひそかにトラック水上基地に着水した。

有馬艦長は、あらかじめ加藤副長に命じて乗組員たちの注意をそらせるために、その時刻に前部甲板上で総員整列訓練をおこなわせていた。海上を走ってきた内火艇が武蔵に近寄り、数名の士官たちが舷梯《げんてい》を上ると足早に艦内に消えた。その中には、白布におおわれた木箱と白い繃帯《ほうたい》に包まれた宇垣参謀長の憔悴《しょうすい》した姿があった。

山本長官の遺骨は、長官室に隣接した作戦会議室の祭壇の上に安置された。乗組員に長官の死をさとられぬように、長官室附近の艦内通路と遺骨の置かれている作戦会議室の上の通路を一切通行禁止とした。

翌二十四日早朝、横須賀《よこすか》航空基地を離水した大型飛行艇は、二十五日午後四時三十分新長官古賀峯一大将を乗せてトラック水上基地に着水した。古賀の就任は、海軍部内でも極秘とされ、「横須賀鎮守府司令官の南方占領地出張」という名目で、明治神宮、靖国《やすくに》神社への就任報告の参拝も錨《いかり》のマークをはずした海軍省の車で行われたほどであったので、トラックについても、古賀は、そのまま武蔵艦内の長官室に入り、それきり一歩も外へ出なかった。

五月二日、伊藤軍令部次長一行が、ひそかにトラックへ到着、海軍大臣嶋田《しまだ》繁太郎《しげたろう》、軍令部総長永野《ながの》修身《おさみ》から依頼された香炉を祭壇に供えた。

艦内には、漸《ようや》くかすかな疑惑がきざしはじめていた。木箱と宇垣参謀長の負傷した姿を垣間《かいま》見た者もあれば、通路の通行禁止をいぶかしむ者もあり、また中には、長官室のあたりから線香の匂いがただよっていると言う者もいた。しかし艦長・副長をはじめ上層部の表情は平静で、一般乗組員たちは、ただ艦内にかすかにただよう異常な気配をいぶかしむだけであった。

伊藤軍令部次長一行が東京へ帰ってから間もなく、アメリカ軍は不意に北太平洋方面で行動を起し、アッツ島上陸作戦を開始、五月十二日には、艦隊支援のもとに同島マサッカル湾とホルツ湾北方海岸に上陸した。たちまち少数の日本軍守備隊は補給路を断たれて苦戦におちいり、北太平洋方面の戦況が重大化した。そのため、聯合艦隊司令部は、内地へもどって作戦指揮にあたる必要を生じ、それに伴なって故長官の遺骨送還もおこなうこととなった。艦内には、「北方作戦参加」という行動理由が流された。

五月十七日、聯合艦隊旗艦武蔵は、艦隊主力をしたがえてトラック環礁内を出港、北方へと向った。すでに山本五十六海軍大将の死は、一般に公表されることが海軍最高首脳の間で決定されていたし、また艦内の疑惑がすでに限界点にまできていると判断した有馬艦長は、古賀新長官の許可を得て、乗組員に山本長官の戦死を発表することにした。

五月二十一日、総員整列している乗組員を前に、加藤副長は、

「本艦には、海軍大将山本五十六聯合艦隊司令長官の御遺骨が安置され、これより内地へお送り申し上げる。なお、新長官として古賀峯一大将が、長官室ですでに作戦指揮についておられる」

と、悲痛な表情で言った。

乗組員の顔がひきつれ、その眼《め》に光るものが湧《わ》いた。かれらは、解散後も口をきこうとする者はいなかった。

あわただしい準備がはじまって、その夜は、艦内で通夜《つや》が行われた。艦内には、しめやかな静寂がひろがり、機関の音が重々しくきこえるだけであった。

大島沖にさしかかった頃《ころ》、艦に搭載されている偵察機が連絡のために横須賀航空基地に向けてカタパルトから飛び立った。乗組員たちの胸の中には、山本大将への哀悼と故国へ上陸できる喜びとが複雑に交叉《こうさ》し合っていた。

艦隊は東京湾口にさしかかったが、武蔵だけは他艦と別行動をとって、木更津沖に投錨した。

翌朝、武蔵艦内で告別式が行われ、渡辺安次参謀の首から吊《つ》るされた故山本長官の遺骨が、接舷した駆逐艦夕雲に移乗された。総員舷側に整列して見送る中を、夕雲は他の駆逐艦一隻をしたがえて武蔵の傍をはなれ、横須賀軍港方面へ遠ざかって行った。

遺骨送還の役目をはたした武蔵は、乗組員に賜暇《しか》休暇を許し、また同時に艦内の人事異動も発表した。

艤装《ぎそう》工事以来艦長の任にあった有馬馨（少将に進級）が退艦し、新艦長として古村啓蔵大佐が着艦した。古村は、水雷学校高等科で専門教育を受けた後、海軍大学を卒業、イギリス駐在大使館附武官補佐官、海軍大学教官を経て、開戦後は、巡洋艦筑摩《ちくま》の艦長として真珠湾攻撃、印度洋《インドよう》・ミッドウェー・南太平洋の各海戦に参加、さらに戦艦扶桑《ふそう》の艦長をつとめていた。

古村は、柱島泊地に碇泊《ていはく》していた扶桑を退艦後、すぐに呉《くれ》をたってきたのだが、横須賀鎮守府に到着と同時に、友人三好輝彦大佐が艦長をつとめる戦艦陸奥《むつ》が、柱島泊地で原因不明の爆発事故を起して沈没、三好も死亡したことを知らされた。おそらく爆発の原因は、信管の極めて鋭敏な三式対空弾（空中に向けて発射されると或《あ》る地点に達した瞬間、散弾のように無数の小弾丸として散り、それによって敵機を撃墜するという日本海軍の誇る新式砲弾）の取扱いをあやまったものと想像された。

古村は、迎えの内火艇で武蔵に乗り込むと、艦を操って横須賀軍港に向った。

海軍省から旗艦武蔵に、天皇行幸の通知が不意にもたらされたのはその頃であった。行幸はあくまで秘密裡《り》に行われ、名目は横須賀海軍工廠《こうしょう》見学ということになっているということも伝えられた。当然それは、天皇に新鋭戦艦を見てもらうことと同時に、全艦隊乗組員たちの士気を鼓舞する目的をもったものにちがいなかった。

全員上陸禁止の上、伝染病予防のため検便がおこなわれ、艦内掃除がはじまった。殊《こと》に油で汚れている機械室の手すりは、入念に白布で巻かれた。

六月二十四日、工廠裏側の波止場から、先導艇、供奉艇《ぐぶてい》に守られた天皇旗をひるがえした内火艇が海上を一直線に走ってきた。舷側につくと、艦上の軍楽隊の演奏で

「君が代」が吹奏され、着艦と同時に武蔵檣頭《しょうとう》に天皇旗がひるがえった。随行者は、高松宮、松平《まつだいら》宮内大臣、木戸内大臣、嶋田海軍大臣、永野軍令部総長、蓮沼《はすぬま》侍従武官長、百武《ひゃくたけ》侍従長、豊田横鎮長官、杉山艦政本部長、塚原《つかはら》航空本部長などかなりの数で、天皇御一行は、小憩の後、艦内を巡視した。天皇をはじめ随行者たちは、ほとんど無言であったが、古村艦長以下各部署の責任者の説明にしきりとうなずきつづけ、二時間後には艦を去って行った。

武蔵は、そのまま横須賀にとどまって外装を塗りかえ、燃料を補充して呉に向った。そして、呉工廠造船ドックに入渠《にゅうきょ》すると、艦底一面に附着していた牡蠣《かき》や海草類のかき落しをおこない、弾丸、魚雷、重油、ガソリン、食糧等を大量に積み込んだ。そして、長浜沖に碇泊後、再びトラックに向けて出発した。

六カ月前にトラックに向った折とは、戦局にかなりの差があった。アメリカ軍は機動部隊を増強し、太平洋全域にわたって必死の反攻態勢に移っていた。ソロモン諸島ではラッセル諸島を占領して空軍基地を建設、ニュージョージア島上陸にも成功していた。そして北太平洋戦域では、日本軍のアッツ玉砕につづいて、キスカ島撤退もおこなわれていた。

トラックへの航路も、すでに安全とはいえなかった。武蔵からは対潜水艦の直衛警戒のため飛行機が放たれ、夜間には全艦隊の灯が消された。そして、全艦「之」字運動と称するジグザグ航行をつづけながら太平洋を南下していった。

十三

武蔵《むさし》が、トラック基地に帰投してから一ヵ月後、ヨーロッパ戦線ではムッソリーニの失脚につづいてイタリヤが連合国軍に無条件降伏し、ドイツ軍は連合国軍の総反攻にさらされていた。

太平洋上でも、西南太平洋のソロモン・ニューギニヤ作戦と北太平洋のアリューシャン作戦に成功したアメリカ陸海空軍は、ギルバート諸島、マーシャル群島、カロリン群島、マリアナ諸島などが点在している中部太平洋に攻勢を開始した。

まずギルバート諸島に物量攻撃が集中され、マキン、タラワ日本軍守備隊四千五百名、マーシャル群島クェゼリンの日本軍三千余名をそれぞれ全滅させ、それを拠点にさらに進攻態勢をととのえていた。

戦火は急速に近づいていたが、武蔵は、平穏なトラック環礁《かんしよう》内でブイにつながれたまま動こうともしなかった。冷房がはたらく艦内生活は快適で、戦場の緊迫感からは程遠かった。

環礁内から出撃して行くのは小艦艇にかぎられ、撃沈されて戻《もど》ってこないものも多く、傷ついて入泊してくる艦もあった。「武蔵は御殿だ」という声が、小艦艇の乗組員たちの口からも洩《も》れるようになった。強大な力を秘めながら一度も戦闘に加わらず環礁内に腰を据《す》えつづけている巨艦に対する皮肉をこめた不満の声でもあった。

乗組員には、定まった訓練以外にこれといってしなければならない事もなかった。春島の平坦《へいたん》な場所に建設される小さな飛行基地の使役に使われたり、秋島の一劃《かく》をきりひらいて作物を植え武蔵農園と称したりした。しかし、農園は、雑草の勢いが強く、収穫物はほとんどなかった。

十月中旬、武蔵は大和《やまと》以下主力艦隊を伴なってトラック環礁外に出た。敵艦隊がブラウン島に向いつつあるとの情報を得たからであった。だが、途中で、それが誤報とわかり、三日間ブラウン環礁内に在泊した後、再びトラック基地に帰投した。乗組員の士気昂揚《こうよう》のために多少の意義はあったが、実際には貴重な重油を浪費したにとどまった。

十一月に入ると、古村艦長は少将に昇進、十二月六日には、トラックに入泊中の小沢長官の指揮する第三艦隊参謀長に転任し、第三艦隊旗艦大淀《おおよど》に転乗していった。その後任として、水雷学校の教官をしていたこともある朝倉豊次海軍大佐が、武蔵第三代艦長として赴任してきた。

十二月二十五日、大和が敵潜水艦の雷撃を受けてトラックに入港してきた。損害は軽徴であったが、この被雷は、大和型戦艦が初めて外国人の眼《め》にふれたということで意味深いものであった。

アメリカ海軍は、ロンドン軍縮会議を脱退した日本海軍が当然新しい戦艦の建造に着手していることを予想し、諜報《ちようほう》機関を総動員してその内容を必死になって探っていた。そして、呉《くれ》と長崎でそれぞれ新型戦艦が進水したらしいという情報を得ていたが、それ以上のことは確実な内容がわからない。主砲も十六インチ（四〇センチ）砲、排水量も三五、〇〇〇トン程度だという予想が強い一方では、四〇、〇〇〇排水トン級の大型艦で、装備されている主砲も、もしかしたら十八インチ（四六センチ）砲かも知れぬという予想も一部では立てられていた。

つまり、大和、武蔵の内容は全くわからない幻影のようなものであったのだ。そうした点から考えても、大和を潜望鏡でとらえ雷撃を加えたアメリカ潜水艦スケート号の艦長E・B・マッキニー中佐は、初めて大和を目にした外人であったと言っていい。

しかし、目撃しただけではむろんその内容については窺《うかが》い知ることができるはずはなかった（事実、大和、武蔵の要目は終戦時まで一切不明で、終戦後来日したアメリカ海軍技術調査団のまとめた情報部レポートによると「新戦艦が建造されていることは知っていたが、竣工《しゅんこう》期日、要目については一切不明であった。戦争中日本人捕虜を厳しく訊問《じんもん》してもほとんど要領を得なかったが、かれらの言葉を総合すると、排水量は四万〜五万トン、主砲は四六センチ砲らしいという推測が立てられた」と言っている）。

また、外人だけではなく日本人も大和、武蔵の内容はむろんのこと艦名についても知る者は極めて少なかった。昭和十七年十二月八日の開戦一周年記念の各新聞に疾走する新戦艦らしき写真が一斉《いっせい》に掲載されたが、映像はぼやけていてそこから推測できる要素はなにもなかった。

大和は、そのままトラック基地にとどまっていたが、やがて修理のため呉に向って出港していった。

昭和十九年が明けると、アメリカ軍はマーシャル群島のクェゼリンに上陸、優勢な火器を駆使して全島を焼きはらい、日本軍守備隊三千余名は最後の玉砕突撃を敢行して全滅してしまった。マーシャル群島の陥落は、西方一、〇〇〇浬《かいり》の距離にあるトラック海軍基地を最前線にさらす結果となった。トラック基地の空気は、急に緊張の度を増した。

二月に入って間もなく、B24偵察機二機が高々度で飛来し、旋回した後東方に去っていった。それはトラック基地が近々のうちに空襲にさらされる前ぶれのように思われた。すでにソロモンの攻防戦で日本空軍の戦力は底をつき、トラック基地上空はほとんど無防備に近かった。ただちに全艦艇退避が決定し、環礁内の各艦艇は急ぎ環礁外に出た。一部はパラオへ、一部はシンガポール方面へ、また武蔵は駆逐艦数隻《せき》をともなって横須賀へと向った。間もなくトラック基地は、機動部隊から発進した五六八機にのぼる敵機群の大空襲をうけ、出遅れた日本輸送船団の油運送船、貨物船、貨客船等計三十二隻が撃沈され、時雨《しぐれ》、春雨《はるさめ》、秋風《あきかぜ》、野分《のわき》の各駆逐艦と標的艦波風《なみかぜ》は大破された。

武蔵をはじめ日本艦隊の主力は危うく難をのがれたが、その空襲によって有力な海軍基地としてのトラックは全島を猛爆され、完全に使用不能とされる程の大被害を受けた。それは同時に、太平洋の制海権を半ば以上アメリカ側に引渡す結果ともなった。

横須賀に入港した武蔵は、陸軍一個大隊、海軍特別陸戦隊一個大隊の兵員を載せるとともに、砲、銃、魚雷、弾丸、ガソリン、重油、多量の貨物自動車、食糧などを満載して、トラックにつぐ太平洋上の重要基地パラオに向けて出港した。敵潜水艦と敵機の出没によって、海上輸送はほとんど麻痺《まひ》状態にあったため、輸送船に代って武蔵が補給の役割を受けもたされたのであった。

横須賀出港後、伊豆七島を通過した頃《ころ》から、武蔵ははげしい颱風圏《たいふうけん》にまきこまれた。高々と山なみのように迫ってくる波濤《はとう》が艦首をのみ込み轟音《ごうおん》をあげて艦橋に激突する。そして、その次の瞬間には、再び艦首を重々しく持ち上げる。艦はきしみ、逆巻く風と波の中で緩慢な動きで上下する。しかし、武蔵の速力は全く衰えず、激浪を押しわけてその巨体を突き進めて行く。

三隻の護衛駆逐艦は、はげしく波の中でもまれていた。武蔵の艦橋からは、露出して空廻《からまわ》りする駆逐艦のスクリューが望見できる。駆逐艦から乗員が波にさらわれたという報告や、船体が破損したという信号が続々と発信されはじめた。さらに随行不可能だから速力を落してくれと打電してきた。行動上の支障はあったが、武蔵はやむを得ず、一八ノットから六ノットまで減速し、最後には四軸のうち一軸のみを働かせる最微速力運転をおこなった。

武蔵艦上には、爆弾が前甲板に、重油・ガソリンが中甲板に、貨物自動車が後甲板に、それぞれ太いロープで固着されていた。が、激突してくる波濤にロープがゆるみはじめ、爆弾が接触し合って爆発し重油に引火するおそれが生じてきた。乗組員たちはロープに体を結びつけて、危険をおかして前甲板の爆弾を海中に投げ捨てる作業をつづけた。乗艦していた陸軍の兵士たちは、激しい船酔いで苦しんでいた。が、わずかに風波が勢いを弱めはじめると、兵士たちは艦内から這《は》い出し、後甲板でロープを手に整列してから東方遥拝《ようはい》を行なった。

しけは、二昼夜つづいて去った。甲板上の搭載物《とうさいぶつ》は、大半が流失していた。だが、この颱風との遭遇は、乗組員たちの武蔵に対する信頼感を神秘的なものにすらした。嘗《かつ》て経験したこともない激しい波濤の中を、速力も落ちず大した動揺もなく突き進んだ武蔵は、かれらにとって艦の概念を打ち破る不沈艦という言葉そのままの安定感にあふれた存在に思われた。

「この艦は絶対に沈まない。沈んだ時は、日本の終りなのだ。国の終りなら、死んでも一向に悔いない」そんな素朴な論法が、乗組員たちの間に、一種の信仰のような根強さでひろがっていった。

二月二十九日、武蔵は、環礁につつまれたパラオ諸島のコロール泊地に投錨《とうびょう》し、陸上部隊を上陸させると同時に満載してきた物資を陸揚げした。

しかしこの基地に待っていたものも、一年間近くつづけられたトラックでの刺戟《しげき》の乏しい生活とほとんど変らないものだった。武蔵は、環礁内がせまいため出動訓練もできず、ブイに繋留《けいりゅう》されて動こうともしなかった。そして乗組員たちも、島の防備強化のために交代で上陸しては、防空壕《ぼうくうごう》の土掘り作業に従事したりしていた。

パラオに入泊して丁度一カ月目の三月二十七日、艦隊司令部は、突然、「敵大機動部隊、ニューギニヤ北方を西進中」との情報をキャッチした。司令部内は騒然となり、ただちにその対策が練られたが、結論としてトラックの場合と同じように至急に避退作戦をとることに決定した。

参謀長福留繁中将は朝倉艦長を招くと、

「当基地への空襲の公算きわめて大である。艦隊は敵の空襲を避けるため外洋に避退せよ。尚《なお》、司令部は陸上にあがって指揮をとる。敵の空襲は、南東ないし南方からと判断されるから、艦隊は、パラオの北方ないし北西一八〇浬附近まで避退すべし。敵が去った折には、艦隊はパラオに帰投、司令部も再び武蔵艦内に復帰する」

と、指示した。

環礁外に出港するのには、最小幅一一〇メートル、八・五キロにおよぶ西水道という狭水路《きょうすいろ》を通り抜けなければならなかった。しかもその狭水路は、出口近くで直角に折れ、その上、川や潮の流れを横から受ける難所なのである。そして、その個所の通過は、満潮時以外には絶対に不可能であった。

満潮時までには、二時間足らずしかない。朝倉は、緊急出港を艦内に伝えた。上陸していた作業員の収容、内火艇の揚収につづいて、古賀長官、福留参謀長をはじめ司令部要員のあわただしい離艦を見送り、旗艦を象徴する大将旗の降下をおわると同時に、武蔵は錨《いかり》をあげて西水道に向った。

武蔵の操舵《そうだ》には、高度な技術を必要とした。艦体が余りにも大きいため、舵《かじ》を曲げても、一分四十秒もたってから漸《よう》く舵がききはじめる。全速ならば、この間に一・四キロも走ってしまうのだ。航海長池田貞枝中佐は、パラオへの入港前に、模型を作ったりして直角に曲る個所の通過を研究し、入港時には成功したが、あわただしい出港時にはかなりの不安があった。しかし、池田は、朝倉艦長を補佐して、暗礁すれすれに武蔵の巨体を外洋にひき出すことに成功した。

乗組員の配置も、第三配備（準警戒配置）にうつって、艦は四隻の駆逐艦護衛のもとに、針路を北方にとり、二一ノットで「之」字運動をつづけながら進んだ。

と、不意に「魚雷音、左後方」の警報が鳴った。

「左百三十五度雷跡。サイレン、ブザー鳴らせ、左後方魚雷を知らせ、対空、対潜見張りを厳にせよ」という甲高い指令が艦内に流された。

艦は、右へわずかにカーブをきりはじめた。三本の白い雷跡が左舷後方から進んでくる。しかもそれは正しく艦に向って進んできていた。

「もどーせ、取りー舵一ぱい、急げ」

艦は、約七度右に曲ったところで、抵《ア》て舵をとって定針した。その動きで、右端の魚雷はかなりはなれた所を通り、中央の魚雷も右舷すれすれに通過していった。残された左端の魚雷が問題だった。艦尾に向って右へ十五度、距離にして四〇〇メートルぐらいの海面を追ってくる。航海長は、右へ向きをかえることを考えた。そうすれば魚雷を回避できる可能性が十分あったが、万が一避け損った折には、舵をやられるおそれがある。

しかし魚雷の針路を見つめていた航海長は、このまま艦を進めれば、魚雷は艦首の左側をすりぬけるという自信を持つことができた。が、魚雷の速度のひどくおそいことがかれの計算を狂わせた。日本の魚雷ならば四五ノット以上も出すというのに、それはせいぜい三〇ノットぐらいの速度しか出ていない。魚雷は、推進器に故障でもあるのか、のろのろと走ってきて、遂に艦首とならんだ。そして、左舷の錨鎖孔の下に接触すると、一五メートルほどの水柱をあげて炸裂《さくれつ》した。艦は、わずかに振動した。爆発音は、甲板上の乗艦員たちの耳に主砲発射音と同じ程度の轟《とどろ》きとなってひびいたが、艦内勤務者には鉄板を軽く叩《たた》いた程度の音にしかきこえず、殊《こと》に艦尾に近い部分では、殆《ほとん》ど被雷したことにも気づかなかった。それよりも、魚雷発射地点を中心に、高速疾走しながら投じられる駆逐艦の爆雷音の方が、重々しい音となってきこえていた。

武蔵の被雷個所は防禦《ぼうぎょ》の薄い部分で、たちまち穴があいて浸水したが、ただちに反対舷に注水装置がはたらき、またたく間に艦の安定は回復した。

「安定度変らず、二六ノット可能。艦首水線下の破口以外には損傷なし」

という朝倉艦長からの報告を受けた司令部は、

「ただちに呉へ回航、修復せよ」

という指令を発した。

武蔵は、駆逐艦浦風、磯風の二隻を護衛にしたがえ、一三ノットの速度で一、八〇〇浬を突破、待機していた呉工廠《こうしょう》関係者の手で造船ドックに入渠《にゅうきょ》した。

ドック内での調査によると、命中個所は左舷の錨鎖庫の横で、水線下六メートルの所に直径五～六メートルの穴がひらき、外板は内側に食い入っていた。そして浸水は、命中個所の区劃《くかく》と兵員室の一部でとどまり、浸水量は約二、〇〇〇トンであった。

水中聴音器室員七名が、浸水個所で戦死していた。

遺体は、ドック内の水が排出されると同時に海水とともに吐き出された。水防区劃の中で一ヵ所に寄りかたまり、白っぽくふやけてすでにはげしい腐臭を放っていた。

負傷者は、魚雷命中の衝撃で目を痛めた檣楼《しょうろう》の測距儀手と足を負傷した方位盤手、それに爆発によって起った一酸化炭素で中毒症状を起した九名の兵員たちだけであった。

船体の損傷は軽微で、工廠員の突貫工事でまたたく間に修復を終えたが、その期間を利用して空からの攻撃に備えるため、対空兵装の大強化をはかることになった。

まず、二、三番副砲塔（計六門）を惜しげもなく取りはずし、それに代って九十一挺《ちょう》という多量の二五ミリ機銃を追加、艦上は遠くからみると針の山のように変貌《へんぼう》した。さらにアメリカ海軍に悩まされつづけてきたレーダーを四基加えて計五基備えつけることができた。

修復と装備強化は順調に進められたが、古賀長官殉職の報に、全乗組員は、血の気を失った。古賀長官は、福留参謀長以下幕僚とともに、パラオから新しい指揮地ダバオに向う途中、暴風雨に巻きこまれ、長官の乗った一番機が墜落したというのである。山本長官も古賀長官も、旗艦武蔵からはなれ、そして死亡した。一番機だけが難に遭ったというのも軌を一にしている。長官の相つぐ不慮の死に、乗組員の顔はゆがんでいた。

対空装備で一新した武蔵は、一ヵ月ぶりに呉軍港を出て、屋島沖、佐伯湾《さいきわん》で、機銃射撃を主とした綜合《そうごう》訓練をつづけた。また対空兵装の強化によって増員された多くの第二国民兵出身の兵と数十名の志願兵（少年兵）の教育も併行しておこなわれた。

その訓練中に、後任の聯合《れんごう》艦隊司令長官豊田副武《そえむ》海軍大将から、至急「あ」号作戦に参加せよ、という命令を受けた。

敵の反攻態勢は、すでに太平洋全域にわたってくりひろげられている。それまで、殊更《ことさら》接触を避けつづけてきた聯合艦隊も、アメリカの主力艦隊との正面衝突の機が到来したことを予測し、全海軍力を動員して決戦をいどむ決意を抱いたのである。

武蔵はただちに佐伯湾を抜錨、沖縄《おきなわ》の中城湾《なかぐすく》に仮泊の後、ボルネオ島北東のタウイタウイ環礁《かんしょう》に急行した。そこには、太平洋各海域から続々と諸艦艇が集結していた。

小沢治三郎中将の指揮する第三艦隊は、大鳳《たいほう》、瑞鶴《ずいかく》、翔鶴《しょうかく》、隼鷹《じゅんよう》、飛鷹《ひよう》、竜鳳《りゅうほう》、千歳《ちとせ》、千代田、瑞鳳《ずいほう》の空母九隻と軽巡洋艦矢矧《やはぎ》以下十六隻の駆逐艦。それを護衛する第二艦隊は、栗田《くりた》健男中将指揮の下に、大和、武蔵、長門《ながと》、金剛、榛名《はるな》の五戦艦、愛宕《あたご》、高雄《たかお》、摩耶《まや》、鳥海、妙高、羽黒、熊野《くまの》、鈴谷、利根《とね》、筑摩《ちくま》の十重巡洋艦、それに軽巡洋艦能代《のしろ》以下十五隻の駆逐艦が配置されていた。

武蔵の乗組員たちは、環礁内に入泊している大艦隊群を目の前にして最後の決戦が迫ったことを悟った。大戦艦としての武蔵の機能が、漸く発揮される時機がやってきたのだ。

敵機動部隊がニューギニヤ西北方に位置する重要拠点ビアク島にあらわれ、上陸を開始したとの報が入り、武蔵は、大和とともに、妙高、羽黒その他駆逐艦をしたがえ、基地空軍戦力四八〇機の支援を得てビアク島奪還を企てることとなった。この作戦は「渾《こん》」作戦とよばれ、六月十日、タウイタウイを出撃、ハルマヘラ島のバチャン泊地に投錨して出撃命令を待った。

ところが、聯合艦隊司令部から「有力な敵機動部隊、サイパン方面に来襲。ビアク方面の『渾』作戦を中止し、ただちに本隊に復帰、『あ』号作戦に合流せよ」という緊急指令が入った。

武蔵は、大和その他とあわただしくバチャン泊地を出て比島東方洋上で、タウイタウイから出撃してきた本隊と再び合流、サイパン島西方五〇〇浬に進出した。

小沢機動艦隊からは四二機に及ぶ偵察機が放たれ、洋上広く索敵がおこなわれた。敵艦隊は四群にわかれ、制式空母七、空母二、戦艦以下八十一隻以上が確認され、アメリカ海軍もその全勢力を集結して、日本海軍との決戦に臨んでいることがわかった。対峙《たいじ》した日・米海空軍の戦力は、はるかにアメリカ側が優勢だったが、小沢機動艦隊は敢《あ》えて決戦をいどむ決意をかため、六月十九日、戦闘機、爆撃機、雷撃機計二四六機を第一次攻撃隊として発進させ、さらに第二次攻撃隊一〇〇機がそれにつづいた。あらかじめ航空兵力で敵艦隊の戦力を衰えさせ、栗田艦隊の海上決戦を有利にしようとはかったのだ。

しかし、第一次攻撃隊は密雲にさまたげられて敵艦隊を発見できず、その上アメリカ海軍のレーダーにとらえられて、待機していた敵戦闘機群の奇襲に遭ってほとんど全滅状態に陥り、さらに第二次攻撃隊も広い海域に敵艦隊を求めて行動したが、その姿を認めることができず、グアム島基地に向う途中、敵戦闘機群に包囲されこれもその大半を撃墜されてしまった。

第一次・第二次攻撃隊の惨敗は、必然的に「あ」号作戦の失敗に結びつくものであった。航空兵力の大半を失った小沢機動艦隊は、聯合艦隊司令部の命令で「あ」号作戦をただちに中止し、敵の攻撃を避けるために引返さざるを得なくなった。その上第三艦隊の旗艦である最新鋭大型空母大鳳と制式空母翔鶴は、すでに敵潜水艦の魚雷を受けて撃沈されるという打撃を受けていた。さらに反転して総退避に移っていた小沢機動艦隊に対する敵艦載機群の追撃ははげしく、その攻撃によって空母瑞鶴、隼鷹、竜鳳、千代田が相ついで損傷を受け、さらに飛鷹は、潜水艦の魚雷攻撃をうけて撃沈された。

大和、武蔵を擁する後続の栗田艦隊は、偵察機を放って索敵したが敵艦隊との接触もなく、わずかにボルネオ沖ではるか四万メートルの遠方に敵機群を発見、大和とともに四六センチ主砲から対空三式弾を連続一斉《いっせい》発射、弾丸は、直径四〇〇メートルにわたって散り、二十機以上の敵機を飛散させた。武蔵の主砲の方位盤手は前部が福島薫少尉《かおるしょうい》、後部が斎藤静八郎少尉であったが、斎藤少尉は敵機二機の撃墜を確認、砲術長の柚木重徳大佐に報告した。敵機は、瞬《また》く間に雲間に消えそれ以後、機影を発見することもなかった。

栗田艦隊は、その後、中止の命によって途中小沢艦隊と合流し、沖縄の中城湾を経て、呉港外の柱島泊地に帰投した。

栗田艦隊は無傷であったが、小沢中将のひきいる機動艦隊は、ほとんど再建不可能と思える致命的な損失を蒙《こうむ》っていた。日本海軍の保有する制式空母三隻中二隻を撃沈され、第二級空母三隻中の一隻と、艦上機二八〇余、熟練搭乗員多数を失ったことは、その戦力を麻痺《まひ》させるに充分だった。

武蔵は、依然としてアメリカ海軍の主力と接触する機会もなく、いたずらに重油を費消して海上を走っただけで、再びその巨体をブイに繋留《けいりゅう》したのである。

「あ」号作戦の惨敗は、柱島泊地に投錨している艦隊の姿をわびしげなものにみせていた。敵の反攻は多量の物量を注ぎ込んで、楔《くさび》のようにサイパンまで突き進み、圧倒的な航空兵力によって、太平洋上もその支配下におさめ始めている。上層士官たちの胸にも、漸く不安な翳《かげ》りが色濃くひろがりはじめていた。

呉在泊十数日の間に、漸く量産に成功したレーダーが、全艦艇の檣上に取りつけられた。それまで奇襲と夜襲を得意としていた日本海軍の戦法も、アメリカ海軍の装備するレーダーによって事前に察知され、レーダーの駆使によって逆に奇襲をしかけられていた。その堪えがたい苦痛をなめつづけてきた艦隊の乗組員たちは、漸く採用されたレーダー装備に狂喜した。その上、艦艇の上甲板以上にも、少しでも余地があれば、二五ミリ、一三ミリ機銃が取りつけられた。

しかし、艦隊は、いつまでも呉沖にとどまっていることは許されなかった。敵潜水艦の行動で輸送船の沈没が相つぎ、南方油田地帯からの油輸送はほとんど遮断《しゃだん》されていた。すでに内地の重油槽《じゅうゆそう》は、底をつこうとしていた。このまま長く在泊していれば、艦隊は、動くこともできなくなるのである。

軍令部からも「パレンバン油田地帯に近いリンガ泊地に行って、訓練をやっていてもらいたい」という指令を受けて、全艦隊は、追い立てられるように、七月八日、呉を出港してリンガ泊地に向うことになった。

武蔵は、また輸送艦に似た役目を課せられ、ビルマ作戦に補充される陸軍将兵約三千名と兵器類を載せ、リンガ泊地に向い、そこで引取りにやってきた陸軍輸送船に兵員と積荷を引渡した。

リンガ泊地は、シンガポールから南へ約一三〇浬、スマトラの東岸にあって外周が大小の島々でかこまれている。赤道にまたがっていて、風のそよぎもなくひどく暑い。そうした炎熱の中で、昼夜の別もない猛訓練がはじまった。パレンバン油田からやってくる油輸送船によって、重油は各艦に充分給油されていたので、各艦は実戦に即した行動訓練を自由におこなうことができた。

すでに小沢機動艦隊はほとんど潰滅《かいめつ》状態に近く、日本海軍は、水上部隊だけで決戦をいどむ以外になくなっていた。しかしそれはミッドウェー海戦以来の教訓が示すように、ほとんど自殺行為に近く、活路はただ一つ、夜戦を挑《いど》むことだけであった。レーダーの取扱いにも習熟して、大和、武蔵の無照準発射も可能になっている。夜間をえらべば、敵機の攻撃もかなり避けることができるのだ。

八月十五日、朝倉艦長が退艦し、第四代武蔵艦長として猪口《いのぐち》敏平大佐が赴任してきた。猪口の着艦は、武蔵のみではなく全艦隊に時宜を得た人事として歓迎された。猪口は、砲術学校教頭をしたこともある日本海軍屈指の射砲理論の権威で、すでに機動艦隊の掩護《えんご》も望めない洋上決戦には、かれの手腕に期待するものが多かった。

その頃から、実戦訓練はさらに激しさを増して、水上機に吹流し標的をひかせて、高角砲、機銃の実射をおこなったり、爆弾・魚雷をさけるための合同回避訓練を泊地内で連日のようにくりかえしたりした。また夜間になると、実戦さながらの夜戦訓練が、大規模にくりひろげられた。

全艦隊は甲乙両軍に分けられ、甲軍の旗艦を大和、乙軍の旗艦を武蔵として、数十浬はなれた位置で、まず両軍水上機の敵艦隊発見からはじまる。やがて両軍主力が接触すると、星弾が発射され、仮想敵艦の背後の夜空に星弾がはなやかにくだけ散る。その照明で敵艦の艦影があざやかに浮き上り、敵の針路、速力、距離をはかって砲撃態勢にうつる。星弾の飛びかい炸裂《さくれつ》する光景は、無数の花火が夜空を彩《いろど》るように美しく、砲声は海上一帯に殷々《いんいん》とひびき渡った。

それらの夜明け前から夜遅くまでつづけられる猛訓練は、悲壮な突撃戦法を暗示するものばかりであった。

十四

その頃《ころ》、大本営は、防衛線をさらに後退させ、太平洋地域の防備強化と敵の来寇に対して四段階の迎撃作戦――「捷《しょう》」号作戦の準備をすすめていた。その作戦地域は、「捷」一号作戦……フィリピン方面決戦、「捷」二号作戦……台湾および南西諸島方面決戦、「捷」三号作戦……日本本土方面決戦、「捷」四号作戦……北海道、千島、樺太《からふと》方面決戦であった。

アメリカ軍の進攻方向がまずフィリピン方面に向けられるだろうという想定から、「捷」一号作戦の準備が初めにとり上げられていた。その作戦内容の要点は、

㈠ 基地航空部隊ハ、約七〇〇浬《かいり》ノ遠方ニ索敵シ、コレニ漸減雷撃ヲ加ヘ、敵ガ近接スルヤ、陸軍機ト協同シテコレヲ水際ニ撃滅ス

㈡ 艦隊ハ、ブルネイ湾(ボルネオ島北部)ニ集結待機シ、情報次第出撃シテ、敵ノ護送艦隊ト船団トヲ洋上ニ捕捉《ほそく》撃滅ス

㈢ 万一遅レテ敵ガ上陸開始後ナルトキハ、艦隊ハ全軍港湾内ニ強行突入シテコレヲ撃滅ス

㈣小沢中将ノ航空戦隊ハ、瀬戸内海カラ出撃南下シテ敵機動部隊ヲ北方ニ誘導シ、以《もっ》テ栗田《くりた》艦隊ヲ掩護《えんご》ス

であったが、㈠の場合は、すでに基地航空隊が弱体化し、到底作戦を掩護する力もないことからほとんど空文にひとしく、艦隊は敵制空圏の中に身をさらさざるを得ないことが予想された。

さらに全艦隊が護送船団を攻撃目標とし、敵が上陸を開始してしまった時は、港湾内に強行突入する……という作戦内容は、栗田艦隊首脳部の大きな不満となった。

上陸地点に到達するまでには、敵機、敵潜の攻撃にさらされ、それを辛《かろ》うじて突破しても、攻撃目標が敵船団であっては余りにも他愛ない。しかも敵軍が上陸後であったら、港湾内の輸送船は空船であるはずである。それを目標に全艦港湾内に突入するなどということは作戦的にも愚かしすぎる。その上、敵は、港湾の入口に機雷を敷設《ふせつ》して、その突入をさまたげるにちがいない。

それよりもむしろ敵艦隊主力を求めて洋上で対決し、これを潰滅《かいめつ》させれば、上陸軍の補給路は断たれて、自滅することが充分予想される。

艦隊首脳部の一人である宇垣纒《まとめ》中将がこの作戦内容にはげしく反対し、武蔵艦長猪口大佐は、射砲理論家の立場から洋上決戦を強く主張した。

栗田長官は、艦隊内に、批判の声がたかまり、それが士気に影響するのを恐れて、「戦局は最後の段階に来ている。大本営では、日本海軍は洋上決戦を挑む力なしという判断で、突入作戦を決意したものにちがいない。一旦《いったん》、命令が出たかぎりはただ驀《ばく》進《しん》あるのみだ」

と声を荒らげて、作戦に対する批判を封じた。

敵の第一攻撃地域が、フィリピン方面と予想していた大本営の判断は的中した。昭和十九年十月十七日午前七時、レイテ湾入口のスルアン島見張所から、「敵艦二、特空母二、駆逐艦六隻《せき》近接中」の報が入電。さらに一時間後には、「敵同島に上陸開始」

の連絡があったが、その発信を最後に連絡を絶った。

聯合《れんごう》艦隊司令部は、ただちに「捷」一号作戦を発令、栗田艦隊に、「速《すみや》かに作戦通りブルネイ湾に進出すべし」

という命令を発した。敵主力は、比島中部に進攻の足がかりをつかもうとしている。比島を敵の手中にゆだねることは、日本にとって南方資源地帯を失うことを意味し、それは同時に日本本土の防衛を不可能にさせることでもあった。

栗田艦隊は、作戦計画通り、出港準備を全艦に指令した。

旗艦は重巡愛宕《あたご》におかれ、第一戦隊に戦艦大和《やまと》、武蔵《むさし》、長門《ながと》、第三戦隊に戦艦金剛、榛名《はるな》、第四戦隊に重巡愛宕、高雄《たかお》、摩耶《まや》、鳥海、第五戦隊に重巡妙高、羽黒、第七戦隊に重巡熊野《くまの》、鈴谷、利根《とね》、筑摩《ちくま》、水雷戦隊として軽巡矢矧《やはぎ》・能代《のしろ》以下駆逐艦十五隻、計三十二隻の陣容が形成された。

また別航路をたどって、レイテ湾に突入する予定の西村部隊（司令官西村中将）は、第二戦隊として戦艦山城、扶桑《ふそう》、水雷戦隊として重巡最上《もがみ》以下駆逐艦四隻、計七隻を配し、さらに台湾方面から急行する志摩艦隊（司令官志摩中将）は第二十一戦隊重巡足柄《あしがら》、那智《なち》、水雷戦隊軽巡阿武隈《あぶくま》以下駆逐艦四隻、計七隻をもって、それぞれレイテ湾へなだれこむ計画を立てた。

さらに小沢機動艦隊は囮《おとり》艦隊として、瑞鶴《ずいかく》、瑞鳳《ずいほう》、千歳《ちとせ》、千代田の四空母、日向《ひゅうが》、伊勢の戦艦改装空母二隻、大淀《おおよど》、多摩、五十鈴《いすず》の軽巡三隻以下駆逐艦八隻を配して、瀬戸内海より南下、敵機動部隊を北方に誘い出してレイテ湾突入艦隊の作戦を有利に展開させる計画を立てていた。「捷」一号作戦には、日本海軍のほとんど全艦艇六十三隻が参加したのである。

十月十八日午前一時、作戦行動は開始され、栗田艦隊は、西村部隊とともに夜陰に乗じてリンガ泊地をひそかに出港した。艦隊は、速力一八ノットでグレートナット群島北側を迂回《うかい》して、二十日正午、予定通り集結地ブルネイ湾にすべりこんだ。

ブルネイでの重要作業は、重油の補給と出撃前の作戦会議であった。給油船がまだ到着していなかったので、巡洋艦は、駆逐艦へ、戦艦は巡洋艦へと重油を移し、翌朝入港してきた給油船八紘丸《はっこうまる》、雄鳳丸《ゆうほうまる》が、それぞれ戦艦に横づけして夜を徹して給油作業をつづけた。そして、漸《ようや》く夜が明ける頃、全艦艇の重油タンクは、満タン状態にふくれ上った。

各艦内は、出撃前の準備に忙殺されていた。戦闘中に艦内火災がおこるのを防ぐため、ソファー、机、カーテン、ベッドなどの可燃物の撤去をはじめ、武蔵艦内では、乗組員の手で艦内塗料のそぎ落し作業がつづけられた。塗料の燃焼をふせぐために行われる作業で、たちまち艦内は部屋も通路も荒々しい鋼鉄の肌《はだ》がむき出しになった。

旗艦愛宕の舷側《げんそく》には、各艦の内火艇の往来が頻繁《ひんぱん》にみられた。各艦の関係科長以上が集められて作戦の最終的な打合せがすむと、冷酒とスルメで作戦の成功を誓い合った。

武蔵艦内でも、出撃祝いの酒宴が総員参加しておこなわれていた。かれら乗組員は、航空隊の支援もないレイテ突入作戦が全滅を覚悟した決戦であることを知っていた。

だが、不沈艦としての武蔵に対する根強い信頼感が胸にきざす不安を打消していた。激しい颱風《たいふう》に遭遇しても、敵潜水艦の魚雷をうけても、武蔵は、同じ速度で平然と行動しつづけたのだ。

酔いがまわると、かれらは明るくはしゃぎ出した。歌声が流れ、笑い声が起った。呉《くれ》を初出港して以来一年九カ月、戦艦としての機能を一度も試みることのなかった武蔵にも、その威力を発揮する機会が迫ってきたのだ。

艦内の灯は消され、やがて艦内に静寂がひろがった。酔い疲れた乗組員たちの寝息が起った。眠れずに寝返りを打っているのは、五カ月前に呉で乗艦した第二国民兵出身の兵と志願兵たちだけであった。かれらは、不安そうな眼《め》を時折あけ、かすかに聞える給油船の徹夜作業の音に耳を傾けていた。

二十二日午前八時、まばゆい朝の陽光を浴びた武蔵艦上に出撃ラッパが鳴り渡った。重々しい錨《いかり》の巻き上げられる音につづいて、始動する機関の音が艦内に起った。

水路に向って一斉《いっせい》に各艦が移動している。武蔵のスクリューは逞《たくま》しく回転し、海面を大きく波立たせて大和の後方から外洋に向って行く。乗組員の額にはいつの間にか白い鉢巻《はちまき》が固く締められ、それがまたたく間に艦上にひろがった。

ブルネイを出港した艦隊は一二キロの間隔をおいて二つの集団にわかれ、速力一八ノットで前後して北に進路をとった。武蔵は第一集団に加わり、大和の後方にしたがって進みつづけた。海上は穏かで、その中を艦隊は、敵潜水艦の雷撃を警戒して、「之」字運動をはじめた。艦上からみると、大和・武蔵・長門を中心に整然とした輪型陣が組まれ、「之」字運動で波立つ海面が、強い陽光を照り返して白っぽく輝いてみえた。

午後、能代、高雄、愛宕からつぎつぎと、

「敵潜望鏡見ユ」

の信号が、発せられた。拡声器から流れる戦況報告に、武蔵艦内にも緊張した空気がはりつめた。が、やがてそれらは、いずれも流木を見まちがえたものであることがあきらかになった。艦隊の動きは、まだ敵側にさとられてはいないようだったが、艦内の重苦しい空気は、一層濃くなっていった。

大和の見張員につづいて武蔵の見張員も、浮游《ふゆう》機雷を発見、それぞれ旗艦愛宕に報告した。

積乱雲が夕照に赤く染り、やがて夜の色が海上に落ちてきた。午後七時、全艦隊は「之」字運動をやめ、速力も一六ノットに落して、漸くフィリピン諸島の北部にあるパラワン島の水路に近づいていった。

夜空に、星が散った。艦内には、スクリューの廻《まわ》る音と機関の音がしているだけで、艦の動揺は全く感じられない。乗組員たちも、さすがに感情をたかぶらせているのか、横になっても寝つかれずに輾転《てんてん》反側する者が多かった。

その頃、旗艦愛宕は海中にひそむ敵潜水艦の発信する無電をしきりと傍受し、遂《つい》に午前五時二十分、

「作戦緊急信――発信中ノ敵潜水艦ノ感度極メテ大」

と発信、全艦隊に厳重警戒を命じた。ひそかに前進してきた栗田艦隊の動きは、早くも敵側に察知され、しかも、潜水艦の執拗《しつよう》な追尾をうけていることがあきらかになった。

夜明けにはまだ間があったが（日出午前六時五十六分）、旗艦愛宕からの命令で、全艦は、一斉に「之」字運動をはじめた。それは、巨大な蛇《へび》の群れが、荒々しく海上を這《は》いまわる姿に似ていた。

武蔵の全乗組員はすでに起床し、大きく艦首を振り廻すようにジグザグに進む艦上で、黎明《れいめい》訓練をはじめていた。全員配置につき、主砲、副砲、高角砲、機銃の砲身を旋回させ発射までの過程をすばやくたどる。何千回となく繰返してきた操作であるが、

乗組員たちの眼には真剣な光がはりつめていた。

星の光がうすれ、夜空が明るみをましてきて、パラワン島の島影が、右舷の方向に淡く浮び上ってきた。

六時三十分頃、不意に「警戒」のラッパにつづいて「戦闘用意」という甲高い声が伝声管から流れ出てきた。と同時に、武蔵ははげしい勢いで艦首を右に振り向けていた。

乗組員たちがその動きでよろめいた時、突然、左舷前方から遠く重々しい爆発音がひびいてきた。艦上にいる者の眼は、その方向に注がれた。遠い海面で水柱が吹き上り、さらに二本の水柱が、それを追うように盛り上っている。水柱は、一つの艦影を包み込んでいる。

「愛宕がやられた」

叫び声が所々に起り、武蔵艦上の者たちに動揺が起った。

その時、また愛宕後方を進行中の艦のあたりに水柱が吹き上り、爆発音が断続してひびいてきた。

「高雄だ」

乗組員たちの顔がこわばった。

水柱が緩慢な動きで消えると、炎をまじえた黒煙が吹き出した。重油タンクが爆発したのだ。駆逐艦が輪型陣の外側から、黒煙を噴出する愛宕と高雄の近くに爆雷投下をはじめた。白い泡沫《ほうまつ》の円が海面に盛り上り、つづいて海中の炸裂音《さくれつおん》が絶え間なくつづいた。愛宕の傾斜が次第にはっきりとし、高雄は全く停止している。

武蔵は、他艦と同じ速度で蛇行《だこう》しながら進んでいた。

二十分ほどすると愛宕の傾斜は一層はげしくなり、急に艦首を突き立てたかと思うと、黒煙をふきながら一瞬のうちに海中に没した。

愛宕沈没と同時に、武蔵前方の重巡摩耶の中央部あたりから、すさまじい轟音《ごうおん》とともに上空に向って一直線に火炎が吹き上った。それは早朝の空を背景に、ひどくきらびやかな色にみえた。炎はかなりの高さまで達すると、そこで割れ、透明な鮮紅色のセロファン屑《くず》のようなかたまりとなって海上一帯に散乱した。摩耶の艦体は中央部からあっけなく分断されて、炎の海にその姿を消していた。

武蔵の艦上は騒然としていた。撃沈された旗艦愛宕には、艦隊司令長官栗田中将、参謀長小柳少将をはじめ司令部要員が乗艦している。指揮系統の麻痺《まひ》は、これから始まる決戦に重大な支障をもたらす。

しかし、やがて長官以下幕僚のすべてが、駆逐艦岸波に収容され、さらに旗艦を大和に置くという連絡が入ってきた。

艦内拡声器は、駆逐艦岸波、朝霜に愛宕の乗員を、秋霜に摩耶の乗員を救助させ、また駆逐艦長波、朝霜に、中破した重巡高雄をブルネイ基地に護衛回航させるよう、艦隊司令部から命令が発せられたことを報じた。

敵潜水艦の攻撃もそれ以後は絶えた。パラワン島も右後方に薄れ、艦隊は、「之」字運動をつづけながら北進した。

午後になって、海上は波立った。随行の駆逐艦が大きく揺れはじめた。その海上後方から接近してきた駆逐艦島風が接舷し、摩耶の乗組員七百六十九名（士官四十七、下士・兵七百二十二）を武蔵艦上に移乗させた。かれらは、一人残らず重油にまみれ、血を流している者も多く、一様に眼を血走らせて虚脱したように寄りかたまっていた。そして、武蔵乗組員の先導で、無言のまま足許《あしもと》をよろめかせながら艦内に消えていった。

栗田長官以下司令部要員も、駆逐艦岸波から大和に移乗し、檣頭《しょうとう》には旗艦を象徴する将旗が揚げられた。艦隊は、再び陣容を立て直して北上をつづけ、午後十一時二十分には南東に変針、ミンドロ海峡に向った。

その頃、司令長官栗田中将は、聯合艦隊司令部から長文の電報を受信していた。その内容は、米軍は栗田艦隊の動きを察知したらしく、明早朝から陸上大型機及び機動部隊の艦載機で大規模の空襲を加えてくる公算が大きい。サンベルナルジノ及びスリガオ海峡方面には潜水艦を大量に待機させ、また二十四日午後まではサンベルナルジノ海峡東方及びレイテ湾附近に海上兵力を集結して、栗田艦隊との決戦を企てているらしい。敵機動部隊が栗田艦隊に攻撃をしかけてきた場合には、その好機をとらえて基地航空部隊をもって敵空母群を撃滅する。対潜対空警戒をさらに厳重にして突破せよ……という趣旨のものであった。

夜が明けた。

武蔵は、艦隊とともにミンドロ島の南方を迂回《うかい》して北東に艦首を向け、シブヤン海に進んだ。

空には雲が点々と浮び、海上は、粘液を流したようにかすかなうねりしかなかった。

七時三十分頃、艦内拡声器が、これより敵制空圏内に入るから至急朝食をとれ、と告げた。艦隊は、空からの攻撃にそなえるため、旗艦大和を中心に武蔵・長門以下、対空警戒の輪型陣をととのえて進んだ。

「第一《ヒト》警戒配備となせ」につづいて、

午前八時十分、突然、

「総員配置につけ」のラッパが艦内の空気をするどく引裂いた。艦上一帯に人の姿が交錯し鉢巻をしめた乗組員たちは、それぞれの部署に走った。

その動きがしずまると、乗組員たちの眼が、食い入るように海上と空に注がれた。

見張所員は、北方遠距離に敵偵察機B24三機機影を発見していた。敵機は、大きく旋回して薄雲の間を見え隠れしている。

艦隊の上空には、掩護《えんご》戦闘機は一機もいない。敵機は、艦隊の動きをアメリカ海上主力に連絡しているのだろう。初めて眼にする敵の機影を見つめながら、乗組員たちは苛立《いらだ》ったように唇《くちびる》をかみしめていた。

やがて機影が姿を消すと、武蔵艦内の緊張は極度にたかまった。

艦隊司令部は全艦艇に、

「敵機来襲近シ、天佑《てんゆう》ヲ信ジ、最善ヲツクセ」

と指令した。

武蔵艦内では、艦長が、全乗組員にそれを伝えた。

各部署の指揮官たちは兵をはげまし、きびしい口調で戦闘に入《い》った折の注意をくり返した。また弾庫室、兵員室に収容されていた摩耶《まや》乗組員たちの希望も容れて、かれらを補充要員として各部署に急速に配置する手筈《てはず》もととのえられた。

午前十時、武蔵のレーダーは、はるか東方の空に数多くの機影をとらえた。同時に旗艦大和からも、敵編隊接近の報が全艦に放たれ、艦隊の間に無線電信の矢が飛び交った。

「対空戦闘用意」

のブザーが鳴り渡ると同時に、東方より敵編隊接近という甲高い声もひびきわたった。

高角砲、機銃百数十門の砲身は、東方上空に向けられた。すでにハッチも通風路もすべてしめられ、艦上と艦内は、厚い甲鉄で完全に分離されていた。

艦内に静寂がはりつめた。

「艦載機、右九十度水平線」

という叫びが、見張所員の口からふき出た。

水平線に近く、錫片《すずへん》のようなものが無数に輝いてみえる。そして、その輝きは、次第にその光を増してくる。

「主砲射《う》ち方用意」

「射テッ」

の声と同時に、九門の主砲が一斉に火をふいた。

艦体に一瞬はげしい震動がおこり、乗艦員たちの体がよろめいた。他艦からも対空弾が発射され、遠い錫片の周囲に、火の粉のような光の粒が湧《わ》き出るように無数にひろがった。

たちまち飛散する錫片もいくつか望見できたが、大半はその中を突き抜けて急速に大きさを増し、輪型陣に迫ってきた。

近距離射撃に向かない主砲が砲撃をやめると、副砲・高角砲が連続的に弾丸を発射し、つづいて百余挺《ちょう》の機銃も一斉に火をふき出した。それは、音のすさまじい氾濫《はんらん》だった。音響が空間を塗りつぶした。高角砲も機銃も生き物のように旋回し、果しなく弾丸を発射しつづける。上空には、多彩な光の筋が交叉《こうさ》し合い、点状の黒煙が胡麻《ごま》粒《つぶ》をまいたようにすき間もなくひろがってゆく。その中を、淡水魚のような腹をみせた敵機がすさまじい速度で入り乱れ、透きとおった炎をひきながら海中に突っ込んで行く機体や、瞬間的に空中分解する機体もあった。かれらの攻撃は、主として大和・武蔵に集中されているらしく、大和の近くの海面にも水柱が上るのがみえる。

武蔵の周囲にも敵機はしきりと接近した。

右舷の前方と後方から、ほとんど同時に敵機の機体が、するどい金属音をあげて急角度で降下してきた。機銃の群れは、二つに分れて火をふいた。が、機体は、一瞬の後に反転して海面すれすれに飛び去った。その瞬間、右舷と左舷両方の海面に壮大な水柱が上り、同時に一番砲塔の天蓋《てんがい》の上でピュンという奇妙な金属音が起り、塗料が直径一メートルほどの広さではげた。落下した爆弾が、厚さ一二〇センチの甲鉄ではねかえり海上に飛び去ったのだ。

機銃員たちは、一瞬の間に頭上をかすめる機影を追って引き金をひきつづけていたが、対空砲火の弾幕をくぐって右舷方向の海面すれすれに接近してきた三機の雷撃機が、その腹部から鉛色の魚雷を投下した。

飛沫《しぶき》が上って白い雷跡が一直線にすすみ、二本はそのまま艦底を通過していったが、最後の一本が右舷中央部に命中、炸裂音とともに水柱が上り、その水が甲板上にすさまじい音を立てて落下してきた。しかも、それは、大瀑布《だいばくふ》のようにかなり長い間つづき、甲板上の乗組員たちはあふれるような海水に流されまいと手近なものにしがみついていた。

対空戦闘をつづけていた射撃員たちにはわからなかったが、艦内の者たちの中には、艦が右舷に僅《わず》かながら傾斜したのに気づいた者もいた。魚雷で破られた舷側から海水が浸入し、第七、第十一缶室《かましつ》の壁の鋲《びょう》がゆるんでわずかな水漏れも発生し、艦は右へ五度傾斜していた。が、防禦《ぼうぎょ》指揮官工藤計大佐の管轄《かんかつ》する注排水指揮所はただちに左舷へ注水して右舷傾斜三度まで復元させていた。

敵機の姿が視野から消えた。

射撃は、やんだ。

乗組員たちの鼓膜は間断なくつづけられた音響ですっかり麻痺《まひ》し、眼《め》は焦点を失ったような光を浮べていた。機銃第一群指揮官星周蔵少尉《しょうい》が機銃掃射を受けて戦死したのをはじめ、手足をもぎとられた負傷者が甲板上にころがっていた。かれらは、敵機が去るのと同時に開かれたハッチから、前部・中央部の二カ所の戦時治療室に運び込まれた。軍医長村上三郎大佐は艦底に近い治療室で総指揮をとり、宮沢寅雄《とらお》軍医大尉は前部治療室で、細野清士中尉は中央部治療室で、負傷者の処置に当っていた。

武蔵の被害は魚雷一本右舷に被雷、と旗艦に報告されたが、武蔵にとって、それはかすり傷程度のものでしかなく、速力も二四ノットで進みつづけていた。しかし被雷の折の震動で主砲前部方位盤が故障し、主砲の一斉《いっせい》射撃は不可能になった。

この第一波攻撃で第五戦隊（司令官橋本信太郎海軍中将）の旗艦重巡妙高も右舷艦尾に魚雷一本を受け速力も一五ノットに落ちたため、艦隊司令部は、第五戦隊旗艦を羽黒に変更、妙高には単独でブルネイに引き返すことを命じた。

再び敵機が来襲することはあきらかだった。

主計長伊藤少佐指揮下の主計兵は戦闘食を各部署に配って歩いた。しかし、射撃員たちは、焼けた砲身に水を浴びせて冷やしたり、他の部署の戦闘員も器具の点検に忙しく、食物を口にする者は少かった。

十一時四十分、武蔵のレーダーは、再び敵機群をとらえた。

「対空戦闘用意」

のブザーが鳴り、すばやくハッチがしめられた。武蔵は一層大きく艦首を振りながら進みつづける。波の激しくくだけ散る音だけが際立《きわだ》って、艦上には、再び重苦しい静寂がひろがった。

十二時三分、

「右水平線上、飛行機群」

見張員の叫び声が、拡声器から流れた。

水平線の上には、第一波攻撃の折よりもさらに数多いきらめきが、点状にむらがって湧いている。主砲が思い思いに火を吐き、風圧が逆巻き衝突し合って艦上の空気をふるわせた。水平線の近くに、また光の粒がひらめいた。が、小さなジュラルミンのきらめきはその中を突き抜けて艦隊の上空に迫ってくる。しかも、それらは、輪型陣のやや外側に位置した武蔵一艦に集中してきた。副砲が火を吐き、高角砲がうなった。機銃が、弾丸を上空に放ちつづけた。その乱れ飛ぶ弾幕は、左右に回避運動をつづける武蔵の艦上から逆に上空へ注がれるスコールのような密度だった。

上空が黒い弾幕におおわれ、海上が暗くなった。武蔵は、艦体を傾けながら艦首をふり廻《まわ》し全速力で走りつづけた。

海上は、大きくゆらいでいた。海水が随所で垂直にはげしく吹き上る。射ち上げられる機銃弾の破片が、驟雨《しゅうう》のように海上に降っている。敵機が機首を逆さにして海面に突っ込み、水しぶきがあがる。その中を、生き物のような雷跡が、白々とした波を立てて交叉し合った。

雷撃機が六機、平行に並ぶようにして海面に近づくと、魚雷を投下した。

「左舷方向、雷跡六本」

見張員の声と同時に、武蔵はその巨体を右へ向け、一本を艦首前方に、二本を艦尾後方にかわしたが、中央の三本がほとんど同時に左舷に命中、大轟音とともに水柱が盛り上った。巨大な武蔵の艦体も大きく震動、命中個所周辺にいた艦内の乗組員たちの体はふきとび、なぎ倒された。破壊個所からは海水がおどり上るように流れ込み、たちまち第二水圧機室に浸水、武蔵は左舷に五度傾斜した。

艦上では、高々と盛り上った水柱がくずれて、轟音を立てて落下してきた。海水が砕け散って甲板上に水があふれ、「之」字運動をつづける武蔵の体が傾斜すると、海水は、甲板上を奔流のように走った。機銃は、前後左右に上空に向って火を吐きつづける。武蔵は傷つきながらも乗組員の手で全機能を十二分に発揮し、巨大な生き物に化していた。

ピュン、ピュンという音は、その間にもしばしば起っていた。甲鉄でおおわれた武蔵の体は、それらの爆弾をその甲皮ではね返しつづけているのだ。だが、急降下してきた六機の艦爆機の投下した二五〇キロ爆弾のうち、二個が左舷に命中した。その一弾は、前部兵員室で炸裂《さくれつ》、乗組員たちの体を一瞬にして消し、さらに、爆発と同時に起った爆風と飛散する鉄片は、その周辺の乗組員たちの体を宙に舞わせ、内臓を露出させ、鉄片を食いこませた。また、他の一弾は、第四番高射砲前部に命中、爆弾は最上甲板、上甲板を突き抜け、中甲板で炸裂した。弾薬供給室の全員が戦死、爆風は近くの乗組員たちの体を圧しつぶした。

この被爆によって第二機械室に火炎が侵入、四軸のスクリューのうち左舷内軸が使用不可能になって三軸運転をおこなわざるを得なくなった。

「被雷三本、直撃弾二個、至近弾五個」

猪口艦長は、敵機の第二次攻撃が終ると、旗艦大和の栗田《くりた》司令長官に報告した。

普通の艦にとっては致命的な被害であり沈没は当然免《まぬか》れられないのだが、武蔵は、機敏な注排水操作で右舷に注水、左舷へ五度傾いていた艦も、わずか一度にまで回復してしまった。そして、速度もおとろえず、依然として艦隊とともにシブヤン海を荒々しくすすみつづけた。

しかし武蔵の甲板や艦内には点々と戦死者の肉片が四散していた。遺体はそのまま放置され、負傷者が続々と医療室に運びこまれてゆく。医療室の床には血がひろがり、軍医や衛生兵が応急手当をしながら走り廻っている。ちぎられた腕のつけ根を血の垂れるガーゼでおさえながら立っている兵、鉄片を顔にはりつけたまま坐《すわ》っている兵。

かれらは、軍医が近づくと、

「大丈夫であります。大丈夫であります」

と、張りのある声で答えていた。

その頃《ころ》、旗艦大和の艦隊司令部では、小沢機動艦隊及び南西方面艦隊に対して、

「敵艦上機ワレニ雷爆撃ヲ反復シツツアリ、貴隊触接並ビニ攻撃速報ヲ得タシ」

という電報を打っていた。

作戦予定では航空兵力の総力をあげて作戦に参加してくれるはずであったが、栗田

艦隊の上空には、一機の掩護《えんご》戦闘機もない。空襲はさらに激化することが予想され、艦隊司令部の焦慮は深刻であった。

第三次空襲は第二次空襲の三十分後に早くも開始された。敵機の攻撃は被雷被爆した武蔵に集中され、武蔵の艦上からも、弾丸が上空に向って一斉に放たれた。

武蔵の上空には、敵機がむらがった。その腹部から、魚雷が回転しながら投下される。二〇〇メートルほどの高空から投下されるので、乗組員たちは、大型爆弾かと錯覚した。が、それが海面に着水すると、雷跡をひいて一斉に走ってくる。

武蔵は回避運動をつづけてそれらをかわしつづけていたが、その中の一本が右舷前部に大音響とともに命中して測深儀室を破壊した。前部治療室には、火薬の炸裂によって起る一酸化炭素ガスが充満して、収容されていた負傷者は重なり合って倒れた。

第三次来襲からわずか六分後には、また東方水平線上に敵編隊の機体が光り、重なり合って武蔵の巨体に襲いかかってきた。高空から回転しながら海面に落下してくる魚雷の雷跡は、武蔵を中心に網の目のように走った。

航海長仮屋実大佐は伝声管に口をつけたまま、

「面舵《おもかじ》一ぱい、急げ」

「もどせー、取りー舵一ぱい、急げ」

と嗄《しやが》れきった声で叫びつづけていた。

しかし魚雷は、左舷に二本、右舷に一本が命中、艦は、その度に激しく震動した。至近弾の水柱が艦を包み、落下してくる海水が甲板上の血を洗い流し、ちぎれた死体を海上に容赦なく運び去る。

「二四ノット可能」

武蔵から、旗艦大和に信号が送られた。輪型陣もくずれず武蔵は艦首をはげしくふりながら、他の艦艇とともに進みつづける。機銃員の三分の一が戦死又は深く傷ついていたが、かれらは機銃にしがみつき、弾幕の密度は少しもうすれず、敵機の海上に突っ込む姿も相ついだ。

しかし武蔵への集中攻撃は執拗《しつよう》を極めさらに左右両舷に同時に一本ずつ、つづいて右舷に二本の魚雷が命中、海水が奔流のように艦内に流れこんだ。また、直撃弾が前部に命中して前部治療室に収容されていた負傷者、衛生兵数十名は、一瞬のうちに四散した。

魚雷はすべて中央より前部に集中、前部の中甲板以下は海水につかり、漸《ようや》く武蔵の艦首は四メートルほどの傾斜を示した。防禦指揮官工藤大佐は機敏に注排水を命じると同時に、浸水を食いとめるための遮防《しやぼう》作業を督励した。

「速力二二ノット可能」

武蔵の速力はわずかにおとろえただけで、回避運動をつづけながら輪型陣の一角を占めて進んでいた。

敵機が、去った。

「射ち方やめ——」

の指令が流れると、射撃員たちは、くずおれるように膝《ひざ》をついた。甲板上には、多くの肉片と随所に呻《うめ》き声をあげている負傷者が残されていた。

戦闘中はデッキも通風筒も閉ざされた上、機関室の熱風が艦内に流れるので、艦内勤務者たちは、水を浴びたように汗を流していた。

治療室には、血がたまってハッチからあふれ、その中で負傷者たちが腰を血液につからせながら坐っていた。負傷者は治療室にも収容しきれず、近くの士官室にも運び込まれてゆく。鉄片をはりつかせて入ってくる負傷者が多く、その周辺の肉は焼けただれて鉄片を除去すると肉片とともに血がふき出した。

艦首への傾斜は、戻《もど》らなかった。魚雷の命中した穴へさらに重り合うように魚雷が命中、武蔵の誇る厚い水線下の防禦面も破られたのだ。

巨大な武蔵にも、漸く衰えがみえはじめた。

艦首が下降したことで速力は鈍り、やがて可能速力は一六ノットに減速、武蔵は、輪型陣から後退し、一艦だけ取り残されることになった。敵機の攻撃は武蔵に集中され、他の艦はほとんど被害を受けていない。それは作戦行動中の艦隊の貴重な犠牲ともいえた。旗艦大和をはじめ僚艦の姿が前方に遠くなりはじめたが、それでも武蔵は、機関の音をひびかせて艦隊の後を追うように進みつづけた。

その頃、第三水圧機室と後部指揮所との間ではしきりと電話連絡が交されていた。すでに第三水圧機室は、周囲を浸入した海水に完全に包まれていた。しかし、室内の者たちはそういう情況だとは知らず、ただハッチが開かなくなったと思っているだけである。室長の持斉《じさい》茂中尉は、艦が傾斜しているのに気づいて戦況がどのように推移しているのかを知りたがっている。

「有利に展開中である。今、ハッチ焼切り作業をつづけている。頑張《がんば》れ、頑張れ」

と、繰返す。

室内の空気は稀薄《きはく》になり、温度も高まっている。持斉中尉の声は、つぎつぎに部下が倒れてゆく情況をつたえてくる。

持斉の声は息苦しそうに言葉もとぎれがちだが、決して「苦しい」とは言わない。

やがて、その声も切れた。指揮所の者は、ただ「頑張れ、頑張れ」とくりかえしつづけた。

「対空戦闘用意」

午後二時四十五分、またブザーが鳴った。

百機近い敵機が一直線に進んでくると、海上に単艦で動いている武蔵に襲いかかってきた。武蔵だけをねらうアメリカ空軍の攻撃には、異常な程の執念が感じられた。

武蔵は、回避運動をつづけた。が、速力の衰えた武蔵の体には、たちまち十一本の魚雷が命中し、直撃弾十個、至近弾六個が炸裂した。水柱は林立し、爆煙が全艦をおおい、敵機の姿も見えなくなった。機銃員の戦死が続出し、兵員室から配属されていた重巡摩耶《まや》の乗員が代って機銃にとりつき、射撃をつづけていた。しかし、機銃の多くは過熱して使用不能におちいり、発砲する機銃の数は激減していた。

爆弾の一個は防空指揮所に命中して第一艦橋で炸裂、防空指揮所は崩壊するビルディングのように轟音《ごうおん》をあげてくずれ落ちた。

第一艦橋に命中した爆弾は、航海長仮屋実大佐、高射長広瀬栄助少佐ほか七名の生命を奪い、猪口艦長は、右肩部に重傷を負った。その他、中央高射員待機所、第五兵員室、中央部治療室、士官室、司令部庶務室等が飛散、武蔵は、遂に満身創痍《そうい》となった。

左舷十度の傾斜は、注排水装置のはたらきで六度まで回復したが、艦首への傾斜は四メートルから八メートルにも達して、艦首は海水に洗われはじめた。そして速度も六ノットに落ちていたが、武蔵の機銃はまだ弾丸を発射しつづけていた。

艦長が治療のために艦内に下りると、第二艦橋にいた副長加藤憲吉大佐が、総指揮を引きついだ。

その頃、栗田長官は、駆逐艦清霜、島風を急派、武蔵を護衛してサンホセに後退するよう命じていた。

敵機は魚雷と爆弾のすべてを投下し終ると、致命的な損傷を受けてよろめく武蔵の姿を見下すように旋回していた。

第六次攻撃は、さらに多量の肉体を飛散させた。首や手足が至る所にころがっている。艦内電灯は消え、予備の第二次電灯が薄暗くともった。

艦は大損傷を受けたので、栗田長官の命令で駆逐艦島風が左舷後部に横づけされ摩耶の乗員を移乗させた。猪口艦長は頭部と肩を繃帯《ほうたい》で巻いて第二艦橋にもどり、再び総指揮をとった。艦はいつの間にか左舷への傾斜を増していた。

旗艦大和から、

「全力ヲアゲテ附近ノ島嶼《とうしょ》ニ座礁《ざしょう》シ陸上砲台タラシメヨ」

という最後の信号がもたらされた。大損傷をうけた武蔵のサンホセ回航は無理とさとったのだ。

猪口艦長は、シブヤン海の北岸に座礁することを考え、艦首をその方向に向けて進ませたが、機関室へも海水が流れこんで、途中で機関がとまってしまった。同時に二次電灯も消えて艦内は闇《やみ》になった。

艦長は副長に命じて、

「総員上甲板」

という指令を出させた。

各ハッチから油と汗でよごれた艦内員がよろめくように上甲板へ顔を出した。かれらは艦上の惨状に一瞬立ちすくみ、顔色を変えて口もきけぬようだった。殊《こと》に艦尾方向にいた者たちは、魚雷・爆弾の命中音を、主砲・副砲の発射音と錯覚して、艦の損傷に気づかぬ者も多かったのだ。

ハッチからは、負傷者も上甲板の後部に運び出されてきた。その数は二百名を越えていた。

艦の傾斜は十二度になっていた。猪口艦長は、注排水作業の続行を命じるとともに左舷にある重量物をすべて右舷に移動させることを指令した。駆逐艦に曳行《えいこう》させて近くの島に座礁させようと考えたのだ。

加藤副長は総員集合をかけ一番砲塔の上にのぼると、

「本艦は、長い歳月をかけ貴重な資材をそそぎこんで建造された不沈艦である。注排水を行うと同時に、艦の傾斜をふせぐために左舷から右舷へ重量物をすべて移動する。全力をつくして重量物移動に努力せよ」

と、命令した。

乗艦員たちは、左舷に散った。負傷者も立ち上った。そして、移動ポンプ、消火器、機銃、防舷物、また、動くこともできない負傷者、ありとあらゆるものを右舷に移動し、散在している遺体も引きずって右舷後部に並べた。

しかし移動作業の効果はなく、艦の傾斜は刻々と増してゆくばかりであった。

猪口艦長は漸く武蔵の沈没を予想し、護衛艦清霜と至近弾を受けた島風と交代した浜風に、

「負傷者を移乗させるから接舷せよ」

という手旗信号を送らせた。

両艦から折返し、

「諒解《りようかい》した」

という信号が送られてきたが、両艦は一向に接舷する気配をみせなかった。加藤副長は苛立《いらだ》って、生き残った副長附信号員細谷四郎二等兵曹にさらに信号を送らせた。が、相変らず「諒解した」という返信があるだけで、両艦は、遠く武蔵を中心に旋回しながら動いているだけである。巨大な武蔵が沈没する折の渦潮《うずしお》に巻きこまれることを恐れているにちがいなかった。

日が傾いてきた。

猪口艦長は、加藤副長をはじめ防禦指揮官工藤大佐、砲術長越野公威《きみたけ》大佐、通信長三浦徳四郎中佐、機関長中村大佐を集め、一人一人に今までの努力をねぎらいながら感謝すると、小さな手帳を加藤副長に手渡し、

「これを聯合《れんごう》艦隊司令長官に渡してくれ」

と言ってから、シャープペンシルを加藤に差し出し、

「記念に、副長にやる」

と、おだやかな口調で言った。

加藤たちの顔は青ざめた。手渡された手帳は遺書であり、シャープペンシルは形見であるにちがいなかった。艦長が、艦と運命を共にする決意であることはあきらかだった。

「艦長、私もお供をさせてください」

と、加藤が言った。

「いかん。副長は、あくまでも生き残って戦況を報告してもらわねばならない。私の副長に願うことは、乗組員及びその遺族の方々の面倒をみてやってもらうことだ」

猪口は、一語一語力をこめるように言った。

艦長附の若い准士官や兵たちが、唇《くちびる》をふるわせて泣いた。やがて、猪口は、艦橋にある艦長休憩室に入ると中からドアの鍵《かぎ》を閉めた。

加藤たちは、光るものを眼《め》にたたえながらドアを凝視して立ちつくしていた。

日没が近づいた。

加藤副長は後甲板に行くと、

「総員集合」

を命じた。そして檣頭《しょうとう》の後部の軍艦旗を下すことを指令した。乗組員たちの顔から血がひいた。

御真影は、高橋、横森両兵曹《へいそう》の背に背負われていた。

「君が代」のラッパが吹かれ、後檣の軍艦旗が静かに降下した。やがて軍艦旗は畳まれて、小早川信号兵の体にしばりつけられた。御真影と軍艦旗はかれら三人の規律正しい歩みで左舷後部の舷側に進んだ。

三人は、副長に挙手の礼をとると、同時に海へ飛び込んだ。

乗組員たちは各部署ごとに人員点呼をとり、整列して次の指令を待っていた。左舷への傾斜はすでに三十度を越しているように思えた。

「退艦用意」

副長の口から声がもれた。かれの顔は、激しくゆがんでいた。この艦は沈まないという思いがまだ残っている。が、退艦発令の時機を失してしまえば、多くの乗組員の生命がうばわれるのだ。

その時艦の傾斜が或《あ》る限度を越えたのか、突然、右舷に集められた重量物が轟音を立てて左舷へ動きはじめた。滑ってくる重量物に圧しつぶされる者の叫びが所々であがった。

秩序立っていた艦上は、たちまち混乱した。重量物とともに海中へ落ち込んで行く者、傾斜した甲板を逃げまどう者、山積されていた死体も一斉《いっせい》にころがり出した。負傷者は、すがりつくものを求めながらも、互の体に押されて左舷へとすべって行く。

「自由行動をとれ」

怒声に似た命令が艦上を走り、乗組員たちは思い思いの方向に走りはじめた。

傾斜が急に早まり、右舷の艦底の側面が海水をあおり立てながら露出しはじめた。乗組員たちが初めに海へ飛び込みはじめたのは、そそり立った艦尾からであった。が、はるか下方の海面に達するまでに、かれらの口からは悲痛な叫びが起った。かれらのほとんどは、巨大なスクリューに叩《たた》きつけられていた。

舷側を走る者が最も多かった。が、魚雷であけられた穴に、波立つ海水とともに吸い込まれる者も目立った。

艦底の側面から海面までは四、五〇メートルあった。乗組員たちは途中まで側面の上を滑り降りていったが、その側面に厚くこびりついた牡蠣殻《かきがら》でたちまち傷ついた。第二国民兵出身の兵や志願兵たちには泳げない者が多く、上司に怒声をあびせられ殴られても、傾く艦の手すりからはなれない。人間の列が舷側に長々とつづいていた。

艦の傾斜速度は急に早まり、海水を大きく波立たせて左に横転すると、艦首を下にして、徐々に艦尾を持上げはじめた。艦にしがみついている乗組員たちの姿が、薄暗くなった空を背景に艦尾の方へしきりと移動しているのが見える。

艦首が没し、やがて艦橋が海中に没すると直立するように艦尾が海面に残った。それでも人々の移動はつづき、スクリューにも十数名の尚《なお》も上方へ上方へと這《は》いのぼる人影がくっきりと見られた。艦尾とともにそれらの人影が海面から消えたのはそれから間もなくであった。

武蔵をのみこんだ海面には為体《えたい》の知れぬ轟《とどろ》きとともに巨大な渦とはげしい波が湧《わ》き起った。海上に漂う人間たちの体はたちまち渦の中に巻きこまれ、回転させられて海面にあおり上げられると、また渦の中に沈みこんだ。

突然海中で大爆発音が起った。人々の体は海水とともに夕闇の空高くはね上げられた。海底深く一面に鮮烈な朱色の光がひろがった。ボイラー室に海水が流れこんで爆発したのか、水蒸気の走るような音が、あたり一帯に走った。その爆発で渦がわれたらしく、巨大な渦は小さな渦の群れに分散して、波立つ海面に人の頭部が回転しながら所々に浮び上った。

予想外に多い人間の数だった。

暗い海上では人声が起りはじめ、波立っていた海面も徐々に落着きをみせてきた。可燃物はほとんど処理されていたので浮游物《ふゆうぶつ》は少かったが、それでも海上には、角材、柔道場の畳、ドラム缶《かん》、鞄《かばん》などがただよい、かれらは近くの浮游物にとりついていた。やがて、人間たちのかたまりが、所々に出来はじめた。海面には重油が流れはじめ、五〇センチほどの厚さになってひろがった。重油をのんでむせかえる者もいる。かれらの顔は一様に重油で黒く染り、口からは白い泡《あわ》をふきはじめていた。

重油はあたたかくそれが眠気をさそった。眠気をさますために顔をなぐり合う者たちもいる。

一面の星空であった。そして、水平線近くから上弦の月がのぼりはじめ、海上はほの明るくなった。いつの間にか三百人ほどの人間の環《わ》が出来上り、その周囲に大小無数の人間の集団が、ゆったりとうねる海上に浮んでいた。

不意に大きな環から「君が代」が起った。それは他の環にも伝って、月光に明るんだ海上を流れた。

国歌がやむと軍歌が、そして流行歌が後から後からとうたわれた。歌をうたうことで、かれらは疲労と眠気を追い払おうとつとめていた。

月が、かなり移動した。

歌をうたう気力もうせて、かれらの間に、静寂がひろがった。海面から、何人かの頭が音もなく消えた。口もきけず、舌を垂らして浮游物にしがみついている者もいた。

その頃《ころ》から、気力も体力も限界を越えて、他人の体にしがみつく者がふえた。ふり払おうとする者との間で所々に水しぶきが上り、からみ合ったまま沈んでゆく者たちもいた。裸身になっている者たちは、しがみつかれるおそれはなかった。重油におおわれた黒光りした皮膚にしがみつく者の手がすべってしまうのだ。自然と衣服を脱ぐ者がふえた。

三時間ほども経った頃《ころ》だろうか、

「駆逐艦だ」

という声が、起った。

海上に駆逐艦が二隻《せき》近づいてくるのがみえる。歌をうたう気力もうせた漂流者たちはまた活気づいた。

「元気な者は声を出せ。いいか、一、二、三、クチクカーン」

唱和する声が一斉に起った。中には、環をはなれて艦影に向って泳ぎ出す者もいた。

しかし駆逐艦は潜水艦の雷撃をおそれるのか、たえず移動していて近づくかとみるとまた遠去かる。

「一、二、三、クチクカーン」

その声もかすれて力弱くなった。

駆逐艦から光の矢が湧き、それが海面をないでくる。

「一、二、三、クチクカーン」

光の先端が人々の環の上にとまると、駆逐艦からカッターがおりるのがかすかにみえた。カッターは近づいたが、或る個所でとまってしまうと、それ以上は近接してこなかった。多くの人間にしがみつかれて顚覆《てんぷく》するのを恐れているのだろうか。漂流者たちは泳ぎ出した。駆逐艦は移動しながら、かれらにロープや竹竿《たけざお》をさしのべてくる。それに必死にすがりつくが、重油で手がすべって落ちた者は気力も失われたのか、そのまま海中に消えた。

駆逐艦は、潮に流されまいとしてスクリューを廻《まわ》しつづけていた。それは、漂流者たちにとって無情な結果をもたらした。漸く艦の近くにたどりついた者も海水の動きに抵抗できず、スクリューに巻きこまれてゆく者が多かったのだ。

防禦《ぼうぎょ》指揮官工藤大佐は、部下たちの手で柔道畳の上にのせられて駆逐艦の舷側に近づくことができたが、砲術長の越野大佐は、水泳の達人であったので元気に泳ぎ廻りながら部下を誘導していた。しかし、救助が本格的にはじめられた頃、急に体をめぐらすと、武蔵の沈没方向に一人で泳ぎ去り、そのまま夜の海上に姿を没した。砲術長として対空射撃の責任を負ったとしか思えぬ行為であった。

駆逐艦に上った者は、甲板上に重なり合うように倒れた。駆逐艦の乗員が、ガソリンで体の重油を洗ってくれる。飲水も盥《オスタップ》に満してある。救助された者はほとんど裸であった。かれらは、駆逐艦の乗組員たちの手で荷物のように兵員室までひきずられていった。

副長の加藤大佐はすぐに艦橋に上り、艦長に頼み込んで海上を探照灯で照射しつづけてもらった。しかし敵潜水艦の多い海面で光を放ちつづけることはきわめて危険なので、午後十一時、捜索を打ちきった。

加藤は、駆逐艦上に救助された者のうち六名がそのまま息絶えたことを知った。かれは、それらの死体を練習用の砲弾に結びつけ、走りはじめた駆逐艦上から夜の海に投じた。

水葬をすませると、加藤は特に提供された艦長室のベッドで、懐《ふところ》から猪口艦長の手帳をとり出した。油紙でかたく包装された手帳は濡《ぬ》れてはいなかった。手帳を開くと、シャープペンシルで書かれたらしい文字が、こまかく紙面につづられている。

「十月二十四日予期の如《ごと》く敵機の触接を受く。之《これ》より先GKFより二十四日早朝ルソン地区空襲の予報ありたるを以《もっ》て、〇五三〇起しにて配置に就き充分の構へをなせり。

遂《つい》に不徳の為《ため》海軍はもとより全国民に絶大の期待をかけられたる本艦を失ふこと誠に申訳なし。唯《ただ》、本海戦に於《おい》て他の諸艦に被害殆《ほと》んどなかりし事は誠にうれしく、何となく被害担任艦となり得たる感ありて、この点幾分慰めとなる。本海戦に於て申訳なきは対空射撃の威力を充分発揮し得ざりし事にして、之は各艦共下手《へた》の如く感ぜられ自責の念に堪へず。どうも乱射がひどすぎるから却《かえ》って目標を失する不利大である。遠距離よりの射撃並に追打ち射撃が多い。

被害大なるとどうしてもやかましくなる事は致し方ないかも知れないが、之も不徳の致す処《ところ》にて慚愧《ざんき》に堪へず。

大口径砲が最初に其《そ》の主方位盤を使用不能にされた事は大打撃なりき。主方位盤は、どうも僅《わず》かの衝撃にて故障になり易《やす》い事は今後の建造に注意を要する点なり。敵航空魚雷はあまり威力大ではないが、敵機は必中射点で、然《しか》も高々度にて発射す。初め之を低空爆撃と思ひたりしも之が雷撃機なりき。

本日の致命傷は魚雷命中にありたり。一旦《いったん》回頭してゐるとなかなか艦が自由にならぬことは申す迄《まで》もなし。それでも五回以上は回避したり。回避したと言ふのも先《ま》づ自然に回避されたと言ふのが実際であらうと思ふ。……

機銃はも少し威力を大にせねばならぬと思ふ。命中したものがあったにかかはらずなかなか落ちざりき。敵の攻撃はなかなかねばり強し。具合がわるければ態勢がよくなる迄待つもの相当多し。但《ただ》し早目に攻撃するものあり。艦が運航不自由となればおちついて攻撃して来る様に思はれたり。最後迄頑張《がんば》り通すつもりなるも今の処駄目《だめ》らしい。一八五五（午後六時五十五分）。暗いので思ふた事を書きたいが意にまかせず。最悪の場合の処置として御真影を奉遷《ほうせん》すること。軍艦旗を卸すこと。乗員を退去せしむること。之は我兵力を維持したき為生存者は退艦せしむる事に始めから念願、悪い処は全部小官が責任を負ふべきものなることは当然であり、誠に相済まず。

我斃《たお》るとも必勝の信念に何等《なんら》損する処なし。我が国は必ず永遠に栄え行くべき国なり。皆様が大いに奮闘してください。最後の戦捷《せんしょう》をあげらるる事を確信す。

本日も相当多数の戦死者を出しあり、これ等の英霊を慰めてやりたし。本艦の損失は極大なるも、之が為に敵撃滅戦に些少《さしょう》でも消極的になる事はないかと気にならぬでもなし。今迄の御厚情に対しては心から御礼申す。私ほど恵まれた者はないと平素より常に感謝に満ち満ちゐたり。始めは相当ざわつきたるも、夜に入りて皆静かになり仕事もよくはこびだした。

今機械室より総員士気旺盛《おうせい》を報告し来《きた》れり。一九〇五。……」

それらの文字をたどるうちに、加藤の眼には光るものがあふれた。

全乗組員二千三百九十九名中千三百七十六名の生存者は、駆逐艦清霜、浜風でマニラへ向ったが、途中で急にコレヒドールへ回航になった。かれらは大部分が、下腹部まで露出した裸身で一人残らず素足であった。かれらがマニラへ上陸することは、武蔵の沈没を知らせるようなもので、それをおそれた海軍中枢部は、かれらをコレヒドールへ向けたのである。

かれらは、コレヒドールに上陸すると、素足で石だらけの道をのぼらされ、山腹の仮兵舎に収容された。海軍にとってかれらは、すでに人の眼から隔離しておきたい存在だった。武蔵乗組員という名は、かき消したかったのだ。かれらの所属は、どこにもなかった。かれらは副長の姓をとって加藤部隊という名を与えられ、さらにいくつかの集団に分けられた。

生存者中四百二十名は、同年十一月二十三日マニラ出港の輸送船さんとす丸に乗船、台湾の高雄《たかお》に向ったが、途中バシー海峡で敵潜水艦の魚雷二本をうけて轟沈《ごうちん》、再び海中に投げ出された。かれらは五時間から十九時間泳ぎつづけたが、漂流中、敵潜水艦に味方艦船から投じられる爆雷の衝撃で内臓破裂を起したものが多く、救助された後にも五十名が死亡、結局生存者は三〇パーセント弱の百二十名に過ぎなかった。かれらは高雄の警備隊に編入されたが、後に半ば以上が内地に送られ、瀬戸内海の小さな島で軟禁同様の生活を強いられた。

また他の一隊二百余名は、同年十二月六日改装空母隼鷹《じゅんよう》で内地送還の途中、野母崎《のもざき》南西五〇浬《かいり》の海面で同様に敵潜水艦の雷撃を受け、呉《くれ》入港予定を変更して艦体傾斜のまま佐世保へ十二月十日に入港した。かれらは所属もないままに佐世保から呉へと移動し、最後には、久里浜落下傘《らっかさん》部隊の仮兵舎に監視の下に収容され、やがて各地へ散らされた。

生存者の半ばを占める六百二十名の乗組員は、内地送還も許されず現地軍の要請にもとづいて、その地に残された。一隊百四十六名は、マニラ防衛部隊及び南西方面艦隊司令部に配属され、翌年二月三日マニラ北方より戦車群を先頭に進出した米軍と激戦を展開、百十七名が戦死又は行方不明。また油井国衛中尉《ちゅうい》以下の乗組員は、マニラ湾口防衛部隊に編入され、鈴木新栄少尉のカラバオ地区隊三十五名は二十三名が戦死、油井中尉、新津清十兵曹長の率いるコレヒドール地区隊三十五名は、「最後の一兵まで戦う」という通信を最後に玉砕、この地区での生存者は、衛生兵長猪俣《いのまた》浩一名だけであった。さらに浅井春三少尉の率いる軍艦島地区隊三十六名、酒主貞信兵曹長以下三十五名のガバリオ地区隊は、それぞれ、自決又は戦死によって全員玉砕。

またマニラ地区のクラーク飛行場作業員として使役に使われた者三百二十名は、武器を所持していないため突撃隊に編入させられ、棒つき円錐弾《えんすいだん》、ふとん爆弾等の俄《にわ》かづくりの爆薬を手に敵戦車の下に飛びこんで玉砕。この地区での生存者は、佐藤益吉水兵長一名だけであった。

あとがき

昭和三十八年秋、友人のロシヤ文学者泉三太郎から戦艦武蔵《むさし》の建造日誌を借用した。この日誌は、終戦後米軍が進駐してくる直前、かれらに押収《おうしゅう》されることを恐れて焼却されるはずのものであったが、建艦にたずさわった長崎造船所の或《あ》る技師が、その貴重な資料が永遠に消滅するのを惜しんで秘蔵しておいたものなのである。私が借用したのは、その日誌を写真に複写した三十冊ほどの分厚い大学ノートのようなものであった。

戦争記録にほとんど関心のない私は、そうした戦時の兵器に関する資料を手にしても、殊更《ことさら》創作意欲を刺戟《しげき》されることはなかった。それに、日誌をひるがえしてみても、意味もわからぬ専門用語ばかりならんでいて、到底私のような門外漢には理解できるような性質のものではなかった。が、ただ、その紙面から、戦時中のあの異常な程の熱っぽい空気がふき上げているのに強い興味を抱いた。

私は、戦争を解明するのには、戦時中に人間たちが示したエネルギーを大胆に直視することからはじめるべきだという考えを抱いていた。そして、それらのエネルギーが大量の人命と物を浪費したことに、戦争というものの本質があるように思っていた。戦争は、一部のものがたしかに煽動《せんどう》してひき起したものかも知れないが、戦争を根強く持続させたのは、やはり無数の人間たちであったにちがいない。あれほど厖大《ぼうだい》な人命と物を消費した巨大なエネルギーが、終戦後言われているような極く一部のものだけでは到底維持できるものではない。このことを戦時中少年であった私は直接眼《め》にしてきたし、その体験を通して、戦争についての作品を書いてみたいとねがっていた私は、日誌から噴き出る熱っぽい空気にあの奇妙な一時期のまぎれもない姿を見いだしたような気がして、武蔵について少しずつ知識を持ちはじめるようになった。そして、ようやく武蔵こそ、私の考えている戦争そのものの象徴的な存在のようにも思えてきたのだ。

私は、意を決して、本格的に武蔵の資料集めにとりかかった。初めに会った造船技師は、私の造船技術の知識が全くないことを気の毒がって「この分では、十年はかかる覚悟をもって下さい」と言った。しかし私は、覚束《おぼつか》ない足どりで歩みつづけるうちに、造船技術というものもその根底にはきわめて平凡な常識が横たわっていることに気づくようになった。技術書を読んだり技師の方の話をきいたりしている間、私はよく笑った。その高度な技術も、実は小学生でも考えつきそうな平凡な事柄《ことがら》から出発していることが可笑《おか》しくてならなかったのだ。

資料集めには、いくつかの障害があった。第一に、厳重な機密保持の下に建造された武蔵であったために、それに直接関係した人々も、あたかも群盲象を撫《な》でるがごとく、自分の触れた極めて限られた部分しか知ってはいない。むしろ、他の部分を知ることを恐れていた傾向が強かったようだ。そのため、それらの部分部分を入念に組合せていかないと、全体がわからぬというパズルを解くような仕組みになっていた。しかも、それらの方々からきいた話はときに不確かなものもあって、組合せてみても、どうしても合わない部分が出てくる。考えてみれば、武蔵の起工は昭和十三年であってすでに三十年という歳月が経過している。記憶が薄らいでいるのは、当然すぎることなのだ。

ある日、当時武蔵の建造に関係した技師の方六名に座談会のような形で話をしてもらった事があったが、五年間も腕に巻きつけていた腕章の色が、六名ともすべて異っていることがあった。そうした記憶ちがいの話は、数かぎりなくあった。

調査を進めるうちに、私には、なにか戦艦武蔵が、戦争を象徴化した一種の生き物のように思えてきた。漸《ようや》く私の内部にも武蔵というものが熟してきて、武蔵を建造した造船所のある長崎へ出向いていった。長崎の町を背景に、武蔵は、私の中で生きた。深夜から夜明けにかけて歩きまわり、造船所の海面をへだてた対岸に坐《すわ》って夜の白々明ける光景を見つめつづけた折、私は、黒々とつらなる造船所の船台上に武蔵の姿を見いだしたように思った。

小さな船で長崎の港口近くにある島の老いた漁師をたずねた。その漁師は、憲兵や警戒隊員の眼をぬすんで夜明け近い頃《ころ》ひそかに雨戸のすき間から、巨大な鉄の建造物が海上を音もなく動いて行くのを目にしていた。日時から推定すると、それは、艤装《ぎそう》も終った武蔵が呉《くれ》へ回航するため長崎港を出港する折のことにちがいなかった。

話し終ってから、ふとその老人は、

「今の話は、だれにも言わないでくれ」

と、顔をこわばらせて言った。

私は、一瞬、その意味が分らなかったが、

「おれが話したなんて言うことがわかると、まずいから……」

と、重ねて言う老人のおびえた眼の光に、私は、漸く老人の言葉の意味が理解できた。

「でも、戦争は二十年前に終りましたし、別にどうということもありませんよ」

私は、苦笑しながら言った。

「いや、まずい、まずいよ」

漁師は、私に話をしたことを後悔するようにしきりと手をふった。

お目にかかって話をおききした方々は、かなりの数にのぼる。それらの人々に共通して言えることは、一人一人の胸の中に武蔵という奇怪な船の存在が、さまざまな形で消えずに根強く残されていることである。

取材に御協力下さった旧長崎造船所関係者、旧海軍技術関係者、旧武蔵乗組員、そして日本工房関係者の方々に厚く御礼申し上げると同時に、参考にさせていただいた数多くの資料の執筆者に心から感謝の意を捧《ささ》げる。

解　説

磯田光一

吉村昭《よしむらあきら》氏の作品の底にある人間観、それは人間というものは何をしでかすかわからないということへの暗い好奇心と、何をやってもタカが知れているという無常感をはらんだ徒労の意識である。太宰治《だざいおさむ》賞を受けた出世作『星への旅』（昭和四十一年）が、少年たちの集団自殺を描いたものであることは、その後の吉村氏の作品、とくに『戦艦武蔵《むさし》』（昭和四十一年）を考える上で示唆《しさ》的である。『星への旅』の結末部には次のような一節がある。

「行くぞ」

望月の引き吊《つ》れた叫びがすると、その体《からだ》が、崖《がけ》の上からはずみ、呆気ないほど、姿を没した。槙子《まきこ》の体が、その勢いに引かれて仰向きに崖から消え、と同時に、強い衝撃がロープに伝わり、圭一《けいいち》の体は、三宅の体と前後して岩の上からはなれた。仰向いた圭一の眼《め》の前に、大きく腕をひろげた有川の体が崖の上からせり出し、ゆるく回転するのが見えた。その体からは、動物的な太い叫び声がふき出している。（傍点・引用者）

死はいうまでもなく人生の一大事である。その死を集団の遊びに近い感情によって決意するとき、その遊びは不思議に深刻味を帯びてくる。しかし集団自殺が実行されるとき、人間の肉体は「呆気《あつけ》なく」姿を消し、「動物的な太い叫び声」を発するだけである。いったい集団自殺を推進させた盲目的な意志とは何であろうか。それが人間というものの奇怪さである、と作者はいっているようにさえ見える。

*

『戦艦武蔵』は、極端ないい方をすれば、一つの巨大な軍艦をめぐる日本人の〝集団自殺〟の物語である。むろん実際の〝集団自殺〟が描かれているわけではない。しかしそこに定着されている人間たちのあり方は、どこか盲目的な〝集団自殺〟を想《おも》わせる。

ところで、その発端は、まず棕櫚《しゅろ》が大量に何者かの手によって買い集められているという事実によって暗示される。日常生活のなかでの商品の需給関係には、平時にあっては均衡が保たれている。だが、その均衡が予想もしない場所から崩《くず》れはじめるとき、どこかで何事かが起っているのである。この棕櫚とは、のちに明らかにされるように、戦艦を覆《おお》いかくすスダレとして用いられるものである。

ところで『戦艦武蔵』の面白さは、まず法外に巨大な軍艦を作る動機のうちにある。むろん現実的には昭和十年代における日米関係の悪化と、それにたいする日本の軍事力の拡大という要素は多大にあった。しかしそれだけなら、必ずしも〝武蔵〟の建造は必要ではなかったであろう。また世界一の巨艦をもつことが、国威の発揚にあるというなら、海軍という限定は必ずしも必要ではない。それなら何のために、という問いにたいして、この作品は論理的には十分な答えを与えていない。にもかかわらず、その非論理こそが、暗黙のうちに人間を動かしてゆくものだということを、作者は十分に自覚している。

〝武蔵〟の建造は、論理はどうあれ至上命令として確定される。このとき〝武蔵〟の効用や役割は不思議に第二次的な意味しかもたず、〝武蔵〟はほとんど神話的な象徴としての意味をもってしまうのである。神話が成立してしまったかぎり、その建造をめざす目的意識のために、すべてのものが集中されなければならない。そして不沈艦としての性格を完備するためには、不可能と思われるものを可能に転化することさえ要求される。建造担当の技術員や労務者にたいする身元調査、あるいは機密護持のためにとられる苛酷《かこく》な措置にしても、作者はその統制の不合理を告発する左翼作家の発想とは、ほとんど関係のない地点でこの物語を書いている。端的にいえば〝集団自殺〟が第三者から見て〝愚行〟と見えるように、〝武蔵〟の建造もまた〝愚行〟であるという批評眼を、つねにこの作者は失ってはいない。というより、むしろ〝愚行〟に専念しうる人間の奇怪さこそが、作者の暗い好奇心の対象になっているといってもよいのである。人間は〝愚行〟を演じることにおいてのみ人間たりうる、といったらいいすぎになろう。しかし作者の人間観のうちには、愚行の現実性こそが人間の本質を開示するとでもいいたげな、ほとんどふてぶてしいほどの認識がある。巨大な歳月の流れの前には、いかなる壮大な人間の事業も、一片の水泡《すいほう》でしかありえないことを作者は知っている。にもかかわらず、壮大な〝愚行〟もまた、それに専念する人間にとっては、抜きさしならぬ人生の一齣《ひとこま》を形づくってしまうことをも作者は十分に見ぬいている。

〝武蔵〟の進水式の前後の状況は、人間の偉大と卑小との二重性を興味ぶかくとらえている。海軍の側からすれば、機密の護持と艦の完成だけが緊急事である。〝武蔵〟がどういう運命をたどるかについては、ほとんど顧慮が払われていない。それは不沈艦でさえあればよく、またそれは神話的な存在であるがゆえに、疑念をいだく余地さえないのである。他方、長崎造船所の近くの住民にしてみれば、〝武蔵〟は永久に知られざる謎《なぞ》であり、その謎をめぐる奇怪な警備に、ただ怯《おび》えるだけのことである。また、げんに建造作業に従事している人間にしてみれば、それがどれほど苦役《くえき》であろうと、巨大な軍艦の神秘はいつしか人々の心を支《ささ》える唯一《ゆいいつ》のものに転化してしまう。職業的な使命感というものが、人間にどれほど壮大な夢を見させるかは、知る人ぞ知るであろう。

所員たちには、一つの確信があった。自分たちのつくっているこの巨大な新型戦艦が海上に浮べば、日本の国土は、おそらく十二分に守護されるだろう……と。かれらは、この島国の住民の生命・財産が、自分たちの腕にゆだねられているのだという、強い責任感に支配されていた。（中略）

それらの小さな人間の群れの中で、おびただしい量の鉄で組立てられた巨大な船体が、奇怪な生物のように傲然《ごうぜん》と横たわっていた。

むろん作者は、従業員の夢が夢にすぎないことを知っている。またその夢を支えるのが「鉄で組立てられた」物体であり、同時に神秘的な象徴であればこそ、「巨大な船体が、奇怪な生物のように傲然と横たわっていた」と書くのである。

〝武蔵〟が完成後に就航し、やがて実戦に参加するに至っても、神話と現実との断層を見る作者の眼は、いささかも変っていない。それはまぎれもなく〝旗艦〟であり帝国海軍の象徴である。しかしいかなる大きな象徴性をもとうと、またいかに完全な装備をもとうと、軍艦が鉄片の集合物であることに変りはない。その巨艦に賭《か》けられたエネルギーの大きさは、必ずしも艦の現実的な戦闘力とは一致しないのである。動機と結果との不一致、それはたんに戦艦だけにかかわるものであろうか。長い努力の結実が、一瞬にして無に帰するのは、人生そのものの荷なっている宿命の一つでさえあるのではないか。

多くの乗組員の心には、かつての時代の軍人のもっていた決死の覚悟があったはずである。しかし作者は、戦死者の内面をけっして美化して描こうとはしない。叙述は即物的で、そこには〝夢〟と〝現実〟との不一致、〝動機〟と〝結果〟との不一致が、むしろ冷静な客観性を保って描かれている。

乗組員たちの鼓膜は間断なくつづけられた音響ですっかり麻痺《まひ》し、眼《め》は焦点を失ったような光を浮べていた。機銃第一群指揮官星周蔵少尉《しょうい》が機銃掃射を受けて戦死したのをはじめ、手足をもぎとられた負傷者が甲板上にころがっていた。

こういう個所に、幻想を剝《は》ぎとられた戦争というものの姿がある。いかなる夢をもとうと、人間もまた動物であることに変りはない。巨大な夢想の果てにあらわれるもの、それは肉片に還元された人間の姿、白々しい、そして無残な現実の姿ではないであろうか。

『戦艦武蔵』は、これとは対照的な意識で書かれた吉田満《よしだみつる》氏の『戦艦大和《やまと》ノ最期』と比べるとき、その特質がいっそうはっきりする。参考のために引用すると、

その後沈没まで、長官私室の扉《とびら》開かれず　また絶え間なき破壊音の故《ゆえ》か、自決の銃声聞かず　あるいは携帯拳銃《けんじゅう》を撫《ぶ》しつつ、身をもって艦の終焉《しゅうえん》を味わわれたるか

第二艦隊司令長官伊藤整一中将、御最期なり

艦隊ここに首上をうしない、やがてまた主城をうしなわんとす

長官、私室に去ると見て、副官石田少佐身軽に跡を追う

彼、終始長官に侍従するの任にあれば、死をも共にせんとしたるなり

ここに見られる軍人の内面的な決意は、吉村昭氏の『戦艦武蔵』にはない。それは軍人として実戦に賭けた吉田満氏とちがって、戦争そのものを人間の奇怪な営みと、その果てにあらわれる徒労感として、客観的かつ即物的にとらえる道を、吉村昭氏が選んでいるからである。どちらに共感するかは読者の好みの問題であるが、『戦艦武蔵』が記録的手法を巧みに生かした特異な戦争文学の一つであることは、広く人々の認めるところである。

（昭和四十六年八月、文芸評論家）

本書二八二頁六行目の魚雷が投下された高度に関して、初版以来「二、〇〇〇メートル」と記されていたが、本作品についての取材を記録した『戦艦武蔵ノート』の記述に鑑みて、著作権者の了承の上、八十二刷より「二〇〇メートル」に訂正した。

（編集部）

この作品は昭和四十一年九月新潮社より刊行された。

戦《せん》艦《かん》武蔵《むさし》

新潮文庫　よ－5－1

昭和四十六年八月十四日　発行
平成二十一年十一月二十日　七十刷改版
令和七年六月三十日　八十四刷

著者　吉《よし》村《むら》昭《あきら》
発行者　佐藤隆信
発行所　株式会社 新潮社
郵便番号　一六二―八七一一
東京都新宿区矢来町七一
電話　編集部(〇三)三二六六―五四四〇
　　　読者係(〇三)三二六六―五一一一
https://www.shinchosha.co.jp

価格はカバーに表示してあります。

乱丁・落丁本は、ご面倒ですが小社読者係宛ご送付ください。送料小社負担にてお取替えいたします。

印刷・大日本印刷株式会社　製本・加藤製本株式会社

ISBN978-4-10-111701-0　C0193

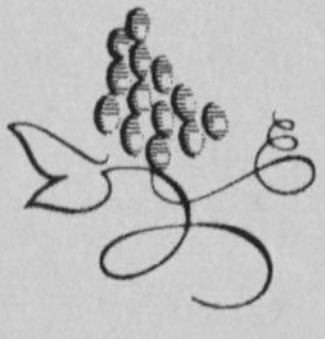